유수流水 역사 판타지 장편소설

WISHBOOKS HISTORICAL FANTASY STORY

업어키운 여포 7

유수流水 역사 판타지 장편소설

초판 1쇄 찍은 날 | 2020년 8월 18일
초판 1쇄 펴낸 날 | 2020년 8월 25일

지은이 | 유수流水
펴낸이 | 권태완 우천제

기획 | 위시북스
편집책임 | 한준만
편집 | 위시북스

펴낸곳 | ㈜케이더블유북스
등록번호 | 제25100-2015-43호
등록일자 | 2015. 5. 4
KFN | 제2-48호

주소 | 서울시 구로구 디지털로31길 38-9, 401호
전화 | 070-8892-7937 팩스 | 02-866-4627
E-mail | fantasy@kwbooks.co.kr

ⓒ유수流水, 2020

ISBN 979-11-293-6122-6 04810
        979-11-293-5042-8 (set)

Wish
Books

업어 키운 여포

7

유수流水 역사 판타지 장편소설

WISHBOOKS HISTORICAL FANTASY STORY

목차

1장
총군사의 핏줄

가후의 군막.

사마의는 그 앞을 서성이며 낙양성 위에 휘날리는 원(袁)의 깃발을 응시했다.

원체도 삼엄하기 그지없던 낙양성의 방비가 그들이 도착한 이후로는 더욱더 물샐 틈 없이 변했다. 쥐새끼 한 마리조차 성 내로 들어갈 수 없을 정도.

한 시진에도 몇 번씩이나 병사들이 성 밖으로 나와 성 주변을 돌며 혹시라도 있을지 모를 잠입에 대비하고 있고, 조조군 병력이 모여 있는 서쪽 문으로는 아예 장합과 문추가 번갈아 가며 나와 온종일 번을 서기까지 하고 있었다.

"아무리 난세라지만 맹우란 자들이 한다는 짓이 고작 이 정도란 말인가."

그 광경을 지켜보고 있던 사마의의 옆에서 하후연이 인상을 찌푸리며 말했다. 그런 하후연의 시선이 영채 뒤편, 혹시 있을지 모를 기습에 대비해 사중 오중으로 방비가 갖춰진 곳의 공성 병기들을 향해 있었다.

"사마 군사."

"예?"

"만약의 상황에 대비해 두세. 언제라도 공격할 수 있도록."

"자, 장군?"

"대비만 해두자는 게야, 대비만. 뭘 그렇게 놀라나? 맹우라는 자들이 아군의 뒤통수를 후려갈겼으니 우리도 그럴 수 있어야지. 저들이 눈치채지 못하게, 은밀히 준비만 해두게. 알겠나?"

"아…… 알겠습니다."

"그래, 고생하고."

하후연이 사마의의 어깨를 가볍게 툭툭 두드리며 어딘가를 향해 걸어가기 시작했다.

그 뒷모습을 지켜보던 사마의가 한숨을 푹 내쉬며 이마를 부여잡았다. 두통이 느껴진다.

원담에게 점령당한 낙양에 도착한 지 어느덧 사흘째.

처음엔 그저 황당해하기만 했을 뿐이던 장수들이 이제는 슬슬 원소에 대해 분노하고 있다.

그 분노의 수준이 점점 더 커져가고 있었다.

이러다간 위속을, 여포를 눈앞에 두고 원소와 먼저 싸워야 할지도 모를 판이다. 방도를 내야만 한다.

사마의는 그렇게 생각하며 사흘째 군막 밖으로는 단 한 발자국도 나오질 않은, 가후의 군막 쪽으로 성큼성큼 걸어갔다.

"선생, 소생 중달입니다."

"무슨 일인가?"

무표정한 얼굴로 자신의 자리에 앉아 하얀 김이 모락모락 피어오르는 차의 향을 음미하던 가후가 고개를 들어 올렸다.

그 모습을 마주하며 사마의가 또다시 한숨을 푹 내쉴 수밖에 없었다.

"장수들의 분노가 점점 커지고 있습니다. 방도를 내야만 합니다, 선생."

"장수의 분노는 우리가 신경 쓸 것이 아닐세. 하후연 장군이 알아서 해야 할 일이지."

"그 하후 장군께서도 분노하셨습니다. 소생에게 공성 병기를 준비시키라 하실 정돕니다."

"그 불같은 성정이 또 타오르는 겐가."

차를 한 모금 들이켜며 가후가 중얼거렸다. 가후의 입가에 자그마한 미소마저 피어올라 있다. 지금의 상황과는 절대 어울리지 않을 모습에 지켜보는 사마의의 마음이 타들어가고 있었다.

"선생, 그리 편안하게 계실 상황이 아닙니다. 나아가거나, 물러나야 합니다. 군심이 흐트러질 수 있습니다. 이러다가 불의의 사고라도 난다면……."

사마의의 말이 채 끝나기도 전에 가후가 고개를 젓기 시작했다. 사마의가 말을 멈추며 그 모습을 응시했다. 가후의 입가에 피어올라 있던 미소가 한층 더 진해지고 있었다.

"방도라면 내 이미 내었소."

"예?"

"안 그래도 그 때문에 하북의 군사, 방사원을 만나러 가려던 참인데 이 사람과 함께 가시겠소?"

"함께…… 말입니까? 방사원, 그러니까 방통을 만나러요?"

"갑시다. 하늘이 이 사람을 부르고 나면 중달 그대가 전면에 나서야 할 터. 봐두시구려. 이 사람이 무슨 수를 쓰는지."

가후가 자리에서 벌떡 일어나더니 성큼성큼 군막을 나가 말에 올랐다. 사마의가 그 말에 올랐을 때, 가후는 어느샌가 달라붙은 호위 병력과 함께 이미 저만치 멀리 앞으로 달려 나가고 있었다.

"서, 선생! 같이 가셔야지요, 선생!"

사마의가 헐레벌떡 말에 올라 가후의 뒤를 따라 달리기 시작했다.

그런 사마의의 귓가에 끼이이익- 하는, 성문 열리는 소리가 들려왔다.

그 안쪽에서 가후 쪽과 마찬가지로 스무 명 남짓한 호위 병력만을 대동한 자그마한 키의 책사가 말을 타고 달려 나오는 것이 사마의의 시야에 들어왔다.

허리춤에는 호리병을 매달고 추레하기 그지없는 행색에 머리카락까지 산발로 풀어 헤친 이, 방통이었다.

"이런 불편한 상황에서 먼저 손을 내밀어주시어 감사하게 생각합니다, 문화 선생. 오래전부터 선생의 대명을 전해 듣고 흠모해 마지않고 있었습니다. 소생 방통 방사원이라 합니다."

"가문화이올시다. 이리 흔쾌히 나와줘 고맙소. 이리 오시게, 중달."

"예? 예. 소생 사마중달이라 합니다."

"방사원이오. 문화 선생에 중달 선생까지 함께 뫼시니 어깨가 더욱 무거워지는 것 같군요."

자신을 향해 포권하는 사마의 인사를 적당히 받아주며 방통은 가후 쪽으로 시선을 옮겼다. 여전히 무표정한 얼굴로 그런 방통의 시선을 받아내며 가후는 자신의 수염을 쓰다듬었다. 그러고선 가후와 방통, 둘이 서로 죽간을 주고받으며 의논한 문제에 대해 이야기하기 시작했다.

그 이야기를 옆에서 듣고 있던 사마의 눈동자가 동그랗게 커지고 있었다.

📱

"좋구만."

동무성. 서주에서 청주로 나아가는 길목을 지키는 요새이자 그 자체로도 물산이 풍부한 곳이다.

비록 내가 동무성에 도착해 있는 건 아니지만 그곳을 점령했다는 보고를 전해 받고 나니 그냥 입가에 미소가 피어오른다.

청주에 대해서는 지금껏 몇 번이나 공격을 고민했지만 여러 가지 현실적인 이유 때문에 진출할 엄두를 내지 못하고 있었다. 연주나 강남과는 길목이 잘 이어지질 않는, 먼 거리 때문에 우리가 피를 흘려 점령해 봐야 결국은 유비에게 넘겨 수비를 맡겨야 한다는 점 역시 그러한 이유 중 하나였고.

그랬던 곳을 이렇게 간단히, 피 한 방울 안 흘리고 점령하게 되다니.

"스승님."

낙양에서부터 데리고 왔던 십삼만의 대군과 함께 하비, 팽성을 지나 진류 쪽으로 나아가고 있는데 육손이의 목소리가 들려왔다.

"태양이 저물어 오늘은 이쯤에서 야영을 해야 할 것 같습니다."

"벌써 시간이 그렇게 됐나?"

하늘을 올려보니 태양이 저물어가고 있다. 아직 어둡다고 할 정도까진 아니지만 이 상태로 한 시간 정도면 완연한 밤이 될 터.

"그래, 그렇게 하자."

"그럼 제자가 가서 이야기를 해놓겠습니다."

육손이가 날 향해 포권하고선 장수들을 향해 나아가 영채를 꾸리는 걸 지시하기 시작했다.

그걸 지켜보고 있노라니 진짜 내가 제자들을 잘 키우기는 한 것 같다는 생각이 든다.

공명이도 그렇고, 손권이도 그렇고, 여기 육손이도 그렇고. 다들 각자 자기들이 맡은 분야에서 최선을 다하고 있다. 덕분에 내가 해야 할 일들이 점점 더 줄어들고 있으니까.

"이번엔 탄이, 그놈을 좀 키워볼까?"

북연주를 탈출하는 백성들 사이에서 조운에게 구해져 간신히 살아났던 녀석이다.

지금은 내 아들 동건이와 함께 무예와 학문을 익히는 중인데 두 녀석이 다 수재라는 평을 듣는 중이니까. 어찌어찌 잘 갈아보면 내 노후를 좀 더 안락하게 만들어줄 것 같기도 하고.

"흠. 요 두 놈을 어떻게 한다?"

"역시 스승님이시군요."

"응?"

아들놈과 주워온 녀석의 진로를 어떻게 잡아야 하나, 내가 고민하고 있는데 육손이가 감탄스럽다는 듯 날 쳐다본다.

얘가 갑자기 왜 이래?

"내가 뭘?"

"낙양에서 대치하고 있는 원담과 하후연이 서로 싸우도록 유도할 방법을 찾으시려는 것 아닙니까. 천하에 남은 삼국 중 둘이 낙양을 두고 치열하게 싸운다면 우리는 어부지리를 노릴 수 있으니까요."

"뭐, 그렇지."

지금은 아니지만 어쨌든 그 고민도 하고는 있었다. 조조와 원소가 서로 싸운다면 나와 형님은 별로 고생할 것 없이 가만히 앉아서 굿이나 보고, 떡이나 먹다가 적들이 약해졌을 때를 틈타서 북상하면 될…… 리가 없구나.

"형님이 그때까지 기다릴 리가 없지."

"예?"

"아니다. 그냥 갑자기 형님이 생각나서. 공명이랑 주유가 잘 버티고 있으려나 모르겠네."

주유가 형님 때문에 피를 토하기라도 하면 이번엔 진짜 위험할 텐데. 걔도 나이가 있어서…… 형님, 제발 주유한테는 적당히 합시다.

저 멀리 남서쪽 익주 어딘가에 있을 형님을 떠올리며 가슴속으로 얘기하고서 나는 하늘을 올려봤다.

그러는 사이, 영채의 외곽 목책 부분과 함께 내가 묵어야 할 군막의 설치가 끝나 있었다.

"방법이 있으려나 모르겠네."

조조와 원소가 서로 싸우게 할 확실한 방법. 그게 있다면 무릉도원에서 자기들끼리 그 이야기를 두고 서로 떠들고 있겠지. 그때 만약 위속이 그렇게 했더라면 역사가 달라졌을 거라며.

오늘이 보름달이 뜨는 날이어서 정말 다행이다.

쏴아아아아아-

기분 좋은 그 소리와 함께 눈을 떴다. 안개로 가득한 군막에서 눈을 뜨며 나는 반사적으로 핸드폰을 꺼내 쥐고 무릉도원에 접속했다.

자유 게시판에서는 '신삼국지에서 산양 대전 홍수 씬 빠진 거 실화?', '서주성에서 주유 복장 터지는 것도 삭제됨ㅋㅋㅋㅋㅋㅋ', '신삼국지 제작진 위까 인증했다 개네 조빠임 ㅅㅂ'같은 글들이 잔뜩 올라와 있다.

아니, 산양 대전에서 홍수가 빠지면 내가 형님과 함께 원소를 때려잡는 게 설명이 안 될 텐데. 뭘 어떻게 하려고 홍수 씬을 빼?

저 내용을 좀 더 살펴보고 싶지만 시간이 없다. 지금은 원소와 조조가 서로 싸우게 할 방법을, 설령 그게 아니라도 내가 최대한의 이득을 챙길 수 있을 방법을 찾아야만 한다.

그렇게 생각하며 삼국지 토론 게시판으로 넘어가 낙양, 가후, 원담을 키워드로 두고 검색하기 시작했는데…….

"위속의 뒤통수를 맛깔나게…… 가후의 낫질 작전?"

갑자기 이게 뭔 소리야?

글들을 계속 보는데 제목들이 하나같이 섬뜩하기 그지없다.

'위속 킬러_갓가후의_낫질 작전을_ARABOJA.txt', '원한으로 똘똘 뭉친 원조 연합군 낫질 작전', '불패 명장 위속을 좌절시킨 낫질 작전', '위속이 가후의 낫질 작전을 막을 방법은 없었을까?'까지.

"쓰발……."

한동안 괜찮더니 이게 무슨…….

당황스럽기 그지없다. 그래도 일단은 이 낫질 작전이라는 게 뭔지, 이걸 막을 방법이 있는지 살펴야 한다.

나는 그렇게 생각하며 '위속이 가후의 낫질 작전을 막을 방법은 없었을까?'라는 제목의 글을 클릭했다.

〈방법? 없따. ㅋㅋㅋㅋㅋㅋㅋㅋㅋㅋㅋㅋㅋㅋ 갓가후가 위속, 주유, 제갈량 셋 중 하나를 익주에 가둬놓고 북쪽에서 승부를 내려고 각을 재고 있었는데 댕청한 위속이 주유, 제갈량에 십만 병력을 보내놓고도 모자라서 여포까지 익주로 보냄ㅋㅋㅋㅋㅋㅋㅋㅋㅋㅋㅋㅋㅋㅋㅋㅋㅋㅋㅋㅋㅋㅋㅋㅋ 엌ㅋㅋㅋㅋㅋㅋㅋㅋㅋㅋㅋㅋㅋㅋㅋㅋ〉

ㄴ대군사가후: 위속이 막을 수 있을 리가 없짘ㅋㅋㅋㅋㅋㅋ 그리고 이거 작전 되게 잘 들어갔음 하필이면 이거 직전에 위속이 낙양까지 점령해서 더 예측 불ㅋ가ㅋ

ㄴ불꽃하후연: 근데 이건 솔직히 가후 클라스가 위속보다 위에 있어서 가능했던 거라ㅎ 원담이 길목 막아버리면 낙양 지나서 내려갔던 원정군 전부 보급이랑 퇴로 끊겨서 굶어 죽는데 가후가 그 위험을 감수한 거잖음.

ㄴ위문숙승상: 위속은 항상 물러날 길을 두 개, 세 개씩 만들어놓고 싸우는데 가후는 물러날 길 자체를 안 만들고 모 아니면 도로 덤빈 거라…… 아마 위속이 예상하긴 힘들었을 듯요.

ㄴ돌돌허저: 그래도 위속이 초창기에 멍 때리지 않고 잘 대응했으면 어느 정도 막아낼 수 있지 않았을까?

└육손제자장비: 하후연이 승질이 그지 같아서 그걸 잘 공략했으면 가능했을지도 모름.

└몰살의조진: ? 하후연 승질이 아무리 그지 같아도 위속 상대하는 건데 빡쳐서 툭툭 튀어나가고 그랬겠음? 조조랑 순욱, 곽가가 진짜 몇 번을 신신당부했는데;

└쓰마이쓰마중달: 하후연도 그렇고 조인이랑 우금도 그렇고 위속에 대해서는 경계가 엄청 심했어서 쉽지 않았을 듯요. 이 당시에 위속이랑 같이 다니던 장수들도 다 어느 정도 네임드라 일단 전장에서 마주친 그 순간부터 조심조심 돌다리 두드리듯 하며 싸웠을 겁니다. 제가 사마의빠라 잘 알음. 사마의가 기록 엄청 많이 남겼어요.

└방통통신대꽐라학과: 위빠들이 항상 낮질 작전 가지고 썰 푸는데ㅎㅎㅎㅎ 뭔 짓을 해도 못 막음ㅎㅎㅎㅎ 결국엔 연주랑 예주랑 다 뺏기고 강남이랑 형주로 찌그러져서 원소랑 조조랑 싸우는 거 지켜보다가 망할 운명될 수밖에 없음ㅎ

"허……."

말이 안 나온다.

가후가 데리고 있는 병력만 이십만에서 삼십만이다. 낙양과 그 인근 지역에서 원담이 데리고 있는 병력도 최소 삼십만 정도는 될 거고.

반면 지금 내가 움직일 수 있는 병력은 영혼까지 끌어모아 봐야 삼십만을 약간 넘는 수준이다. 그나마도 후방에서 이민족이나 여러 호족 등의 반란을 억제하기 위해 짱박혀서 버티고 있는 병력들을 전부 다 끌어모아야 가능할 수치다.

유비 쪽에게서 도움을 받는다면 오만 명 정도는 더 늘어나겠지만 그것도 원담에게 점령당하고 포위당했던 성의 치안을 회복하며 북쪽을 방비하느라 쉽게 빼긴 힘들 것이고.

그렇다면 현실적으로 내가 움직일 수 있는 건 당장 내 주변에 있는 삼십만 그리고 한 달에서 두 달 정도의 시간을 써서 끌어모을 수 있는 십만 정도가 전부라는 얘긴데…….

"하."

진짜 이번엔 막막하다.

지금까지 수도 없이 많은 전투를 치러왔고, 무릉도원을 통해 말도 안 되는 전력 차를 뒤집은 경우도 참 많지만, 이번만큼은 답이 보이질 않는다.

가후를 상대하며 내가 조금이라도 밀리는 기색을 보인다면 곧장 원담이, 하북에서 후계 구도를 확실히 굳히고자 기회를 노리고 있을 원상이 밀고 내려오게 될 터. 초장부터 가후를 확실하게 때려잡지 못하면 그대로 장강 이북을 전부 뺏기게 될지도 모른다는 건데…….

"망할."

방법을 찾아야 한다. 무슨 수를 써서라도.

📱

"급보입니다! 적장 조진이 별동대를 이끌고 영천으로 진격해 오고 있다 합니다!"

"초, 총군사님! 가후와 하후연이 이끄는 본대가 이곳 진류로 진격해 오고 있다 합니다!"

"자, 장군! 원담이 대군을 이끌고 하내로 이동 중이라 합니다! 제음과 산양 인근에서는 기주에서 내려온 원소군의 첨병으로 보이는 자들이 끊임없이 발견되는 중이라 하고요!"

급보랍시고 달려오는 부장들에 이어 후성이가 안색이 새하얗게 변해서는 소리친다.

내가 무릉도원에서 가후의 낮잠 작전에 대해 보고 나온 직후, 그 움직임이 확인된 덕택에 이곳 진류성의 태수부에 모인 장수들은 하나같이 안색이 딱딱하게 굳어져 있었다.

그것은 진궁과 육손이 역시 마찬가지. 머리깨나 쓴다는 진궁과 육손이의 입장에서도 쉬이 답이 보이질 않는 상황이란 거다.

그런 와중에서 나는 최대한 여유로움을 가장하며 상석에 앉아 차를 들이켰다. 은은한 향이 외당 전체에 퍼져 나가고 있었다.

"장군! 지금 그렇게 여유로이 차나 마시고 계실 때가 아니란 말입니다! 적들이 오고 있다고요, 적들이!"

"후성아. 그렇게 소리 안 질러도 알거든?"

"아시면 대비를 하셔야죠! 이렇게 앉아서 차만 드신다고 뭐가 해결될 리가 없잖습니까!"

"대비하고 있어. 준비한 것도 있고."

"저, 정말입니까?"

후성이의 눈이 동그랗게 커진다.

"아니, 후성 장군. 지금껏 총군사님과 함께 다닌 게 얼만데 아직도 감을 못 잡고 있어요? 당연히 뭐가 있겠지."

그런 후성이를 향해 감녕이가 말하는데 옆에서 위월이가 고개를 끄덕이고 있었다.

"방도가 있겠소이까?"

"예, 공대 선생. 확실하지는 않지만 그나마 가능성이 있어 보이는 것으로 준비는 좀 해봤습니다."

"총군사님, 도착하셨습니다."

내가 진궁을 향해 말함과 동시에 밖에서 또 다른 부장 하나가 달려 들어와 말했다. 드디어 왔다는 거지?

"들어오게 해."

"예."

부장이 밖으로 달려 나가더니 곧이어 반가운 얼굴들이 그 모습을 드러냈다. 가장 선두에 서 있는 건 이제 열다섯 살이 된 내 아들, 위동건이었다.

저벅, 저벅.

누굴 닮아서 저렇게 키도 크고 잘생긴 건지 모르겠다. 겉으로 봐서는 열다섯이 아니라 무슨 스물이라고 해도 믿을 수 있을 정도다.

어깨도 떡 벌어지고, 얼굴도 조각 미남처럼 잘생긴 게 완전 제갈씨 가문의 특징을 빼다박았다.

그래서인지 얼굴도 무표정하기 그지없다. 내 아들이지만 참 냉정한 녀석이라니까.

"아버님."

"오냐."

녀석이 대표로 날 향해 포권하는 와중에서 그 옆에 있는 형님의 첫째 아들인 여봉이의 모습이 시야에 들어왔다.

키는 동건이와 비슷하지만 덩치는 훨씬 더 크다. 형님의 유전자를 빼닮은 듯, 날카로운 인상에 온몸으로 센 분위기를 뿜어내고 있기까지 했다.

"숙부님."

"어. 조카님 오셨어?"

"기대하고 있습니다. 일만지적요."

"어…… 그래. 일만지적. 우리 조카님도 슬슬 데뷔해야지."

하여간 이 핏줄 하고는…….

내가 작게 한숨을 내쉬는데 여봉이의 옆에 서 있는, 또 다른 조각 미남이 시야에 들어왔다. 녀석이 선망에 가득 찬 눈초리로 날 쳐다보고 있었다.

"오랜만이다, 주취야."

"오랜만에 뵙습니다, 총군사님."

주유의 첫째 아들, 주취다. 녀석의 얼굴에 들뜬 기색이 역력했다.

"총군사. 저 아이들이…… 그 준비입니까?"

내가 흐뭇하게 그 모습들을 쳐다보고 있는데 진궁의 목소리가 들려왔다.

"예, 준비입니다. 비장의 카드죠."

"아무리 총군사라 해도…… 아직 아이들일 뿐이외다. 저들을 비장의 무기로 사용하는 건 너무 이르지 않겠소이까?"

"저도 공대 선생과 비슷한 의견입니다. 아무리 스승님과 공근 장군, 주공의 첫째 공자라고는 하나 아직 채 성년조차 되지 않은 미숙한 연령대이질 않습니까?"

진궁에 이어 육손이까지 걱정스럽다는 목소리로 말한다. 고개를 돌려 보니 후성이가 위월이도 비슷하게 생각한다는 얼굴로 날 쳐다보고 있었다. 심지어는 감녕이와 마초 역시 마찬가지.

"나이는 어려도 하나하나의 능력은 확실합니다. 우리 동건이 같은 경우는 말할 필요도 없고, 봉이는 더더욱 그렇죠."

〈형주 밀리고 위속이 화병 나서 앓아누웠을 때 진궁, 육손이랑 같이 전장 나가서 원소군 남진 막아낸 게 위동건임 ㅋㅋㅋ 제갈량 그 나잇대 시절이랑 거의 동급이었음 여봉이도 여포처럼 무쌍 찍고 다님ㅇㅇ 어리다고 무시하면서 덤볐다가 우금이 팔 잘릴 뻔했잖음.〉

단순히 내가 지켜보기만 하는 것으로는 이 녀석들의 능력을 확신할 수가 없을 거다. 하지만 무릉도원에서 이 아이들의 능력을 찬양하는 댓글과 글이 있었던 만큼 걱정할 필요는 없을 터.

"하지만 총군사. 아직 약관조차 되지 않은 아이들이 전장에서 무엇을 할 수 있겠소이까. 공자들을 무시하고자 하는 건 아니니 오해 않길 바라네."

조심스럽기 그지없는 어조로 진궁이 날, 그리고 아이들을 향해 번갈아 말했다. 그 목소리에 나도 모르게 빵 터져 웃음을 흘릴 수밖에 없었다.

"아니, 총군사. 지금 그리 웃고만 있을 때가 아니잖소이까."

"맞습니다, 스승님. 공자들을 장군으로 삼아 전장에 내보낸다면 적들이 비웃지 않을까 두렵습니다."

"비웃으라고 내보내는 건데?"

"……예?"

"설마, 그러한 것을 노리는 게요?"

육손이가 이해되질 않는다는 얼굴로 날 응시하고 있을 때, 옆에서 진궁이 말했다. 진궁은 짬밥이 되는 만큼, 내가 뭘 말하려는 것인지를 단번에 이해해 버린 모양.

"애들을 전장으로 내보내면 가후처럼 생각이 많은 자는 신중해지겠지만 그렇지 않은 이는 우릴 우습게 볼 겁니다. 압도적으로 우세한 상황이니 더더욱 그럴 테지요."

"그렇다고 하여도…… 공자들의 역량이 어느 정도는 받쳐줘야 가능할 일이질 않소이까."

"역량은 제가 보장하겠습니다. 제 아이라고 해서 말도 안 되게 능력을 고평가하는 게 아닙니다. 이 녀석들이라면 충분히 할 수 있다는, 지금의 상황에서 제가 사용할 수 있는 패 중 최선이라는 판단이 들어서죠."

내가 나가봐야 적들은 경계만 하고, 쉬이 움직이지 않으려들 거다. 하지만 이름도 제대로 알려지지 않은, 우리 쪽의 아이들이 장수가 되어 나간다면 약간 경계는 해도 내가 직접 나가는 것보단 우습게 볼 수밖에 없을 터.

그렇게 생각하는 사이, 진궁이며 육손이며 입을 다물고 날 응시하기 시작했다. 내 계책에 반대할 생각이 없어졌다는 의미.

"동건아, 주취야. 잘 들어. 너희가 할 건 말이지……."

"저곳이 오창인가."

저 멀리 앞, 커다란 산 위에서 펄럭이는 여(呂)의 깃발을 응시하며 조조군 선봉장 조진이 말했다. 그런 조진의 옆으로 부장 왕평이 말 머리를 나란히 한 채로 서 있었다.

"예, 장군. 낙양을 원담에게 양도하며 그곳에 있던 식량 등 여러 군수 물자를 급하게 옮겨둔 곳이라 합니다. 다만, 그 물자가 워낙에 많은 탓에 아직도 처리를 끝내지 못하였다 합니다."

"그렇겠지. 물자가 좀 많았어야지."

조진이 인상을 일그러뜨렸다.

낙양성과 그 주변의 크고 작은 요새에 쌓아둔 군량만 십만 명이 일 년은 먹을 수 있는 분량이었고, 화살이며 창칼에 갑옷정도만 하더라도 이십만은 무장시킬 수 있는 수준이었다. 재물의 가치로만 쳐도 낙양성만 한 크기의 성 한 채는 충분히 짓고도 남을 정도.

그런 것들을 낙양성과 함께 허망하게 약탈당해 버렸으니 위속을, 그 물건들이 쌓여 있는 오창을 기분 좋게 봐줄 수 있을 리가 만무했다.

"그래서 오창의 상황은?"

"일만 명 정도가 버티고 있습니다."

"뭐? 만 명? 이만도 아니고, 삼만도 아니고, 딱 만 명이라고?"

황당하다는 듯 조진이 반문했다. 왕평이 무표정한 얼굴로 고개를 끄덕였다.

"예, 어제까지만 하더라도 오창에 쌓여 있던 물자를 나르기 위해 백성들까지 동원되어 분주하게 움직였습니다만, 오늘은 옮기는 것을 포기한 듯 오창의 요새화에 나선 것으로 보입니다."

"……그렇단 말이지?"

조진이 주먹을 움켜쥐었다.

장수진 하나하나로 친다면 결코 우위에 있다고 할 수 없을 상황이지만 병력의 규모 하나만큼은 압도적이다.

여포 휘하의 병력은 이미 서주와 연주, 그리고 익주로 나눠져 있고 나머지는 각각의 지역에서 반란을 억제하거나 이민족의 발호를 막는 것에 투입되어 있으니까.

상황이 상황인 만큼, 병력을 끌어모은다고 하면 최대 십만까지는 모을 수 있을지도 모르지만 그렇게 모인 병력이 모이는 것만 해도 앞으로 한 달에서 두 달은 걸릴 터. 그 안에 승부를 보면 된다. 그리고 그 승부는 오창에서부터 시작될 터.

"그림이 그려지는군. 이걸 빅 픽쳐라 했지 아마? 크크."

조진이 씩 웃으며 말을 몰아 앞으로 나아갔다.

그러길 한참.

두두두두두-!

일단의 기마대가 흙먼지를 휘날리며 달려오는 것이 조진의 시야에 들어왔다. 위(魏)와 제갈(諸葛)이었다.

"위속과…… 제갈량? 설마?"

조진의 눈이 동그랗게 커졌다.

말도 안 되는 일이다. 위속은 그렇다 치더라도 제갈량은 주유와 함께 익주로 내려간 지 이미 한참이다. 그런데 제갈이 새겨진 군기라니?

"장군, 보십시오."

눈동자만 껌뻑이고 있던 조진에게 왕평의 목소리가 들려왔다. 정신을 차리고 보니 위와 제갈의 깃발 아래에서 장수임에 분명할 두 사람이 말을 타고 다가오고 있었다.

"저건…… 아이들이질 않은가?"

조진의 이맛살에 주름이 생겨났다. 그의 시야에 들어오는 것은 아무리 높게 쳐도 약관이 넘었을 것 같지가 않은, 소년에 불과할 아이 두 명일 뿐이었다.

"이놈 조진아! 불과 얼마 전, 내 아버님께서 네놈을 크게 혼쫄내셨거늘 예가 어디라고 또 머리를 들이미는 것이냐!"

"아버지라고?"

"오냐! 이 몸이 바로 위속 총군사의 양아들, 제갈탄이니라!"

"흠?"

"장군, 어쩌시겠습니까?"

당장에라도 공격 명령을 내릴 것처럼 창을 들어 올리고 있던 조진을 향해 왕평이 말했다.

조진의 눈이 가늘게 변해가고 있었다.

"너무 공교롭지 않은가. 아군 선봉이 오만 명이거늘, 저들은 고작 삼천 명도 되질 않는 병력을 이끌고 나왔을 뿐이다. 그마저도 여포 휘하의 숙장이 아닌, 위속의 아들놈과 누군지도 모를 제갈가의 장수이고. 의심스럽군."

"허면 역시……."

"조심스럽게 나아가야 할 것이다. 화살을 쏴 쫓아내거라."

"존명."

왕평이 포권하며 궁병을 이끌고 앞으로 나아갔다. 그 모습을 지켜보던 제갈탄의 표정이 딱딱하게 굳어지고 있었다.

"아, 이건 좀 아닌데."

"거 참, 답답하네. 갈탄아. 그렇게 얌전하게 떠들면 쟤들이 빡이 치겠어요, 안 치겠어요? 우리 아빠가 하시는 것처럼 날것 그대로의 표현을 써야 한다니까?"

북연주에서 백성들이 탈출하던 시절, 조운에게 구조됐던 제갈탄의 곁에서 위동건이 답답하다는 듯 말했다.

제갈탄의 얼굴이 딱딱하게 굳어지고 있었다.

"충분히 했잖아."

"충분히 하긴 뭘 충분히 해. 양반처럼 나가서 예의 다 차리면서 떠들었구만. 의부님 정도가 아니면 최소한 공명 숙부께서 하시는 정도까지는 해야 쟤들이 빡쳐서 공격할 거 아냐."

"궁수 앞으로!"

위동건이 그렇게 이야기하고 있을 때, 저 멀리 앞에서 왕평의 목소리가 울려 퍼졌다.

"갈탄아. 내가 아빠 하시는 걸 얼마나 연구했는지, 잘 봐. 쟤들 빡치게 할 테니까. 알았지?"

척척척척-!

궁수들이 발을 맞춰 적병 앞으로 밀려 나오는 찰나, 위동건이 말을 몰아 앞으로 나가 소리쳤다.

"조맹덕 백부님 똥꼬 빨아주던 조인 숙부의 조카, 조진아!"

"뭐?"

난데없는 목소리에 궁수들이 활을 쏘길 기다리고 있던 조진의 눈이 동그랗게 커졌다. 조진이 멍하니 위동건의 모습을 쳐다보고 있었다.

그런 와중에서.

"똥꼬? 조인 장군이…… 주공의 똥꼬를?"

"빨아줬다고?"

"으헉…… 그 얘기가 진짜였어?"

병사들이 수군거리는 소리가 들려오기 시작했다. 충격에서 벗어난 조진의 얼굴이 시뻘겋게 달아오르고 있었다.

"닥치지 못할까!"

보다 못한 왕평이 소리침과 동시에 웅성임이 사라졌다. 조진이 입술을 질끈 깨문 채 창을 손에 쥐고 앞으로 나아가고 있었다.

"오냐, 나 조진 조자단이 예 왔다! 네놈은 누구기에 그딴 참담한 소리를 입에 올리는 것이냐!"

"나 우리 아빠 아들인데? 얘랑 형제거든."

"제갈탄과 형제라면…… 네놈이 위동건이라고?"

"오올, 아는구나? 촌수상으로는 너랑 나랑 항렬이 같으니까 말 편하게 할게. 괜찮지?"

"뭐, 뭐라?"

조진의 얼굴이 또다시 벌겋게 달아오르기 시작했다.

나이가 서른을 넘은 자신이다. 하지만 저 앞에 있는 위동건은 자신이 아는 대로라면 고작 해봐야 열다섯 살에 불과한 수준이었다.

"이 대가리에 피도 안 마른 놈이 어디에서!"

"됐고. 야, 조진아! 미안한데 이빨 좀 닦아라! 아, 똥 냄새가 너무 심하잖아. 적당히 좀 빨아야지, 적당히. 그리고 이빨에 그거, 똥꼬 털도 좀 빼고. 이런 데 나와서까지 그걸 자랑하고 싶냐?"

"똥 냄새…… 털…… 으흐흐. 으흐흐흐, 네놈이 정녕……."

혼자 중얼거리던 조진이 실성한 듯 웃음을 흘리기 시작했다.

"자, 장군. 진정…… 하십시오. 이것은 장군을 분노케 하려는 격장지계일 뿐입니다!"

"크으윽."

분노를 참기 위해, 조진이 이를 악물며 주먹을 움켜쥐었다.

당장에라도 터질 것처럼 시뻘겋게 달아오른 그 얼굴로 조진은 심호흡을 하고 있었다.

"쏴라! 적들을 쫓아내라!"

그런 와중에서 왕평이 소리치자 사방에서 쏴쏴쏴쏵-! 하는, 화살 날아가는 소리가 울려 퍼졌다. 그들을 향해 접근해 왔던 위동건과 제갈탄이, 그 휘하 병사들이 뒤로 물러나고 있었다.

그러던 찰나.

"자, 장군! 급보입니다!"

"뭐냐!"

"삼황산 동쪽에서 수레가 발견됐습니다! 산 위에서부터 물건을 잔뜩 싣고서 강변에 대기하고 있는 군선에 옮겨 싣고 있다 합니다!"

"확실한 것이냐?"

"소장이 직접 두 눈으로 보고 왔습니다!"

"그렇단 말이지?"

빠드드드득!

조진이 이를 갈며 저 앞에서 방어 태세를 굳힌 채 아쉽다는 얼굴로 자신을 응시하고 있는 위동건과 제갈탄 쪽으로 시선을 옮겼다. 그런 조진의 주먹이 부들부들 떨리고 있었다.

"이 조자단을 그딴 저급한 술수로 속일 수 있다 생각한 것인가!"

"장군, 주의하셔야 합니다. 이 모든 것이 위속의 계책일지도 모릅니다."

"시끄럽다, 왕평! 젖비린내조차 가시지 않은 핏덩이들을 내 보내 내가 계책을 걱정하게 만들어놓고 오창에 쌓인 물자를 모두 옮기려는 셈이 아니더냐!"

"하지만."

"닥치거라! 더 떠든다면 명을 따르지 않는 책임을 물어 네놈 의 목을 벨 것이다!"

화가 머리끝까지 치밀어 오른 조진이 소리치며 창끝을 높이 치켜들었다.

"돌격하라! 위속 아들놈의 목을 베어 오는 자에게 내 직접 백금을 내리고, 주공께 아뢰어 식읍을 하사토록 할 것이다!"

"돌격하라!"

뿌우우우우우우-! 둥-! 둥-! 둥-! 둥-!

"와아아아아아아아아-!"

뿔 나팔 소리와 함께 북소리, 그리고 병사들의 함성이 터져 나온다. 멀찌감치 그 모습을 지켜보고 있던 제갈탄의 눈이 동 그랗게 커져 있었다.

"아니, 이게 돼요?"

"응, 왜. 이제부턴 아버님 계책대로 하면 된다. 형님, 하실 수 있죠?"

위동건의 시선이 자신의 뒤편에서 대기하고 있던 약관이 가 까운 나이의 장수, 주유의 아들 주취를 향했다. 주취가 무표정 한 얼굴로 고개를 끄덕이고 있었다.

"여기에서부턴 내게 맡겨라."

"형님만 믿겠습니다. 우린 물러난다!"

"퇴각하라!"

"적들과 싸워서는 안 된다, 퇴각하라!"

위동건과 제갈탄의 외침이 사방에서 울려 퍼진다.

선두에서 병사들과 함께 달리던 조진의 눈빛이 차갑게 가라앉았다. 그 상태에서 주변을 돌아보는 조진의 입가에 시리도록 섬뜩한 미소가 피어올라 있었다.

"보아라. 위속이 원하는 것은 내가 제 놈의 계책을 두려워해서 산으로 오르지 않는 것이었느니라!"

"오냐, 그 계책에 한번 당해봐라!"

둥둥둥둥둥-!

조진이 자신감 넘치게 외침과 동시에 낯선 목소리가 들려왔다. 위동건과 제갈탄이 사라진 길목 너머에서 장수 하나가 천 명 남짓한 병사들을 이끌고 달려 나오고 있었다.

"주공근의 아들, 나 주취가 위속 총군사의 계책을 받들어 이곳에서 조진 네놈을 기다리고 있었다!"

"계책이라고?"

조진이 일순간 멈칫거리며 주변을 둘러보았다.

하지만 보이는 것이라곤 발목 높이부터 허리춤까지 무성하고도 다양하게 자라난 풀, 그리고 듬성듬성하게 나 있는 나무며 험준하게 사방으로 이어진 산줄기들일 뿐이었다.

"퇴각……! 흠?"

반사적으로 퇴각을 이야기하려던 조진의 눈매가 가늘어졌다. 위속의 계책이라면 지금쯤 벌써 사방에서 화살이 날아오고, 불붙은 나무통이 굴러떨어져야 한다. 그게 아니면 사방에서 함성이 울려 퍼짐과 동시에 병사들이 밀려오거나.

하지만 어느 쪽에서도 그러한 움직임은 없다. 조용하기만 할 뿐이다. 오히려 주취의 얼굴에 당황스러운 기색이 피어오르고 있었다.

"지금이다! 쏴라!"

뒤늦게 주취가 외침과 함께 화살이 날아오고, 통나무들이 퉁퉁퉁 소리를 내며 떨어져 내리기 시작했다.

하지만 그것은 누가 봐도 급조한 티가 역력한, 계책이라 할 것도 없을 허접한 공격일 뿐이었다.

"흐흐. 이게 전부더냐?"

"지, 지금부터가 시작이니라!"

"그래? 아닌 것 같은데?"

조진이 씩 웃으며 주변을 둘러보았다. 조진 휘하의 장수들뿐만 아니라 병사들 역시 기세등등한 얼굴로 명령을 기다리고 있었다.

"다들 봤느냐? 계책은 개뿔! 아무것도 없다! 밀어붙여라! 주유 아들놈의 목을 베어 오는 자에게도 백금을 하사하고, 주공께 아뢰어 식읍을 얻도록 할 것이다!"

"와아아아아아아!"

"공격하라!"

조진의 명령과 동시에 용기백배한 조조군 병사들이 주취와 그 휘하 병사들을 향해 있는 힘껏 달려 올라가기 시작했다.

"퇴, 퇴각하라!"

"퇴각하라!"

주취가 물러나는 것은 당연지사.

멀찌감치 그 모습을 지켜보고 있던 위동건이 씩 미소 짓고 있었다.

"아버님께서 말씀하신 그대로 진행되는군."

"그럼 이제부터는 내가 나서면 되는 건가?"

그 옆에서 있던 감녕이 창을 어깨에 멘 채, 걸어 나오며 말했다. 위동건이 고개를 끄덕이고 있었다.

"준비하시죠. 곧 쇼타임입니다."

"쇼타임? 그것도 꽤 있어 보이는 표현인데? 기억해 둬야겠군. 다들 준비해라! 쇼타임이다!"

"오우! 알겠소, 대장!"

감녕이 말에 오름과 동시에 그의 병사들이 하나둘 무기를 챙기며 움직이기 시작했다.

그렇게 얼마나 지났을까? 산 위를 달리느라 지친 기색이 역력한 주취와 함께 천 명 남짓한 병사들이 그들을 향해 죽을힘을 다해 달려 올라왔다.

그리고 바로 그 뒤를 따르는 것은.

"이놈! 멈추지 못할까!"

정신없이 달려 올라오는 조진과 그 휘하의 병력이었다. 위동건이 감녕과 함께 병력을 이끌고 그들을 향해 나아갔다. 그런 위동건의 입가에 씩 피소가 피어올라 있었다.

"여, 조진아! 오느라 고생 많았다!"

"위동건? 오냐, 네놈도 함께 잡아주마!"

"네가? 날? 아냐. 이제부턴 내가 널 잡을 거야."

"뭐라고?"

"안 보여? 저 뒤에."

위동건이 손가락을 들어 산 아래쪽을 가리켰다.

"저, 저게 무슨!"

불길이 치솟고 있다. 자신과 함께 이 위쪽으로 달려 올라오는 오만 병력의 끄트머리쯤에서부터 불길이 치솟아 산 전체로 퍼져 나가고 있다.

그리고 그런 와중에서.

"자, 장군! 저쪽에!"

왕평의 목소리가 울려 퍼졌다. 조진의 병력이 산을 타고 올라오는 양옆에서도 새로운 불길이 치솟고 있다.

그 불길이 무슨 누군가 조종하기라도 하는 것처럼 정확하게 그들, 조조군이 있는 곳을 향해 쇄도해 오고 있었다.

"이, 이게……."

"이게 바로 우리 아빠 계책 맛이다. 맛있지?"

위동건이 씩 웃으며 좌중을 향해 소리쳤다.

"화살을 쏴라! 있는 대로 퍼부어라!"

"크으으윽!"

수백, 수천 발이나 날아오는 화살의 비 아래에서 방패를 들어 자신의 몸을 방어하며 조진이 이를 악물었다.

"퇴각하라!"

"안 됩니다, 장군! 사방이 전부 불길인데 어찌 퇴각할 수 있단 말입니까!"

"그럼 어쩌라고! 이대로 죽기라도 하라는 것이냐!"

"아닙니다, 장군! 적장 감녕이 왔다지만 이 산에 주둔하고 있는 병력은 고작 해봐야 만 명이 전부입니다! 죽기 살기로 밀고 올라가 이대로 오창을 점령해야만 합니다! 그것이 살길입니다!"

다급하기 그지없는 왕평의 그 목소리에 조진이 주변을 둘러보았다.

그 말대로 물러날 길은 아예 보이지도 않는 상태. 남아 있는 건 감녕과 위동건이 버티고 있는 오창의 산성뿐이었다.

"빌어먹을! 위속 놈에게 농락당하는 것으로도 모자라 그 자식의 새끼한테까지 농락당하다니!"

"장군! 결단을 내리셔야 합니다!"

"알았다! 돌격하라! 나를 따르라!"

사기가 땅에 떨어진 병력을 이끌고 산 위쪽으로 치고 올라오는 조진의 모습을 지켜보던 위동건의 미소가 한층 더 진해졌다.

"좋아. 딱 아빠 시나리오대로군."

위동건이 만족스럽게 중얼거렸다.

그리고 그 뒤에서, 주취가 기회를 노리는 맹수의 그것과 같은 눈길로 위동건을 응시하고 있었다.

"퇴각하라!"

둥- 둥- 둥- 둥-

한참을 싸운 끝에 퇴각하라는 명령이 터져 나오기 시작했다.

언덕 위쪽에서 방진을 펼친 채, 불꽃을 피해 미친 듯이 밀려오는 조조군을 막아내던 여포군 병사들이 드디어 슬금슬금 물러나고 있었다.

"길을 뚫어라! 곧장 성으로 올라가야 한다!"

주변을 돌아보며 조진이 말했다. 화공 때문에 산 아래로 내려가는 길이 막히기는 했지만 불길이 아주 거세지는 않다. 이대로 조금만 더 시간이 지나면 자연히 꺼지게 될 터.

조진이 검을 뽑아 들었다.

"내가 직접 앞장설 것이다! 나를 따르라!"

"와아아아아아-!"

말을 몰아 전선 한가운데로 밀고 올라가며 조진은 방진을 형성하고 있던 여포군 병사들을 말 그대로 추풍낙엽처럼 박살 내기 시작했다.

쉬쉬쉬쉭-!

"크아아악!"

그가 창을 휘두를 때마다 한 명의 병사가 피를 흩뿌리며 땅에 쓰러진다. 그렇게 생겨난 틈을 조조군 병사들이 비집고 들어가며 안 그래도 붕괴되기 일보 직전에 있던 방진을 완전히 무너뜨려 가고 있었다.

"모두 포기하고 물러나라! 화살을 쏴라!"

그런 와중에서 감녕의 목소리가 들려왔다.

쉬쉬쉬쉭-!

어딘가에서 화살이 날아와 조진과 그 주변의 병사들을 향해 쏟아지기 시작했다. 조진이 간신히 그 화살을 막아내고 나서 앞을 봤을 때, 이미 여포군 병사들은 멀찌감치 뒤쪽으로 물러난 뒤였다.

"지금이다! 산성으로 나아가라!"

"와아아아아아!"

조진의 외침과 함께 병사들이 함성을 내지르며 저 멀리 앞에 있는, 여포군의 깃발이 휘날리는 오창성을 향해 질주하기 시작했다.

그런 오창성의 성문이 활짝 열려 있다. 이미 성을 지키는 건 포기한 것인지 오창성에 있던 병사들이 허둥지둥 성을 빠져나와 삼황산 아래쪽으로 퇴각해 내려가는 여포군과 합류하고 있었다.

"후…… 어찌어찌 해결은 한 것인가."

텅 비다시피 한 오창의 산성에 들어서며 조진이 힘없는 목소리로 중얼거렸다. 산을 오르면서 짧은 전투만 한 차례 치렀을 뿐인데 벌써 진이 쪽 빠지는 느낌이다.

성벽에 올라 주변을 둘러보며 조진은 작게 한숨을 내쉬었다. 성 밖에서는 여전히 거센 불길이 사방으로 퍼져가는 중이지만 좀 지나면 자연스레 잦아들다가 사라지게 될 터.

"장군. 죄송합니다. 난전의 와중에서 아군 군량미가 모두 불타 버렸다 합니다."

놀란 가슴을 진정시키며 있던 조진에게 왕평이 다가와 말했다.

조진이 고개를 저었다.

"그대가 죄송할 일은 아니지. 위속과 그 아들놈의 계책을 좀 더 일찍 파악하지 못한 내 잘못일 뿐. 그래, 이곳에 남은 군량과 병장기는 좀 어떻던가?"

"이미 많이 빼 갔습니다만, 그럼에도 우리 선봉군이 한 달은 충분히 먹을 수 있을 정돕니다."

"그나마 다행이군."

재차 안도의 한숨을 내쉬며 조진은 성의 안쪽으로 시선을 옮겼다. 오만 명에 가까운 병사들이 성문을 굳게 닫고, 나무로 된 버려진 건물에 들어가거나 군막을 펼치며 휴식을 취할 준비를 하고 있었다.

"혹시 모르니 경계만큼은 철저히 하도록 하게. 군량도 풍족하고 다들 고생이 많았으니 오늘은 정말 배불리 먹을 수 있도록 배려해 주고."

"알겠습니다, 장군."

"그럼 고생하게. 난 가서 좀 쉬지."

조진이 성큼성큼 성벽을 내려가 수하들이 안내해 주는, 오창성의 성주 관사를 향해 나아갔다.

죽을 위기를 간신히 벗어났기 때문인지 온몸이 노곤하기만 했다.

"빌어먹을 놈들 같으니라고……."

생각하는 것만으로도 분노가 치민다. 위속이 여포를 미끼로 던지던 것 때문에 대패했던 낙양 전투까지 갈 필요도 없이, 이번 전투만 하더라도 그렇다.

위속이 직접 나온 게 아니어서 이 정도로 끝난 거지, 만약 위속이 경험 많은 숙장들과 함께 나와 본격적으로 계책을 펼쳤더라면 지금쯤 자신은 이곳에서 병사들과 함께 산 채로 화장되었을지도 모를 일.

소름이 돋는다. 위속이 아니라 그 아들놈이 나온 게 정말 다행스럽기가 그지없다.

침상에 걸터앉은 조인이 그렇게 생각하며 휴식을 취하고 있는데 밖에서 부장 하나가 헐레벌떡 달려 들어왔다.

"장군! 장군!"

"무슨 일이냐?"

"불이…… 불이 났습니다!"

"그게 그리도 호들갑을 떨 일이더냐? 지친 병사들이 밥을 짓다가 불이라도 낸 모양이지. 녀석들도 놀랐을 터이니 불만 끄고, 벌을 주지는 말도록. 내가 괜찮다 하였다고 전하고. 알겠느냐?"

"아, 알겠습니다."

"싱거운 녀석 같으니라고."

조진이 혼자 중얼거리며 고개를 절레절레 저었다. 밥을 짓다가 보면, 특히 지금처럼 병사들이 지치다 못해 탈진하다시피 한 상태에선 작은 불은 몇 번이고 나게 마련이다.

그건 그냥 잘 진화해서 수습하기만 하면 될 일이지, 이렇게 자신에게까지 달려와 이러쿵저러쿵 떠들어야 할 필요가 없는 일이었다.

"부장들도 지치고 놀랐던 모양이지."

"자, 장군!"

조진이 아예 침상에 드러누워 잠을 청하려던 찰나, 밖에서 왕평의 목소리가 들려왔다. 안색이 새하얗게 질린 왕평이 헐레벌떡 그가 있는 곳으로 달려오고 있었다.

"무슨 일이냐?"

"불이, 불이 났습니다! 온 성내에서 불길이 치솟고 있습니다!"

"작은 불이…… 아니란 말이냐?"

정말 넋이 나가기라도 한 것 같은 얼굴의 왕평을 응시하며 조진은 인상을 찌푸렸다.

그리고 그 순간, 조진의 머릿속에서 위속의 모습이 떠올랐다. 비겁하기 그지없는 얼굴로 껄껄껄 웃는, 위속의 그 목소리에 귓전에 들려오는 것 같았다.

"이, 이, 이, 이 개 같은 놈이!"

자리에서 벌떡 일어서며 조진이 소리쳤다. 그 얼굴이 또다시 벌겋게 달아올라 있었다.

"흠, 지금쯤이면 슬슬 불타오르고 있겠는데?"

오창성. 그곳에서 뭉게뭉게 피어오르는 검은색 연기를 응시하며 위동건이 중얼거렸다.

"군량고로 사용하는 곳이니 쌀가마를 만든다는 명목으로 볏단도 잔뜩 쌓아놨고, 건물 지붕이며 천장이며 사람 눈에 잘 안 띄는 벽면 위쪽까지 소 돼지의 기름을 발라놨으니까. 한번 불이 붙고 나면 성 전체로 퍼져 나가겠지."

"그러면 절대로 안 꺼지는 건가?"

"예, 형님. 갑자기 폭우가 내리기라도 하는 게 아니라면 불이 꺼질 일은 없습니다. 총군사께서 왜 화공을 그리도 애용하셨는지 이제 좀 알겠다니까요? 불타오르는 모습을 보니까 기분이 좋아집니다. 으흐흐흐."

여봉의 질문에 답하며 주취가 음흉하기 그지없는 얼굴로 웃기 시작했다. 위동건과 여봉, 그리고 제갈탄이 또 시작이라는 듯 고개를 절레절레 젓고 있었다.

"오, 이제 불이 제대로 붙은 모양인데?"

그런 와중에서 일순간 확 커진 연기를 응시하며 위동건이 말했다. 주취의 입가에 피어올라 있던 미소가 한층 더 짙게 변해가고 있었다.

"저놈들이 나올 수 있는 건 자기들이 입성하며 이용했던 서쪽 성문 하나뿐입니다. 나머지는 전부 불타고 있어서 열리지도 않을 거고요. 조진과 그 휘하 오만 병사들은 서쪽 성문으로 뛰쳐나오겠죠."

그렇게 말하며 주취가 여봉 쪽으로 시선을 옮겼다. 여봉이 고개를 끄덕이고 있었다.

"그렇게 되겠지. 살아남아야 하니까."

"예. 살아남아야 하니까 죽을힘을 다할 겁니다. 병사 하나하나가 맹렬한 야수와도 같겠지요. 그거 상대하기 쉽지 않을 겁니다. 아무리 형님이시라고 해도요."

"내가? 그 병사들을? 야, 주취야. 너희 아버지가 주공근이잖아. 우리 아버지가 여봉선이다. 내가 겨우 그런 병사들도 상대 못 할까 봐?"

여봉이 인상을 찌푸리며 반문한다. 그 모습에 위동건이 살짝 분위기가 묘해짐을 느끼고 있었다.

'이 인간이 설마?'

주취가 그런 위동건의 모습을 힐끔 쳐다보더니 다시 여봉 쪽으로 시선을 옮겼다.

"에이, 아무리 형님이라고 해도 이건 아닙니다. 너무 위험해요. 감녕 장군께 부탁드려서 서쪽으로 밀려 나올 적들을 무찔러야겠습니다."

"야! 나 여봉이야, 여봉. 일만지적을 넘어 십만지적, 백만지적이 될 싸나이라고."

"그래도 이거 너무 위험한데……."

"동건아. 내가 안 될 것 같냐? 네가 봐도 너무 위험해?"

"아니…… 형님이시면…… 충분히 가능할 것 같기는 한데."

"그렇지? 동건이 네가 보기에도 그렇지?"

여봉이 눈을 반짝인다. 위동건의 얼굴이 점점 딱딱하게 굳어지고 있었다.

"내가 못할 게 뭐가 있어? 좋아. 오늘 내가 일만지적 건너뛰고 오만지적으로 데뷔하마. 주취야, 형이 하는 거 잘 봐둬. 조만간 내가 우리 아버님도 뛰어넘어 보마. 으흐흐흐. 아, 참."

생각하는 것만으로도 기분이 좋아진다는 듯 웃으며 이야기하던 여봉이 갑자기 생각났다는 듯 위동건 쪽으로 고개를 돌렸다.

여봉과 눈이 마주침과 동시에 위동건이 몸을 흠칫하고 있었다.

"혀, 형님? 갑자기 왜요? 왜 절 쳐다봐요?"

"아니…… 이게 좋은 기회이긴 한데. 나 혼자 독점하려고 생각해 보니까 갑자기 마음이 불편해지네. 그렇잖아? 이 계획을 실행한 건 우리지만 이 계획을 직접 만든 건 숙부님이시잖아?"

"그…… 렇죠?"

"그러니까 나 혼자 독점해서는 안 되지. 우리 아버님께는 공정한 군주이신데 내가 그 공정함을 깨뜨릴 순 없잖냐. 그러니까 동건아. 네가 이만지적 해라. 형이 삼만지적 할게. 우리 같이 가자. 좋지?"

"예에? 하, 하하…… 제가요? 형님하고?"

여봉의 말이 끝나기가 무섭게 위동건의 눈이 동그랗게 커졌다.

"응. 왜? 안 되냐? 숙부님도 십만지적이시잖아? 우리가 사이 좋게 숙부님과 아버님을 뛰어넘어야지."

"아니, 이건 좀……."

이 상황을 어떻게 타개해야 할까. 어색하게 웃으며 고민하기 시작한 위동건의 머릿속에서 아버지가 항상 신신당부하던 그 이야기가 떠올랐다.

'형님한테 잘못 휘말리면 걍 가는 거야. 전장으로 나가서 죽어라 고생하다가 여기저기 몸에 기스 나고 피 나고. 그거 조심해야 한다. 여봉이도 딱 형님 성격을 빼다 박았잖아. 그러니까 동건이 너도 조심해야 해.'

'조심해야 해……'

그 목소리가 메아리처럼 귓전에서 울린다.

"저어, 형님."

"으흐흐흐흐."

위동건이 뭔가, 자신이 전장에 나가서는 안 될 이유를 대려던 찰나 주취의 웃음소리가 들려왔다. 주취가 사악하기 그지없는 얼굴로 웃고 있었다.

'이 인간이 진짜?'

속에서 뜨거운 뭔가가 치밀어 오르려던 찰나, 위동건의 입가에도 씨익 미소가 피어올랐다. 이번엔 그 미소를 확인한 주취가 몸을 흠칫거리고 있었다.

"여봉 형님. 제가 잘 생각해 봤는데요."

"응?"

"저희 아버님과 공근 선생 사이에 해묵은 인연이 좀 있잖습니까. 막 놀리고, 똥쟁이라고 부르고 그랬던 것요."

"그렇지?"

"그 감정을 저희 대에서도 쭉 이어 나갈 수는 없으니까. 이쯤에서 해결해야 하지 싶어요. 이만지적이 되는 그 영광을 맛보고 싶지만…… 공근 선생께 속죄하는 마음으로 양보할게요. 주취에게."

"자, 잠깐. 동건아?"

주취의 안색이 하얗게 변해가던 찰나, 여봉의 눈망울이 촉촉하게 변해가기 시작했다. 위동건을, 주취를 번갈아 쳐다보던 여봉이 감격했다는 듯 고개를 끄덕이며 위동건의 어깨를 두드리고 있었다.

"짜식…… 숙부님 닮아서 착한 데다 속이 깊기까지 하네."

"형님! 전 진짜 괜찮습니다. 괜찮다니까요?"

"아니야. 주취야. 동건이가 이렇게까지 하는데 거절할 필요 없어. 너도 사실은 하고 싶잖아? 이만지적."

"아니 전 그게……."

"괜찮으니까 무기 챙겨라. 네게 영광을 나눠주마. 알았지? 자, 가자! 여기에서 머뭇거리고 있다간 타이밍을 놓친다고!"

여포의 것과 똑같은, 이름조차도 방천화극이라 지은 그 무기를 들고서 여봉이 말을 몰아 병사들과 함께 달려 나가기 시작했다.

망연자실한 얼굴로 그 뒷모습을 지켜보고 있던 주취의 시선이 위동건을 향했다. 위동건이 조금 전, 주취의 그것과는 비교조차 되지 않을 사악하기 그지없는 얼굴로 기분 좋게 웃고 있었다.

"도, 동건이 너!"

그런 위동근을 향해 주취가 소리쳤을 때, 뒤쪽에서 그들의 대화를 지켜보고 있던 감녕이 말을 몰아 다가오더니 말했다.

"쯔쯔, 주취야."

"왜요!"

"그러게 덤빌 상대한테 덤벼야지. 총군사의 핏줄이 뭐 어디 가는 줄 아느냐?"

"크아악!"

혀를 차며 동정 어린 시선으로 자신을 응시하는 감녕의 모습에 얼굴이 험악하게 일그러진 주취가 분노에 가득 차서는 여봉과 그 휘하의 병사들을 따라 맹렬하게 질주해 나아가기 시작했다.

감녕이 신기하다는 듯 그 뒷모습을 응시하고 있었다.

"저 녀석은 화내는 것도 주공근과 똑 빼닮았군. 그리

고……."

감녕의 시선이 이번엔 위동건을 향했다.

'조심해야겠다. 이 녀석…….'

사악한 게 위속보다 더하다. 잘못 걸린다면 뼈도 못 추릴 것
같다.

만약 위속과 위동건 둘에게 동시에 노려지기라도 한다면?

"으으."

상상하는 것만으로도 오한이 느껴진다.

만약 정말로 그랬다간 분노해서 피를 토하는 것만으로 끝나
지는 않을 터였다.

2장
고생했다, 공명아

"이 녀석들…… 잘하고 있으려나 모르겠군."

밤이 늦어서 보이지도 않는다. 낮이면 연기가 얼마나 피어 오르는지를 두고 계책이 제대로 성공했는지 아닌지를 감안이라도 하지, 이건 뭐 완전 까막눈이다.

"걱정되시오?"

진궁의 목소리가 들려왔다. 언제나 쓰고 다녔던 관모조차 벗어놓은 채, 동곳 하나로 상투만 올린 진궁이 뒷짐을 지고서 내 모습을 응시하고 있었다.

"걱정되죠. 아들놈이랑 아들 같은 놈, 귀한 몸이 되실 조카 놈에 잘 챙겨줘야 할 놈까지 다 전장으로 나갔으니까."

"총군사가 이렇게 걱정스러워하는 모습도 다 보고. 우리가 오래되긴 오래된 모양이외다."

그렇게 말하면서 진궁이 껄껄 웃는다.

확실히 그렇기는 하지. 이십 년 가까운 세월을 함께 고민하며 지내왔으니까.

"너무 걱정할 필요 없을 게요. 총군사의 핏줄이고, 주공의 핏줄이며 그 주공근의 핏줄이잖소이까. 감녕 장군도 같이 가 있고."

"그렇겠죠?"

"그럴 거외다."

그렇게 말하며 진궁이 고개를 끄덕인다. 확실히 계책을 잘 짜서 비밀 병기들만 몰아다가 보냈으니까 다른 전투라면 몰라도 이번 전투에서만큼은 괜찮을 거다. 내가 판단하기에 성공할 가능성은 아무리 낮게 잡아도 팔 할 이상이니까.

"그나저나 이제는 어찌할 셈이오? 조진의 오만 병력을 잡아먹는다 치더라도 아직도 적은 이십이 넘소. 남양 태수 하후돈이 합류한다면 다시 또 이십오만을 상회하는 수준이 되겠지."

"그렇겠죠."

"이번 한 번은 적들이 방심할 수 있어도 다음은 아닐 거외다. 게다가 적의 대장은 서량을 평정함에 탁월한 활약을 펼쳤던 하후연이고, 군사로는 가후이며, 책사로 사마중달이 붙어 있질 않소이까."

"하…… 벌써부터 깝깝해지네요."

가슴 속 깊숙한 곳에서부터 뭔가가 턱 막힌다. 고구마를 한 백 개쯤 먹은 것 같은 느낌이다. 사이다 같은 계책이 뭔가 확

떨어져야 하는데…….

"일단은 하후연을 공략해야겠네요. 가후가 군사라고는 해도 대장은 하후연이니까."

"하후연의 성정이 불같다 들었소. 그 성정을 이용하자는 거외까?"

내가 고개를 끄덕였다.

무릉도원에서도 그랬었다. 하후연의 성격이 그지 같으니 그걸 공략했다면 가능성이 있었을 거라고.

"아무리 그래도…… 총군사가 건재한 상태에서는 쉽지 않을 거요."

"진짜 마음에는 안 들지만 제가 화살 한번 맞아야죠."

"화, 화살?"

진궁의 눈이 동그랗게 커진다.

이 양반이 이렇게 놀라는 것도 무리는 아니다.

"제가 많이 건강하니까 화살에 맞아서 다 죽어가는 척, 쓰러져 있으면 조조군 놈들도 득의양양해질 겁니다. 그러면 가후가 아무리 신중하게 움직이려고 해도 하후연을 제어하기가 어려워지겠죠."

"그리된다면야…… 방도가 나올 것 같소만, 너무 위험하오. 총군사는 우리 군의 대들보가 아니외까."

"좋게 평가해 주셔서 감사합니다만 괜찮을 겁니다."

보름달이 뜨기 직전의 전투에서 화살을 맞으면 된다. 멍이며 자잘한 상처며 하는 것들이 치료되는 건 확실했다.

솔직히 도박수이긴 하지만…… 이렇게라도 해야지, 뭐 어쩌겠어.

한숨이 푹푹 나온다. 몸에 기스 나는 게 싫어서 그렇게 미친 듯이 뛰었던 건데, 이제는 내가 스스로 몸에 기스가 나도록 유도해야 할 판이니. 손권이에게 얻어맞던 시절의 주유와 손책이도 이런 느낌이었을까…….

"어라?"

"왜 그러시오?"

"아니…… 갑자기 오늘 꿈이 생각나서요. 아침에 일어나서는 기억이 안 나서 그냥 잊고 있던 건데…….."

"꿈이라니?"

"갑자기 엄청나게 크고 강인한, 근육질의 말을 탄 장수가 대군을 이끌고 우리 영채로 달려오는 꿈이었는데…… 아, 이거 갑자기 싸하네."

"흠. 사실 나도 오늘 꿈자리가 영…… 그랬소이다. 아무래도 징조가 좋지를 못할 것 같은……."

"스승님! 스승님!"

진궁이 채 말을 끝내기도 전에, 저 멀리에서 육손이가 헐레벌떡 내가 있는 곳으로 달려오며 외치는 소리가 들려왔다. 녀석이 심각하기 그지없는 얼굴을 하고 있었다.

"뭐야. 무슨 일이라도 터진 거냐?"

"그, 그게."

육손이가 망설이며 진궁을 쳐다본다. 마치 진궁의 앞에서는 이야기하기가 좀 뭣하다는 것처럼.

"뭔데 그래?"

"아니, 그게…….'

"괜찮으니까 얘기해 봐. 공대 선생 앞에서 얘기 못 할 게 뭐가 있다고."

"주, 주공께서 오고 계십니다."

"으응?"

"주공께서 단기필마로 형주를 지나 이곳으로 올라오고 계십니다! 허창을 지나신 지 이미 한참이랍니다!"

"뭐, 뭐라고?"

아니, 지금 시점에서 형님이 갑자기 왜?

"주공께서 오신다면…… 허어."

머리가 아파진다는 듯, 진궁도 이마를 부여잡는다.

"아, 진짜. 하필이면 이 타이밍이야? 우리가 약하게 보여야 하는 상황인데 형님이 오시면."

"스승님. 설마, 고육계를 계획하고 계셨습니까?"

"어…… 정확하게는 그 비슷한 거긴 한데…….'

"하, 하하…….'

육손이의 얼굴이 난감하기 그지없는 그것으로 변한다.

"어떻게 하죠? 스승님."

"어떻게 하긴 뭘 어떻게 해…… 다른 계책을 찾아봐야지."

아오, 뒷골이야.

내가 목덜미를 붙잡고서 있는데 저 멀리에서 말발굽 소리가 들려오기 시작했다.

"으하하하! 내가 왔다!"

동시에 들려오는 호탕한 웃음소리까지.

소리가 들려오는 쪽으로 고개를 돌리니 시뻘건 말 한 마리와 함께 머리를 풀어 헤치다시피 한, 검은 망토를 휘날리는 장수가 달려오는 것이 시야에 들어왔다.

형님이다. 형님이 누런 옷을 입은 사내와 함께 우리가 있는 영채를 향해 달려오고 있었다.

"뭐야…… 누군가 했더니. 공명이 너였어?"

형님이 영채에 도착했을 때, 옆에서 함께 달려오던 초췌하기 그지없는 안색의 남자가 말에서 뛰어내렸다. 익숙한 얼굴이다.

언제나 잡티 하나 없이 새하얗기만 하던, 백의 장삼에 흙먼지가 뒤덮여 누렇게 변한 공명이었다.

"오랜만에…… 뵙습니다, 스승님."

그런 녀석이 날 향해 다가오더니 어금니를 꽉 깨물고선 포권하며 고개를 숙인다.

"뭐야. 너 오면서 어디 다쳤나?"

"그릉그 아입미다."

여전히 어금니를 꽉 깨문 목소리다.

애가 갑자기 왜 이래?

"그나저나, 형님. 갑자기 어떻게 오신 겁니까? 익주는 어떻게 하고요?"

"가후가 원담과 손을 붙잡았다며? 그러면 적은 거의 칠십만 대군이 되는 거잖아? 당연히 와야지."

형님이 씩 웃으며 말하는데 갑자기 눈앞이 캄캄해진다.

가후 상대로는 진짜 안 되는데. 어떻게 하지?

"그나저나 우리 아들내미는 어디에 있나? 오면서 보니 동건이랑 봉이랑 애들 다 나갔다며?"

"조진을 때려잡으러 갔습니다."

"오, 그래? 그럼 조진 개, 박살 났겠구만? 으흐흐, 문숙 너도 우리 봉이가 얼마나 센 줄 알지? 내 아들이라서가 아니라 걔, 어지간한 장수보다 더 잘 싸운다니까?"

형님이 껄껄 웃으며 봉이 자랑을 시작하는데 어디에선가 몹시 불편한, 원망에 가득 찬 시선이 느껴졌다.

"고, 공명아?"

량이다. 녀석이 퀭한 눈으로 날 쳐다보고 있다. 여전히 어금니를 악물고 있는 모습이었다.

갑자기 왜 저러나 싶어서 쳐다보고 있는데 밖에서 병사들이 내지르는 함성이 들려왔다. 이거…… 동건이 녀석들이 승전해서 돌아오는 건가?

"보고드립니다! 장수 감녕, 여봉, 위동건, 주취, 제갈탄 등이 오창에서 적장 조진을 대파하고 최소 사만의 적을 베어 돌아왔습니다!"

내가 그렇게 생각하고 있을 때, 군막의 휘장이 걷히며 감녕이 들어와 절도 있는 목소리로 소리쳤다.

이야, 처음 나간 전투에서 이런 대승을 거뒀어? 우리 동건이가?

내가 뿌듯해하며 동건이를 처다보고 있을 때, 주변을 두리번거리던 여봉이 형님을 발견하고선 더없이 환한 미소를 지으며 소리치고 있었다.

"아버지! 언제 오셨어요?"

"으하하, 조금 전에 왔다. 승리했다고?"

형님이 기분 좋게 웃으며 말하는데 여봉이가 씩, 자신만만한 얼굴이 돼서는 좌중을 돌아보며 말했다.

"이제 저도 삼만지적입니다."

"오, 그러냐?"

"주취는 이만지적이고요."

"드디어 새로운 시대가 시작되는 건가?"

후성이가 감격해서 중얼거리는데 동건이가 날 처다본다.

이름만 들었지만 대충 상황을 알 것 같다.

누가 주유 아들내미 아니랄까 봐. 동건이한테 골탕 먹이려다가 역으로 당했구만? 내 새끼. 장하네.

내가 동건이를 향해 엄지를 치켜세우는데 저 밖에서 다급한 발소리가 들려왔다. 부장 하나가 헐레벌떡 군막 안쪽으로 달려 들어오고 있었다.

"주공! 총군사님! 급보입니다!"

"응? 무슨 일인데?"

"조진의 패잔병을 수습한 가후가 군의 진로를 남쪽으로 틀었다 합니다!"

"남쪽이면 방향을 틀었다 합니다!"

"남쪽이면…… 예주잖아?"

오늘 아침까지만 해도 낙양을 지나쳐 사수관 쪽으로 나아가던 가후와 하후연의 대군이다. 그런 놈들이 사수관에 도착하기도 전에 남쪽으로 방향을 틀었다는 건 결국 예주, 그것도 영천과 허창으로 향한다는 의미가 될 수밖에 없는 건데…….

"하, 이거 참."

난감하게 됐다. 공성 병기며 하는 것들까지 전부 다 함께 이동하고 있을 건데, 아마 영천까지 오 일이면 도착할 거다. 반면 우리가 제시간에 맞춰서 도착하려면 밤잠 줄여가며 지금 당장 출발해야 하는, 육 일 거리이고.

낙양 건에서도 느꼈지만 가후는 정말 전술이 시시때때로 바뀐다. 전장의 상황이 변하는 걸 따라서 그대로 획획. 우리보다 많은 병력으로 원하는 곳을 얼마든지 공격할 수 있는, 유리한 입장이기 때문이기도 하겠지만 방어하는 입장에선 진짜 까다롭다.

아니, 이걸 어떻게 한다? 무릉도원에라도 들어갈 수 있으면 들어가서 보고 나오겠는데 보름달이 뜨려면 아직도 보름이나 남았고…….

"가후가 남하하면…… 일단은 별동대를 영천으로 보내서 수성을 지원해야 하는 거 아닙니까? 영천에 있는 병력은 이만 명 정도밖에 안 되잖아요."

후성이가 말하니 옆에서 감녕이가 고개를 젓는다.

"영천은 오래된 성이어서 수성에 적합하지가 않소. 차라리 영천을 포기하고 허창으로 물러나는 게 합리적이지. 어차피 낙양이 뚫린 이상 남양의 하후돈과 가후가 합류하는 건 기정사실이잖소?"

"그거야 그렇기는 한데."

장수들이 자기들끼리 모여 이야기를 나눈다. 가후를 어떻게 막아야 할지.

진짜…… 이렇게 되면 죽어라 막는 수밖에 없지.

이 건에 대해서는 딱히 뭐 계책이고 나발이고 할 게 떠오르질 않는다.

"쓰읍. 역시 일단은 버티는 수밖에 없나."

"역시, 스승님께서도 그걸 생각하고 계셨군요."

혼자 어떻게 해야 할지를 고민하고 있는데 공명이가 날 향해 말했다.

아니, 갑자기 그거라니?

"응?"

"이 상황에서 가후가 남쪽으로 이동한다는 건 역시 그것밖에 없는 거잖습니까. 조금 생각을 하고 나서야 깨달았는데…… 역시 스승님은 못 따라가겠네요. 그냥 듣자마자 바로 알아차리시다니."

얘가 무슨 소리를 하는 거야?

등에서 식은땀이 난다. 여기에서 내가 모른다는 걸 티 내기라도 한다면 그 순간부터 스승으로서의 권위는 땅에 떨어질 거다. 버텨야 한다. 망, 망할.

"나야 뭐…… 그렇지. 짬밥이 몇 년인데."

아무렇지도 않은 척, 다 아는 척 이야기하는데 이번엔 옆에서 진궁이 한숨을 푹 내쉬며 말했다.

"이 사람 역시 총군사나 제갈 군사와 생각이 같소. 가후가 선택할 만한 것이라면 역시 그 방안밖에 없지. 노리는 바를 빤히 알면서도 이렇게 난감할 수밖에 없는 책략이라니……."

"확실히, 그것밖에 없죠."

이제는 동건이까지 합세해서 고개를 끄덕인다. 바로 옆에 있던 주취도 대충 알 것 같다는 얼굴을 하고 있고.

애들도 아는데, 내가 모르는 게 밝혀지면 진짜.

"총군사님."

"어, 어?"

"도대체 지금 다들 뭘 알겠다고들 이러시는 겁니까? 가후가 노리는 게 영천이 아니에요? 다른 게 뭐가 있는 겁니까?"

후성이의 질문에 진짜 눈앞이 캄캄해진다.

동시에 머리가 팽팽 돌아가기 시작했다. 가후가 지금 상태에서 영천으로 남하하는 건 결국 우릴 남쪽으로 끌어당기는 거니까 그렇다는 건…….

"원담이지."

이거였구만.

"예?"

"원담이 북쪽에 있잖아. 하내로 병력을 옮겨놓고 대기 타면서."

"아니, 장군. 원담은 하북으로 돌아가려고 뱃길을 이용해서 병력도 보내고, 군량이며 병장기며 하는 것들도 보내고 있잖습니까? 벌써 그렇게 옮긴 병력만 오만이 넘는다고 했는데……."

후성이가 황당하다는 듯 반문한다.

그런 첩보가 있기는 했지. 그것 하나만 놓고 보면 원담이 정말 철수하려 드는 거로 생각할 수도 있겠지만 가후의 움직임과 연계해서 보면 확실하다.

"가후가 뒤에서 뽐뿌질을 했겠지. 자기가 왔고, 우리 쪽 병력이 훨씬 적으니까 해볼 만하다고."

"아……."

후성이가 고개를 끄덕인다.

그런 녀석의 모습에 공명이가 답답하다는 듯 입을 열었다.

"우리가 알아도 막기 힘들고, 몰라도 힘들 책략입니다. 가후가 원하는 대로 우리 본대가 남하한다면 원담이 우리 뒤통수를 맛깔나게 후려갈길 거고, 그게 아니면 가후가 영천을 휘젓고 다니겠죠."

"그러면……."

"아니, 후성 장군. 그러면은 무슨 그러면이에요? 영천은 방어에 적합하지가 않으니까 뒤로 물려서 허창을 방어 거점으로 만들어놓고 수성의 달인인 장료 장군을 보내 지키도록 할 수밖에. 나머지는 원담을 몰아내고요."

청산유수처럼, 속사포처럼 말하던 공명이가 날 쳐다본다.

어떻게 생각하느냐는 것처럼.

어째 쟤…… 오늘 평소보다 많이 까칠한 것 같은데. 왜 저러지?

뭐 어쨌든 간에…….

"그렇게 해야지, 뭐. 지금으로선 그게 최선인 것 같다. 괜찮죠? 형님."

"장료가 버티는 동안 북쪽으로 올라가서 원담의 대군을 때려잡으면 되겠군. 그게 사십만 정도라고 했던가? 이번에 몸 좀 확실히 풀 수 있겠군."

형님이 기대된다는 얼굴로 날 쳐다본다. 그런 형님의 옆에 서 있는 여봉이 역시 마찬가지.

"하, 하하……."

이번엔 또 다른 의미에서 눈앞이 캄캄해진다. 갑자기 낭떠러지 앞에라도 선 것 같은 느낌이다.

나도 모르게 어색하게 웃는데 공명이와 시선이 마주쳤다.

녀석이 묘한 얼굴로 날 쳐다보고 있었다.

막막하다.

"스승님!"

회의가 끝난 직후, 잠깐 계책을 좀 구상해 보겠다고 군막을 나와 혼자 거니는데 저 뒤에서 익숙한 목소리가 들려왔다. 공명이가 내 쪽으로 다가오고 있었다.

"잠깐, 잠깐만 같이 얘기 좀 하시죠."

"뭐, 원담 때문에 그러는 거냐?"

"아뇨, 그게 아니라…… 하, 진짜. 스승님 정말 너무하시는 거 아닙니까?"

"응?"

"공근 장군이랑 제가 진짜…… 하아. 죽는 줄 알았다니까요?"

"형님 때문에?"

"예에! 뭐만 하면 돌격하려고 하시는 통에 머리가 이만큼 빠졌다니까요? 보십쇼. 이게 사람 머립니까?"

공명이가 항상 쓰고 다니던 관모를 벗고, 상투를 풀어 헤치며 정수리를 보여준다. 그 정수리가 좀 많이…….

"휑하네?"

"스, 스승님!"

"아니, 휑한 걸 보여주려고 모자 벗은 거 아니야?"

"그게 중요한 게 아니잖습니까! 스승님 때문에 제가 이만큼 스트레스를 받았다고요!"

얼굴이 벌겋게 달아오른 공명이가 울컥해서 외치는데 속에서 뜨거운 뭔가가 왈칵 치민다. 내가 정신을 차렸을 때, 나는 녀석의 손을 덥석 붙잡고 있었다.

"고생했다, 공명아. 진짜야."

"공근 장군은…… 저보다 더하십니다. 눈 밑이 완전 퀭하셨다니까요."

"그쪽은 지금 어떻게 됐는데?"

"저랑 공근 장군이 어찌어찌 버티면서 서쪽의 대평야로 나아가는 마지막 관문이라 할 수 있을 강주성까지는 나아갔습니다. 지금쯤 공근 장군께서 강주성을 지키는 조조군과 싸우고 계실 겁니다."

"고생했다, 진짜. 내가 이건 인정할 수밖에 없네."

"그거뿐이에요?"

"미안. 근데 형님이 가고 싶다고 해서서 어쩔 수가 없었어. 서쪽으로 들어가는 길을 뚫는 게 좀 중요하냐? 그나마 너랑 주유랑 형님이 같이 있었으니까…… 아니다. 너랑 주유가 고생했지."

공명이의 눈빛이 조금씩 매섭게 변하는 모습을 지켜보며 나도 모르게 중간에 말을 바꿀 수밖에 없었다. 녀석은 이제 좀 속이 후련하다는 듯 평소와 같은 얼굴로 돌아가고 있었다.

"스승님도 그간 고생 많으셨습니다."

"나야 뭐…… 항상 똑같지."

무슨 일이 생기면 적당히 대치하면서 시간 좀 끌다가 무릉도원에 들어가서 계책을 보고 나오는, 뭐 그런.

내가 그렇게 생각하며 진짜 힘들었다는 듯 잠깐 하늘을 올려보는데 공명이의 시선이 느껴졌다. 녀석이 정말 하고 싶은 말이 있다는 듯 날 쳐다보고 있었다.

"왜. 더 무슨 말을 하려고?"

"중요한 건 아닙니다만…… 스승님께서 의술에 조예가 깊으시잖습니까? 그래서 여쭤보고 싶은 게 있는데요."

"응?"

"머리…… 이거 어떻게 해요? 저 진짜, 평생 이 상태로 있어야 해요? 정수리가 휑하다고요."

"크흡. 공명아!"

갑자기 또 눈물이 앞을 가린다.

탈모라니. 그 제갈공명이 탈모라니!

"그건…… 스트레스성 탈모거든? 단기간 내에 스트레스를 너무 많이 받아서 머리가 빠진 거야. 그러니까 스트레스를 안 받도록 노력하면서 마인드 컨트롤을 해야 해."

"마인드 컨트롤이요?"

녀석이 고개를 갸웃거린다.

처음 들어본 단어일 거다. 내가 그거까진 얘기해 본 적이 없으니까.

"응, 네가 스스로 네 마음을 제어하는 거다. 스트레스를 받아도 그게 아무것도 아닌 것처럼, 너 스스로 마음을 바꿔 먹는 거지."

"아…… 그러면 되는 겁니까?"

"응. 아, 그리고 그 마인드 컨트롤에 좋은 주문이 하나 있는데. 알려주랴?"

"그런 게 있어요?"

공명이의 눈이 초롱초롱하게 변해간다. 녀석이 정말 간절하기 그지없는 눈으로 날 쳐다보고 있었다.

"공명아. 한 번만 얘기해 줄 테니까 잘 들어."

"예."

"자라나라 머리 머리."

"자라나라 머리 머리?"

"스트레스를 받을 땐 심호흡을 하면서 그걸 읊어라. 그러면 머리가 다시 자라날 거다. 알았지?"

탈모에는 이게 최고…… 였지, 아마? 그랬던 것 같은데. 탈모라고 하면 다들 이걸 얘기했었으니까…… 맞겠지?

"자라나라 머리 머리! 알겠습니다, 스승님."

녀석이 날 향해 포권하며 고개를 숙이고선 만족스러운 얼굴로 그 주문을 외며 막사 안으로 들어간다. 그래. 스승이 되었으면 이런 도움도 줘야지.

"자라나라 머리 머리…… 아, 잠깐만."

이거…… 응원하는 거 맞나? 아니었던 것 같기도 하고.

하, 위속으로 살아온 세월이 너무 오래된 것 같다. 이런 게 다 헷갈리네.

📱

"좋군. 아주 좋아."

하내에서 진류로 이어지는 물, 양구수. 뭍에서 그 물길을 따라 움직이며 원담은 기분 좋게 미소를 지었다.

위속과의 협상으로 낙양을 얻었고, 가후와의 협상으로 위속을 궁지에 몰아넣을 기회를 얻었다. 그리고 이제는 자신이 이끌고 있던 병력을 거의 전부라고 해도 과언이 아닐 정도로 움직이며 직접 위속과 여포를 공격하러 나아가고 있기까지 한 상태.

한 번이라도 전투에서 패배한다면 곧장 몰락해 버릴 수밖에 없는 여포와 위속이다. 그들로부터 한 차례의 승리를 거두고, 그 전리품으로 연주를 얻기라도 한다면 원소의 후계 구도는 확실히 자신이 원하는 방향대로 이루어지게 될 터.

"만약 장차 내가 하북의 주인이 된다면 가장 큰 공은 사원, 그대에게 갈 걸세."

"감사합니다, 도독."

방통이 말 위에서 포권하며 고개를 숙인다. 그런 방통의 입가에도 기분 좋은 미소가 피어올라 있었다.

"그대의 계책, 가능성은 충분하겠지?"

"알아도 어찌지 못할 것입니다. 저들이 알아도 어찌지 못할, 당할 수밖에 없는 계책을 세워두었으니까요."

"그것이 정말인가?"

"도독께선 소생만 믿어주십시오. 이번에야말로…… 확실하게 승부를 내겠습니다."

저 멀리, 동남쪽 어딘가에 있을 진류성과 여포군을 향해 시선을 옮기며 방통이 말했다. 취기 따위는 전혀 없는, 차가우면서도 섬뜩하기 그지없는 눈빛이 그런 방통의 눈동자에 깃들어 있었다.

"흐음."

진류성의 태수부에서 진류와 그 인근 지역의 지형이 그려진 지도를 펼쳐놓고서 쳐다보길 어느덧 만으로 하루째.

물길을 따라 원담과 함께 대군을 이끌고 내려오고 있을 방통이라면 어떤 계책을 사용할 수 있을까 고민하고 있는데 딱히 떠오르는 게 없다.

그나마 생각나는 것이라면…….

"화공인데, 지금 시점에서는 답이 없지."

정말로 그러하다.

바람 때만 잘 맞으면 어찌어찌 불을 질러가며 뜨거운 맛을 만들어 볼 수도 있겠지만 지금은 남서풍이 불 때다. 북서쪽에 서부터 남하해 내려오고 있는 원담과 방통의 입장을 생각해 본다면 불을 질러봐야 자기들 손해만 커질 꼴이다.

그러면 화공은 아닌 거다. 그 이외에 뭔가 확실한, 자신들의 승리할 수밖에 없을 것이라 자신해 마지않을 방법이 있다는 것일 터. 그리고 그 방책이라는 것은…….

"흠?"

답답한 마음에 인상을 찌푸리며 주변을 돌아보는데 갑자기 아이디어 하나가 머릿속을 스치고 지나갔다.

"오."

이거다. 원담이나 방통이 진짜 뭔가 나로서는 예상할 수 없을, 말도 안 되는 미친 짓을 벌이는 게 아니라면 이 방법을 선택할 거다.

어서 가서 알려줘야지. 내가, 어? 무릉도원이 없어도, 어? 다 한다니까!

갑자기 자신감 뿜뿜이다.

기분이 좋아져서 군막으로 들어가는데 형님의 그 커다란 등판이 시야에 들어왔다.

형님은 공명이를, 육손이와 함께 군막 안쪽으로 펼쳐져 있는 지도를 응시하고 서 있었다.

"그럼 난 너희만 믿는다?"

"예, 주공."

"확실하게 해야 해."

"확실히 하겠습니다."

공명이가, 육손이가 형님을 향해 포권한다. 형님이 녀석들을 향해 고개를 끄덕이더니 이번엔 내 쪽으로 몸을 돌려선 씩 웃더니 성큼성큼 걸어 군막을 빠져나가고 있었다.

"후…… 자라나라 머리 머리."

"뭐냐. 갑자기 스트레스가 막 팍팍 올라와?"

"주공께서 방금 삼십만지적을 찍겠다고 그 방안을 마련하라 하셔서요. 아니, 진짜…… 이게 말이 됩니까? 어떻게 인간 하나가 삼십만 명을 때려잡아요?"

공명이가 한숨을 푹푹 쉬며 말하는데 그 낯빛이 시커멓게 죽어 있다. 진짜로 힘들다는 것처럼.

내가 그 마음 다 이해하지.

"힘내라, 공명아."

"힘낼 상황이 아니잖아요, 이게."

진짜 지친다는 듯, 녀석이 마른세수를 하더니 말을 잇는다.

"그보다 잘 오셨습니다. 저희가 마침 방통이 앞으로 어떤 계책을 펼치고자 할지를 예상했거든요?"

"뭐, 아군을 지치게 만드는 거?"

내가 말하니 공명이가 눈을 동그랗게 뜬다. 그러고서 육손이랑 잠시 시선을 교환하더니 한숨을 푹 내쉬기까지 하고 있었다.

"간파하신 겁니까?"

"나도 고민을 해봤는데 그거 말고는 방통이 할 만한 게 딱히 없더라고."

"하…… 저희는 꼬박 날밤 까면서 고민하고 나서야 간신히 간파했는데. 얼마나 걸리셨습니까?"

"한 시간쯤? 딱히 뭐 어려운 계책은 아니잖아. 근데도 그걸 그렇게 고민해? 천하의 공명이랑 육손이가?"

이게 말이 돼?

어이가 없어서 녀석들을 쳐다보니 두 녀석이 또 한숨을 내쉰다. 뭐야, 진짜로 하루 꼬박 날밤을 깐 모양인데?

"사실 처음부터 방통이 아군을 지치게 만드는 계책을 사용할 것 같다는 생각이 들기는 했습니다만, 확신이 안 섰습니다. 그래서 제가 방통이라면 어떤 계책을 사용할 수 있을지, 우리가 아직 알지 못하는 뭔가가 더 있을지도 모른다는 점을 들어 고민했고요."

"그러니까 쉽게 생각하시라니까, 제가 몇 번을 말씀드렸어요? 공명 숙부님."

지친 기색이 역력한 목소리로 공명이가 말하는데 옆에서 동건이가 녀석을 타박하고 있다. 육손이는 아예 지금 자기가 나섰다간 손해라고 생각했는지, 조용히 물러나 있는 중이고.

"자라나라 머리 머리…… 쓰읍. 그러면 스승님. 그다음도 생각해 두셨습니까?"

"형님이 원하시는 대로 해드려야지."

내가 씩 웃으며 말하니 공명이의 입가에도 미소가 피어오른다. 나와 같은 걸 생각하고 있던 모양이다. 그런 우리의 모습에 군막 안쪽 구석에 앉아 있던 진궁이 만족스럽다는 얼굴로 고개를 끄덕이고 있었다.

이제는 옛날, 진궁이 했던 그 말이 대충 이해할 수 있을 것 같다. 적이 원하는 바가 무엇인지, 뭘 하려는 지를 간파하고 나면 그다음부터는 특별히 고민할 필요도 없이 그에 대한 방책이 머릿속에 저절로 그려진다고나 할까?

"방통이가 원하는 대로 어울려 주자고."

이번 한 번만 더 때려잡으면 된다.

지금까지의 연이은 패배로 십 년 이상을 허송세월, 피해를 복구하는 것에만 전념했던 놈들이다. 이번에도 때려잡고 나면 원소는 더 이상 병력을 남진시키지 못하게 될 터. 그렇게 만들어놓기만 하면 그다음부터는 조조와의 1:1 데스 매치로 들어가는 거다.

딱 좋지, 뭐.

"거, 한타 열기 딱 좋은 날이네."

📱

둥~! 둥~! 둥~! 둥~!

북소리가 울려 퍼진다. 적들이 다가오는 모양.

영채에서 차를 마시며 군막 밖으로 나가니 우리 쪽 병사들이 너나 할 것 없이 정신없이 움직이는 중이다. 감녕이며 허저며 하는 장수들 역시 마찬가지.

"서둘러라! 적들이 다가오고 있다!"

"갑옷을 점검하고, 무기도 다시 한번 살펴라!"

그에 맞춰 부장들 역시 고래고래 소리를 지르며 병사들을 채근하고 있었다.

"나도 슬슬 준비해 볼까."

"장군, 어떤 갑옷으로 준비할까요?"

찻잔을 내려놓으니 옆에 있던 후성이가 말했다.

평소 같으면 검은색의, 갑옷 본연의 역할에만 충실한 방어도 높은 전투용 갑주를 선택할 거다. 하지만 지금은 내가 직접 전투에 나설 게 아니니까…….

"의전용으로 가자."

"설마, 그 휘황찬란한 물건이요?"

"어. 어차피 난 뒤에서 구경만 할 거니까. 고생은 쟤들이 할 거고."

"기왕이면 전투용으로 선택하시는 게 낫지 않겠습니까? 그래도 안전한 게 최곤데요."

후성이의 곁에서 공명이가 말했다. 녀석이 걱정스러운 얼굴로 날 쳐다보고 있었다.

"아니, 얘가 무슨 소리를 하는 거야. 의전용이면 돼. 그냥 눈에 잘 띄는 곳에서 우리 병사들한테 사기 진작을 위한 버프만 팍팍 걸어주면 그걸로 충분하잖아? 뭐 이번 전투에서 신묘한 계책을 사용할 것도 아니고."

"그러면 이번에는 그냥 싸우기만 하는 겁니까?"

"응, 그냥 싸우기만 할 거야. 장수들이 앞장서서 돌파하고, 그 뒤에서 우리 병사들이 뛰어들어 적진을 헤집어놓기만 하면 돼. 그러고부터는 지휘고 뭐고 할 것 없이 장수들이 알아서 싸우도록 두는 것만으로도 충분하잖아?"

전투가 진행되는 와중에서 뭔가 말도 안 되는 실수를 범하는 것만 아니면 된다. 그리고 그 실수라는 것은 뒤에서 전장 전체를 총괄하며 버티고 있을 내가 잘한다고 해서 안 벌어지는 것도 아니고. 그냥 경험 많은, 베테랑인 우리 장수들에게 맡겨놓고 믿는 수밖에.

"나는 그냥 뒤에서 우리 병사들 사기나 올려 주고, 원담이랑 방통이랑 떠드는 거 보기 좋게 깔아뭉개 주기만 하면 돼. 흐흐흐. 그동안 죽어라 고생했는데 이제는 좀 나도 편하게 지내야지. 안 그러냐?"

"그렇죠. 그럼 저도 장군과 함께 뒤에서 버티고 있겠습니다."

"응? 너도?"

"아, 장군. 저는 친위대장이나 마찬가지잖습니까. 장군과 주공이 가시는 곳을 따르며 전장의 해결사 역할을 하는, 조커요."

후성이가 그렇게 말하며 씩 미소 짓더니 갑옷을 가지러 가겠다며 군막 안쪽으로 걸어 들어간다.

조커라니. 쟤가 그런 말도 할 줄 알아?

그러고 보면 후성이도 그렇고, 공명이나 육손이 같은 녀석들도 그렇고 형님 밑에서 나랑 같이 싸우는 애들은 전부 말하는 게 현대인 다 된 것 같다. 아주 그냥 외래어를 자연스럽게 쓰네.

"오, 좋아."

약간의 시간이 지나고, 후성이가 부장들과 함께 내가 입을 의전용 갑옷을 가지고 나왔다. 무쇠로 만든 찰갑 위에 은을 덧칠해 만든 덕분에 그냥 갑옷이 움직일 때마다 사방으로 햇빛을 반사하며 번쩍번쩍하고 있었다.

"이걸 입고 나가면 다들 나만 쳐다보겠군."

나쁘지 않다. 이제 내가 해야 할 건 원담이랑 방통을 어떻게 놀려주느냐, 그 부분인 건데…….

"스승님."

"응?"

"의전용 갑옷을 입으시는 거, 후회하시기 없깁니다?"

"후회? 갑자기?"

내가 이걸 입고서 후회하게 될 상황이…… 있던가?

생각이 거기까지 미침과 동시에, 어제 내가 군막에 들어갔을 때 형님이 날 쳐다보며 씩 웃었던 그 모습이 머릿속에 떠올랐다.

믿는다고 했었지, 나를. 설마, 그 얘기가…….

"문숙!"

형님의 목소리가 들려왔다. 갑옷을 차려입고, 어깨엔 방천화극을 들쳐 멘 우리 형님이 성큼성큼 걸어오고 있다. 그리고 그런 형님의 옆으로는 여봉이와 동건이 그리고 탄이와 주취가 함께 서 있다.

여봉이를 제외한 나머지 녀석들의 얼굴들이…… 이거 완전?

"형님, 아니죠?"

"이야, 문숙. 네가 내 마음을 완전히 읽었구나?"

형님의 시선이 햇빛을 반사하며 반짝이는 내 갑옷을 향한다. 형님의 입가에 피어오른 미소가 점점 진해지고 있었다.

"하하하. 아주 좋다. 매우 바람직한 갑옷이야. 적들을 끌어들이기에 아주 좋겠어."

형님이 껄껄 웃으며 말하는데 옆에서 여봉이가 초롱초롱한 눈으로 날 쳐다본다. 마치 존경스럽다는 것처럼.

그런 와중에서 동건이나 탄이, 주취는 정말 도살장에 끌려가는 소라도 되는 것처럼 낯빛이 완전 죽어 있었다.

안 봐도 훤하다. 여봉이가 동건이랑 탄이, 주취를 붙잡았고 형님이 날 붙잡으러 온 거겠지.

머리가 깨질 듯이 아프다. 그런데 이거 완전…… 가슴까지 아프네?

동건이가 자긴 정말 싫다는 듯 고개를 푹 숙인 채로 있고, 탄이는 살짝 겁먹은 얼굴로 주취와 함께 붙어 있다. 신난 건 형님과 여봉이, 딱 두 명일 뿐이다.

"아오…… 진짜."

마음 같아서는 딱 자르고 여기에서 빠지고 싶지만, 애들을 보니 차마 그러질 못하겠다. 이게 아버지의 마음이라는 건가?

"형님."

"응?"

"이러지 마시고 저랑 같이 제대로 하시죠."

"제대로?"

"아니, 이렇게 애들이 많이 끼면 삼십만지적 제대로 못 하잖아요? 애들만 넷에 형님이랑 저까지 합치면 여섯 명인데 머릿수가 너무 많아요."

"아, 아버지?"

동건이의 놀라서는 날 쳐다본다. 그 옆의 주취 역시 눈이 동그래지긴 마찬가지였다.

"어때요, 형님. 제가 옆에서 보조만 해드릴 테니까 둘이 갑시다. 애들 다 빼고, 제대로 삼십만지적 한번 해보시라고요."

"그것도 나쁘지 않겠군. 너희들을 가르치는 건 나중으로 미루도록 하마."

형님이 그렇게 말하며 애들을 한 번씩 돌아보더니 곧장 적토마에 오르기 시작했다. 후, 일단은 이러면…… 애들은 살린 건가?

"가자, 문숙."

"예, 형님."

형님에 이어 말에 오르니 동건이가 날 쳐다본다. 주취와 탄이 역시 마찬가지. 녀석들이 걱정스러운, 그러면서도 복잡하기 그지없는 얼굴을 하고 있었다.

얘들아. 아빠가, 아저씨가 간다. 너희 대신에 내가……

"으하하하, 인중룡 여포가 위속과 함께 간다!"

비장한 마음으로 녀석들을 돌아보는데 형님이 난데없이 소리치며 질주해 나가기 시작했다.

적들을 향해. 그것도 못 해도 이십만은 될, 병력을 이끄는 원담과 방통이 버티는 곳으로.

돌아버리겠네, 진짜.

"혀, 형님! 아, 같이 가자고요!"

📱

"흐아."

피곤하구만.

잠깐 눈 좀 붙인다고 누웠다가 일어났는데 이건 뭐 잔 거 같지도 않고…… 한 시간이나 잔 건가 싶다.

'사실 한 시간으로 풀릴 피로는 아니지.'

방통이 우릴 지치게 하려고 작정한 것인지 오전의 전투에서는 계책 같은 것 없이 그저 전선에서 군을 지휘하는 장수들의 역량으로 모든 것이 결정 났으니까.

우리는 원담과 방통을 목표로 돌진하며 머리를 베고자 했고, 원담과 방통은 그 공격을 막으며 아군의 숫자를 줄이는 것에 주력했고.

결국엔 아군의 전술적인 목표를 달성하는 것에 실패한, 그냥 방통의 의도대로 지치기만 하는 것으로 끝났을 뿐이다.

물론 방통의 입장에서 봤을 때의 이야기.

'지금쯤 준비는 확실하게 해놨겠지?'

내가 그렇게 생각하며 군막 밖으로 나가는데 묘한 콧노래 소리가 들려왔다. 영채 한가운데의 바위 위에 앉은 형님이 달빛에 비치는 방천화극을 슥삭슥삭 쉿돌로 갈고 있었다.

그리고 그 옆에서는…….

"아니, 삼십만 상대로 싸우는 데 던지는 미끼가 오천 명밖에 안 된다는 게…… 이게 괜찮은 건가?"

"아무리 봐도 이거 자살행위인데…… 흐으으으음."

후성이의 휘하에 있는 천인장 셋이 모여서 자기들끼리 심각한 얼굴로 중얼거리고 있다. 그 옆에서 심각한 얼굴을 하는 건 후성이 역시 마찬가지였다.

"후성아."

"장군, 일어나셨습니까?"

"어. 잘 일어났는데…… 너 나 자는데 와서 편지 놓고 갔드라?"

"예? 아, 하하…… 그게 좀. 잘 부탁드리겠습니다, 장군."

후성이가 어색하게 웃는 찰나.

둥- 둥- 둥- 둥-!

"우와아아아아아아아아-!"

저 멀리에서 북소리와 함께 병사들이 내지르는 함성이 들려오기 시작했다. 무척 가까운 거리다.

횃불도 하나 보이지 않는 상황에서 이렇게 접근했다는 건…… 방통이 제대로 칼을 갈았다는 의미겠지.

"쉽지 않겠군."

"내가 삼십만지적이 되는 순간이 드디어 찾아왔군."

내가 중얼거림과 동시에 형님이 앉아 있던 자리에서 벌떡 일어났다. 그런 형님이 나를, 장수들을, 병사들을 쭈욱 둘러보더니 적토마에 올라탔다.

사방에서 털썩 주저앉아 적들이 도착하길 기다리던 후성 휘하의 병사들도 무기를 챙겨 몸을 일으키고 있었다.

"문숙, 후성."

"예?"

"내가 오늘 컨디션이 매우 좋거든. 아주 최고야."

"그…… 렇습니까?"

형님이 씩 웃으며 말하는데 갑자기 느낌이 이상해진다. 뭔가 들어서는 안 될 것 같은 이야기가 들려올 것 같은데…….

내가 그렇게 생각하는 것을 알아차린 것일까? 형님이 병사들 쪽으로 시선을 옮겼다.

"얘들아!"

"예, 주공!"

"내가 먼저 갈 테니, 너희는 뒤따라와라."

"혀, 형님! 뒤따라오라뇨? 아니, 지금 영채에서 방어하는 게 아니라 쟤들 쪽으로 치고 나가시겠다는 겁니까?"

"삼십만지적. 오늘은 해야지. 확실하게."

"주공!"

그 말을 남기고서 형님이 적토마와 함께 영채의 입구 쪽으로 향하는데 익숙한, 걸걸하면서도 크게 울리는 허저의 그 목소리가 울려 퍼졌다.

"응?"

"열 발자국 뒤로 갈까요, 아니면 오십 발자국 뒤로 갈까요?"

"백 발자국 뒤로 와라. 알지?"

"예, 주공!"

"이랴, 가자!"

아니, 이건 또 무슨 미친 소리야?

허저가 초롱초롱한 눈이 되어서는 후성이의 병사들과 함께 서서 적들을 향해 혈혈단신으로 돌진해 나아가는 형님의 그 뒷모습을 쳐다보고 있었다.

미치겠네, 진짜.

3장
위속은 요괴다

둥- 둥- 둥- 둥-

"오늘이면 지긋지긋한 위속 놈과 여포 놈도 끝이겠군."

북소리를 울리며 당장에라도 여포군의 영채를 향해 진격하고자 하는 병사들과 함께 선 원담이 말했다. 그런 원담의 입가에 기분 좋은 미소가 걸려 있었다.

"낮에 있었던 전투로 여포의 병사들이 모두 지쳐 있다 하였습니다. 모두 지친 듯, 경계를 서는 이들이 있기는 하지만 그 숫자가 극히 적기까지 하니 오늘은 끝장낼 수 있을 겁니다."

원담과 함께 말 머리를 나란히 하고서 움직이던 방통이 기분 좋은 목소리로 말했다. 그러면서 방통은 허리춤에서 술병을 꺼내 벌컥벌컥 들이켜고 있었다.

"크으, 술맛 좋다."

방통이 만족스럽기 그지없는 얼굴로 입가에 묻은 술을 스윽 소매로 닦아내려던 찰나.

"으, 으응?"

여포군의 영채에서 단기필마로 장수 하나가 달려오기 시작했다.

피를 흘리기라도 하는 것처럼 시뻘건 말, 척 보기에도 특정한 무기가 떠오르도록 하는 기다란 창과 역시 기다란 머리를 풀어 헤친 장대한 체격의 거한. 그가 껄껄 웃고 있었다.

"서, 설마?"

그 모습을 목격한 순간, 원담의 눈이 동그랗게 커졌다. 동시에 온몸에서 소름이 돋아 오르기 시작했다.

"여포!"

"오냐. 나 여포다!"

"아니, 네놈이 누군지를 몰라서 묻는 게 아니잖느냐! 네놈이 왜 혼자서 뛰어나오느냐고! 어째서!"

"그건 말이지."

발작하듯 소리치는 원담을 향해 여포가 방천화극의 창끝을 들어 올리며 말했다.

"네가 생각하는 그게 맞을걸?"

"서, 설마. 계책? 위속? 그놈의 계책에 우리가 또 속았다고?"

"그거지. 그리고 그보다 중요한 게 하나가 더 있다."

"그보다 중요한 거라니……."

원담의 낯빛이 새하얗게 질려가기 시작했다. 그런 원담이 불안하기 그지없는 얼굴로 주변을 돌아봤다. 여전히 어둡기만 한, 그들이 통과해 온 숲에서 보이는 것이라곤 원(袁)의 깃발을 휘날리는 병사들일 뿐이었다.

"개소리하지 마라! 이 전투에서 이기는 건 우리다! 여포 네 놈이 내 목을 따지는 못할 것이란 말이다!"

"네 목을? 내가? 겨우?"

"겨, 겨우라니!"

이번엔 원담의 낯빛이 시뻘겋게 달아오르기 시작했다.

그러거나 말거나 여포는 계속해서 방천화극의 창끝으로 원담을 겨눈 채 즐겁기 그지없는 어조로 말했다.

"오늘이 바로 이 여봉선 님께서 삼십만지적이 되시는 날이다 이거야. 자, 간다!"

그 외침과 함께 적토마가 원담을 향해 질주하기 시작했다.

"여포를 막아라! 고작 해봐야 한 놈일 뿐이다!"

장합이 창을 꽉 잡고서 병사들과 함께 여포를 막아서고자 앞으로 튀어 나왔다. 하지만 여포는 이미 그런 장합과 병사들을 지나 원담을 향해 일직선으로 쭈우욱 돌진해 나아가고 있었다.

"이런 미친!"

"도독을 지켜라!"

"형제들! 목숨으로 도독께 보은할 순간이 왔다!"

계속해서 가까워지는 여포의 그 모습에 원담이 이를 악물었다. 그를 지키고자 주변에서 버티고 있던 병사들이 여포의 앞을 가로막고자 뛰쳐나가고 있었다.

하지만.

"으하하하! 날 막아봐라!"

"크아악!"

"으아아아악!"

여포가 방천화극을 휘두르기 시작함과 동시에 다섯 명이나 되는 병사들이 외마디 비명과 함께 피를 흩뿌리며 쓰러졌다.

적토마가 그 틈을 포착하고선 그 사이로 몸을 들이밀며 병사들의 방진을 붕괴시키고 있었다.

"이, 이게 무슨……."

"도독을 지켜라! 여포를 막아야 한다!"

"여포를 막아라! 여포를 죽이면 제후의 자리에 오를 수 있다!"

"여포를 죽이고 제후가 되자!"

"우와아아아아!"

몇몇 장수들의 외침과 함께 병사들이 원담을 향해 몰려오기 시작했다. 하지만 이미 전투의 분위기는 완전히 뒤바뀐 상태.

여포가 뛰쳐나오기 전까지만 해도 공격하는 것은 원담군이었고, 밀어붙이는 것 역시 그들이었다. 그러나 여포가 나타남과 동시에 분위기가 반전되어 버렸다. 고작 단 한 명의 공격일 뿐임에도 원담군은 어느덧 원담을 지키기 위해 수세에 몰려 있기까지 한 상태였다.

"도독, 절대로 물러나서는 안 됩니다."

여차하면 여포와 함께 직접 공방을 주고받기라도 할 생각으로 검을 뽑고 있던 원담에게 방통의 목소리가 들려왔다.

원담이 고개를 끄덕였다.

"그럴 생각이오."

"이것이 여포 놈의 마지막 발악입니다. 만약 정말로 이것이 위속의 계책이었더라면 매복이 튀어나와도 벌써 튀어나왔겠지요. 하지만 보십시오. 아무것도 없질 않습니까?"

차갑기 그지없는 얼굴로 손을 들어 주변을 가리키며 방통이 말을 이었다.

"여포가 허세를 떠는 겝니다. 지금껏 우리가 놈들의 계책에 당해왔으니 이번에도 지레 겁을 먹도록. 얼마 지나지 않아 도독께서는 여포와 위속의 목을 감상하실 수 있을 테지요. 흐흐. 술맛 좋은 밤입니다."

그러면서 방통이 호리병의 술을 벌컥벌컥 들이마시기 시작했다. 아예 원샷 해버리려는 듯, 병 안의 내용물을 모두 삼키던 그때.

"원-담 똥쟁이! 방-통 똥쟁이!"

"원-담 똥쟁이! 방-통 똥쟁이!"

숲속 사방에서 절대 듣고 싶지 않을, 그 끔찍한 외침이 들려왔다.

"푸흡! 뭐, 뭐라?"

화들짝 놀란 방통이 술을 뿜어내며 중얼거렸다. 그리고 그렇게 뿜어진 술을 받아낸 것은.

"……크으윽, 방 군사."

또다시 얼굴이 시뻘겋게 달아오른 채로 어금니를 꽉 깨물고 있는 원담이었다.

"원-담 똥쟁이! 방-통 똥쟁이!"

그러는 와중에서도 외침은 계속해서 들려왔다. 죽을힘을 다해 여포를 막아내고 있는 병사들의 그것과는 별개로 전열의 뒤편에 선 이들이 몹시 불안해하면서 주변을 두리번거리고 있었다.

"도, 도대체 어디에서 오는 거야."

"또 지는 건가? 또?"

"도대체 우리 군사님은 뭘 하고 계시는 거야. 왜 항상 우리는 위속한테 지기만 하느냐고!"

"닥치지 못할까!"

호통으로 병사들의 동요를 제압하며 여위황이 이를 악물었다.

적들이 어디에서 접근해 오는지를 확인하고, 그 병력의 규모를 파악해야 제대로 된 대응을 할 수 있을 터. 하지만 소리만 들려올 뿐, 그 위치는 전혀 보이질 않는 중이었다.

"원-담 똥쟁이! 방-통 똥쟁이!"

"원-담 똥쟁이! 방-통 똥쟁이!"

"원-담 똥쟁이!"

"……뭐지?"

끝도 없이 계속해서 울려 퍼질 것처럼 들려오던 외침이 일순간 사라져 버렸다.

동시에 적막이 감도는 게 느껴졌다.

고요하다. 들려오는 소리라곤 자신과 함께 있는 병사들의 발소리, 숨소리가 전부일 뿐이었다.

꿀꺽.

여위황은 굵은 침을 삼키며 횃불을 하나도 챙기지 않은 것을 후회했다. 두렵다. 어둠에 대한, 보이지 않는 것에 대한 공포가 스멀스멀 피어올라 심연에 대한 그의 공포를 자극하고 있었다.

그러던 찰나.

"크아아아아아!"

낯설면서도 기괴하기 그지없는 괴성과 함께 바로 저 앞에서 얼굴과 온몸에 시뻘건 뭔가를 칠한 병사들이 질주해 오는 것이 시야에 들어왔다.

그냥 병사일 것이다. 여위황도 그것을 알고 있다. 하지만 그들이 내지르는 목소리라는 것은.

"쿠아아아아아아악!"

"크아아아아아, 크어어어어어어어!"

"흐아아악! 크하으하하하으으으!"

여위황으로서는 태어나 지금껏 단 한 번도 들어본 적 없는 기괴한 것이었다.

"괴, 괴물이다!"

"으아아악! 위속이 괴물을 부린다! 괴물을 풀었어!"

수천 명, 어쩌면 수만 명이 넘어갈 병사들이다. 그런 자들이 인간의 그것이라고는 생각할 수 없는 괴성을 내지르며 마치 짐승이라도 되는 것처럼, 전설이나 괴담 속의 마물이라도 되는 것처럼 그들을 향해 질주해 오고 있다.

그러면서도 검이며 창이며 하는 것들을 매섭기 그지없게 휘두른다. 잔뜩 겁을 먹고 위축된 원소군 병사들이 여포군 병사들의 앞에서 허망하게 추풍낙엽처럼 쓰러져 가고 있었다.

"막아라! 저들 또한 인간에 불과할 터! 위속이 너희들을 속이기 위해 위장을 시킨 것이란 말이다!"

자신이 직접 병사들의 곁으로 나아가 창을 휘두르며 여위황이 소리쳤다.

"자, 장군! 보십시오! 저게 어떻게 인간이란…… 크악!"

"도, 도망가! 인간이 아니다!"

"괴물이야! 괴물들이라고!"

"으아아아아아아악!"

하나둘, 등을 돌려 도망치는 병사들이 생겨나자 전선이 급속도로 무너져 내리기 시작했다. 그 모습을 지켜보는 여위황의 질끈 깨문 입술에서 시뻘건 피가 흘러내리고 있었다.

📱

"막아라! 위속이 도독께 닿도록 해서는 아니 된다!"

장합이 있는 힘을 다해 소리친다. 그 주변의 병사들도 정말 죽을 각오로 방진을 만들어서는 버티는 중이고.

"하, 이거 뚫으려면 귀찮겠는데?"

다른 곳은 적들의 움직임을 예측하고 매복시켜 놓았던 우리 애들이 알아서 공격하고 있을 테니 신경 쓸 필요가 없다.

하지만 여기는 우리가 뚫어야 한다. 딱 나랑 같이 있는, 후성의 오천 명 병력으로만. 그것도 최대한 빨리.

아직은 우리 형님이 여포하며 적 병사들을 쓸어버리고 있지만 저 양반도 인간인데 체력이 바닥나고 나면 그때부턴 답이 없으니까.

"어디…… 어떻게 해야 하나."

잠시 수염을 매만지며 고민하고 있는데 어디에선가 뚫어지라 날 쳐다보는 눈빛이 느껴졌다. 뭔가 싶어서 보니 허저가 반짝반짝 초롱초롱한 눈빛으로 날 쳐다보고 있었다.

"총군사님!"

"응?"

"절 보내주시면 안 될까요?"

"네가? 장합이를 잡겠다고?"

허저가 격하게 고개를 끄덕인다.

"오냐. 허저, 너로 정했다!"

"감사합니다, 총군사님!"

"가랏, 허저몬! 장합을 때려잡아라!"

"예! 허저몬 출동합니다!"

커다란 쇠몽둥이를 들고서 해맑게 웃으며 허저가 말을 몰아 달려간다.

음, 허저 정도면 장합은…….

"넌 뭐냐!"

"나? 허저몬! 간다, 장합몬!"

허저가 쩌렁쩌렁하기 그지없는 목소리로 외치며 장합을 향해 달려든다. 장합이가 가소롭다는 얼굴로 창을 들어 그런 허저의 쇠몽둥이를 막아서고자 하고 있었다.

그리고 그 창이 몽둥이와 부딪친 순간.

"크헉!"

힘에서 밀린 장합의 입에서 고통스러운 신음이 터져 나왔다. 녀석이 이를 악물고선 양손으로 창을 쥔 채, 마치 괴물이라도 되는 양 허저를 노려보고 있었다.

"네, 네놈!"

"허저몬! 다음은 전력으로 휘두르기다!"

"예!"

내 외침에 허저가 답하며 있는 힘껏 휘두를 것처럼, 몽둥이를 한 손으로 등 뒤까지 당기기 시작했다. 장합의 눈동자에서 스산하기 그지없는 기운이 뿜어져 나오고 있었다.

"죽어라!"

그런 놈의 창끝이 허저의 가슴팍을 향해 찔러져 들어오기 시작했다. 그 와중에서 허저가 몽둥이를 놔 땅에 떨어뜨리며 반대쪽 손으로 장합의 창을 부여잡고선 역으로 있는 힘껏 녀석의 몸을 잡아당겼다.

"크헉!"

장합이 순간적으로 균형을 잃었을 때, 허저가 녀석의 어깨를 있는 힘껏 후려갈겼다.

장합은 외마디 비명을 내지르며 말에서 떨어져 내린다.

"사실은 몸통박치기라고!"

그 모습을 응시하며 허저가 만족스러운 얼굴로 기분 좋게 웃으며 소리치고 있었다.

"자, 장군을 보호해라!"

"장군을 보호해야 한다!"

"장합은 됐다! 상관없으니까 돌파해! 형님을 도와야 한다!"

"돌격!"

"우와아아아아아아아!"

낙마한 장합을 중심으로 병사들이 모여들던 때, 우리 쪽 병사들이 괴성을 내지르며 그런 놈들을 향해 질주해 나아간다.

당연하게도 방진이 흩어지고 거기다가 사기까지 떨어지니 순식간에 분위기가 위축됐다.

놈들은 더 이상 우릴 막아설 수 없는 법.

"으하하하하! 계속 와라! 끝까지 상대해 주마!"

순식간에 장합의 저지선을 뚫고서 나아가니 정말 즐거워하는 형님의 목소리가 들려왔다. 이천 명, 어쩌면 그보다 더 많을지도 모를 원소군 병사들의 사이에서 형님이 방천화극을 휘두르고 있었다.

"형님!"

"오, 왔느냐?"

"주공께서 홀로 싸우고 계신다! 언제까지 지켜만 보고 있을 거냐! 형제들, 가자!"

"주공을 돕자!"

후성이가 외치며 질주하니 녀석 휘하의 병사들이 함께 함성을 내지르며 달려 나가기 시작했다. 그것은 장합을 때려잡고 온 허저 역시 마찬가지.

"제대로 먹혔군."

주변을 한번 휙 돌아보니 사방에서 원소군 녀석들이 밀려나고 있다. 공명이와 육손, 거기에 진궁까지 더해서 병사들을 움직이고 있다. 그들의 손발이 되는 건 감녕과 마초, 위월이를 비롯한 숙장들과 동건이, 탄이, 여봉과 주취까지 능력이 검증된 2세대 장수들이고.

아직까지는 원담이 여기에서 물러나지 않고 버텼으니 어떻게든 전열이 유지되어 온 것이겠지만…….

"도독께서 도망치신다!"

"도독이 도망치고 있어!"

"으아아아악! 도망치자!"

멀리 앞에서 적들을 말 그대로 쓸어버리고 있는 형님에 더해 후성이의 친위대까지 함께 합쳐졌다.

그러니 더 이상 버티지 못하겠는 듯, 원담은 방통과 함께 말머리를 돌려 도망친다. 그것을 시작으로 병사들의 사기가 땅에 떨어지고, 도망치는 이들이 생겨나는 것은 어떻게 보면 당연지사.

그러니까 이제부터는…….

"후성! 알지?"

"예!"

사냥 시작이다.

📱

태양이 떠오른다. 어둡기만 하던 날이 조금씩 밝아지고 있다.

우리 영채에서 그 모습을 지켜보며 뒷짐을 지고 서 있는데 감녕이 다른 장수들과 함께 기분 좋은 얼굴로 돌아오는 모습이 시야에 들어왔다.

"주공! 총군사님! 소장 감녕, 적병 일만의 수급을 베어 돌아왔습니다!"

"소장 마초, 적 육천을 베고 돌아왔습니다!"

"소장 위월, 적 일만 삼천을 베었습니다!"

"아버지! 저도요! 제가 부하들과 함께 적 사천을 처치했습니다!"

그런 장수들이, 뒤늦게 나타난 여봉이가 형님의 앞에서 한쪽 무릎을 꿇고 포권하며 소리쳤다. 형님이 만족스럽다는 듯 고개를 끄덕이고 있었다.

감녕과 마초, 위월과 여봉이 외에도 다른 장수들이 보고한 것을 모두 다 합치면 아무리 최소가 십만이다.

"십만이라."

어마어마하구만.

죽은 것만 십만에 가까우면 도망친 것도 최소 오만, 어쩌면 그보다 많을지 모른다. 사실상 원담의 남정군은 붕괴해 버린 것이나 마찬가지. 대승이다. 그것도 지금껏 치러온 대승 중에서도 가장 큰 성과를 거둔.

"다들 잘했다. 큰 공을 세웠어. 그런데 말이야."

"예?"

"이번 전투에서 제일 큰 공을 세운 건 나 여포다. 내가 삼십만지적이 되었거든. 으흐흐."

형님의 입가에 함지박만 한 미소가 피어올라 있다.

그런 형님이 전투의 여운이 느껴진다는 듯 방천화극을 손에 쥐고 있었다.

"참, 내가 잠깐 깜빡하고 있었군. 오늘 제일 큰 공을 세운 건 나보다 우리 문숙이지. 안 그러냐?"

"맞습니다!"

"그런 의미에서 문숙. 뭘 해줄까. 뭘 원하냐?"

형님의 시선이 날 향한다. 내가 말만 하면 무슨 성 한두 개 정도는 고민할 것도 없이 그냥 바로 줄 것 같은 기세였다.

성이 한 개, 두 개면…… 한국에서 살던 시절로 치면 도시를 한 개, 두 개 받는 거나 마찬가지니까. 오우야…….

갑자기 내가 할 수 있는 것들이 머릿속에서 잔뜩 떠오른다. 하루 종일 놀고먹고, 전함을 낚싯배로 개조해 바다에 띄워 놀러 다니고…….

"응? 얘기만 해봐라. 뭘 해줄까?"

나도 모르게 망상에 빠져 있는데 형님의 목소리가 들려왔다.

악마의 유혹이다. 놀고먹고 싶은 마음은 산더미 같지만 지금 그랬다간 몇 년 지나지 않아 내 목이 베일지도 모른다. 어쩌면 내가 죽은 뒤, 동건이나 탄이가 처참하게 죽을지도 모르고.

참아야 한다. 참아야 하느니라!

"다른 건 됐습니다. 그냥 예주로 바로 출발하죠."

"응? 진짜로 괜찮은 거냐?"

"예, 일단은 적들이 눈앞에 있으니 그걸 다 치우고 나서, 그때 다시 생각해 볼게요. 괜찮죠?"

"크으으으, 역시 문숙이다. 역시 내 동생이야. 장하다, 장해."

형님이 엄지를 치켜세우는데 괜히 민망해진다.

아오, 난 놀고먹을 생각만 하는데…….

"아, 됐으니까 빨리 가자고요. 장료 장군이 우리 도착하길 얼마나 목 빠지게 기다리겠어요. 갑시다, 빨리요, 형님."

"오냐. 다들 들었지? 바로 출발하자!"

📱

하북의 중심이라 해도 과언이 아닐 기주. 그리고 그 기주의 심장이라 할 수 있을 발해성의 황궁 대전에서 문무백관과 함께 조회에 나선 원소는 자신의 귀를 의심하고 있었다.

"뭐라고?"

"도, 도독께서 진류 인근의 준의현에서 대패하셨다는 소식입니다."

전령이 파르르 떨리는 목소리로 재차 말했다. 그런 전형의 모습을 지켜보고 있는 원소의 얼굴이 험악하게 일그러지고 있었다.

"정확하게 이야기하라! 피해는 어느 정도인가. 장수 중 전사한 자는? 여포와 위속 놈들의 피해는?"

"그, 그것이."

전령이 고개를 숙인 채, 목을 움츠린다. 다른 자리도 아니고, 하북의 지배자인 원소가 분노해 묻는 자리다. 한낱 전령에 불과한 병사로서는 잔뜩 위축되어 공포에 떨 수밖에 없었다.

"말하라 하질 않느냐!"

그런 와중에서 원소가 분노에 찬 외침을 토해냈을 때, 전령은 이를 악문 채 눈을 질끈 감고선 자신의 머릿속으로 되뇌던 그 숫자들을 토해냈다.

"자, 잔존 병력은 이십만이며 전사한 장수는 없다고 합니다!"

"허, 허허허. 으흐흐흐흐, 으하하하하하!"

그와 동시에 원소가 미친 듯이 웃음을 토해내기 시작했다. 그 웃음소리가 퍼져 나가면 퍼져 나갈수록 조회를 위해 모인 백관의 얼굴은 더욱더 딱딱하게 굳어지고 있었다.

"오십만이 내려갔다! 하북의 최정예 이십만과 정병 삼십만을 첫째 놈의 손에 쥐여주었거늘! 그 병력을 전부 다 날렸단 말인가!"

"주공, 고정하십시오!"

노인의 그것이 완연한, 백발에 자글자글한 주름까지 얼굴에 가득한 원소가 분에 가득 찬 목소리로 소리치자 저수가 조심스레 앞으로 나와 말했다.

원소가 이를 악문 채, 그런 저수의 모습을 노려보고 있었다.

"또다시 패배했다! 그것도 이번엔 대패야! 내가 죽기 전에는 절대로 위속과 여포를 어쩌지 못할 정도의 대패란 말이다!"

"주공! 아직 주공께서는 반말의 밥과 고기 다섯 근을 드십니다. 신체가 강성하기로는 여느 장정 못지않으며 정신 또한 또렷하고 맑아 아직 젊으시던 시절과 다를 바 없으니 대업을 이루실 수 있을 것입니다. 부디 고정하소서!"

"고정하소서, 주공!"

저수가 말함과 동시에 백관들이 함께 고개를 숙이며 원소를 향해 소리쳤다. 원소가 그 모습을 지켜보며 땅이 꺼져라 한숨을 푹 내쉬더니 고개를 내저었다.

원소는 황제의 앞쪽에 마련된 자신의 자리로 돌아가 털썩 주저앉더니 저수를 향해 손짓했다. 저수가 그런 원소를 향해 고개를 숙여 보이고선 종종걸음으로 다가서고 있었다.

"그대도 알고, 나도 안다. 난 앞으로 몇 년 살지 못할 것이고, 첫째 놈의 패전으로 우리는 향후 이십 년간은 군을 일으키지 못하게 될 거야."

"그 무슨 황공한 말씀이십니까, 주공."

"내 몸은 내가 잘 안다. 오래 버티지 못해. 하북의 사정이 어떻게 돌아가는지도 다 보이고. 저수, 그대는 날 속일 셈인가?"

조금 전, 분노로 가득 찼던 것과는 비교도 되지 않을 차분한 목소리에 저수가 고개를 들어 원소의 모습을 응시했다. 분노는 온데간데없이 찾을 수 없는, 군주로서의 위엄만이 가득한 얼굴이다.

저수가 이를 악물었다. 얼마 전, 황실의 의관인 길평이 자신에게 와 했던 말이 머릿속에서 맴돌고 있었다.

'사공의 병은 마음으로부터 비롯된 것입니다.'

그렇게 말하며 길평은 고개를 조아린 채, 더 아무런 말도 하지 않았다. 마치 자신이 할 수 있는 것은 없다는 것처럼. 다른 황실 의관들 역시 마찬가지였다.

이러니저러니 해도 황실을 등에 업은 채, 하북의 기둥이 되고 구심점이 되어온 것은 원소. 그 원소가 세상을 떠나게 된다면 후계 구도가 명확하게 정리되지 않은 지금으로선 혼란만이 있게 될 터.

거기까지 생각이 미친 저수가 자신도 모르게 한숨을 내쉬었을 때, 원소가 그의 옷소매를 움켜잡았다.

"주공?"

"앞으로 그대가 해야 할 일이 무엇인지는 그대 역시 잘 알고 있을 것이다. 안 그런가?"

"……예."

군사적인 부분에서 두각을 드러내고, 한평생 위속을 상대하는 것에만 전념해 온 원담의 세력을 정리하고 도려내 원상이 원소의 후계를 이어받도록 하는 것.

그리고 나아가 위속과 여포가 죽은 이후, 때를 기다려 하북의 압도적인 생산력으로 조조와 여포의 뒤를 이은 자들을 무찔러 천하를 통일하기 위한 대계를 세우는 것.

만약 원담이 위속을 제압하고, 여포를 무너뜨렸다면 팔다리가 잘려 정리되는 것은 원상이 되었으리라.

하지만 현실은 이렇게 되어버렸을 뿐이다.

준의 전투에서 대패한 것으로 원담의 운명은 결정된 것이나 마찬가지. 설령 저수 자신이 원담에게 좀 더 우호적인 입장을 취해왔다 하더라도 선택해야 할 바는, 행해야 할 바는 명확했다.

그러한 저수의 생각을 다 읽기라도 한다는 것처럼, 원소는 그 얼굴을 뚫어지라 쳐다보다가 나지막이 말했다.

"그대로 시행하라."

"명 받들겠습니다."

비장하기 그지없는 모습으로 원소를 향해 포권해 보이며 저수가 뒤로 돌아섰다. 그런 저수의 시야에 먹잇감을 노리는 이리 떼처럼 자신을, 원소를 응시하는 관료들의 모습이 들어오고 있었다.

표면적으로는 황실의 보호자이며 하북의 지배자인 원소에게 충성을 바치는 이들이지만 몇몇을 제외한다면 실질적으로는 그저 시류에 이끌려, 어쩌다가 보니 원소의 밑에 서게 된 것일 뿐이다.

그리고 그런 이들은 대부분 호시탐탐 원소로부터 뭐 하나라도 이권을 뜯어내기 위해 기회를 노리는, 이리 떼와 마찬가지인 호족이다.

'평소 같으면 힘으로 찍어 누를 수 있었겠지만……'

원담의 대패 소식이 전해져 온, 사실상 대외 원정이 불가능한 것이나 마찬가지일 정도로 군사력이 미약해진 지금의 상황에선 불가능한 이야기다. 달래야 한다.

그게 아니라면…….

"이번에는 꼭 승전을 거둘 것이라 말씀하시더니. 어찌 된 것입니까? 총군사."

"맞소이다. 이번엔 꼭 이길 수 있다고 그리들 확신을 하셔서 내 고향의 백성이며 노비며 할 것 없이 모두 내보냈소. 그런데 오십만이 내려가서 이십만밖에 안 남았다니? 이게 말이나 될 소리외까!"

"옳소! 조금만 더 있으면 겨울이 가고, 봄이 돌아와 농번기가 될 것인데 사람이 이리도 많이 죽어나간다면 도대체 농사는 누가 짓고 가축은 누가 친단 말이오!"

"수차례 연속된 패전으로 작은 고을에서는 장정의 씨가 마른 경우도 적잖거늘, 도대체 이를 어찌할 생각이시오? 총군사께서 고견을 좀 말씀해 보시구려!"

마치 기다렸다는 듯, 호족 출신 관료들이 저수를 향해 손가락질하다시피 하며 불만을 성토하기 시작했다.

원소가 코앞에 있음에도 이런 식으로 삿대질을 하며 목소리를 높인다는 것은 곧 이번의 패전으로 원소의 위신이 땅에 떨어졌다는 것이나 마찬가지.

위험 신호다. 저들의 분노를, 불만을 가라앉히는 것에 실패한다면 대규모의 반란이 일어나게 될지도 모를 일이었다.

"다들 진정하십시오."

"지금 진정을 하게 생겼소이까! 무리한 원정으로 일국의 기반이 송두리째 날아가게 생겼거늘, 종묘와 사직을 걱정하는 우리가 어찌 진정할 수 있단 말이오!"

"답을 해보시오, 총군사! 이 소식이 전해져 나간다면 가족을 잃은 백성들이 어떤 생각을 할지, 전사한 이들이 먹여 살려야 할 이들이 어떤 마음을 먹을지 알기나 하시오이까!"

호족들의 그 외침에 원상을 지지하는 심배까지 나서자 저수의 표정이 싸늘하게 식어갔다. 그러거나 말거나 호족들은 어디 해볼 테면 해보라는 듯, 저수를 노려보고만 있을 뿐이었다. 평소 같으면 상상조차 못 할 일이다.

저수는 호족 출신 관료들의 모습을 잠시 돌아보더니 차갑기 그지없는 목소리로 말했다.

"그래서 항복이라도 하자는 겁니까?"

"뭐, 뭐라?"

"그것이 이번 대패의 책임을 져야 할 총군사께서 할 소리외까!"

"이 사람은 그저 있는 그대로를 묻는 것일 뿐입니다. 대패로 인한 손실? 물론 있을게요. 백성? 물론 힘들겠지. 그러나 그대들이 백성을 생각해서 이러는 것이오?"

"이, 이자가 정말!"

"그 무슨 망발이시오! 당장 사죄하시오, 총군사!"

"주공! 총군사가 실성을 한 듯싶으니 저자를 파직하셔야 합니다! 실성한 자가 어찌 여포를, 위속을 상대할 수 있겠습니까!"

"작작 하시오, 작작! 그대들이 원하는 대로 이 사람이 관직을 내놓고 고향으로 돌아간다고 가정해 봅시다. 아니, 생각하는 것만으로도 참담하고 분통이 터질 일이나 주공께서 여포에게 항복하게 되어 전란이 끊이는 경우를 생각해 봅시다! 그리된다면 그대들이 행복하게 될 것 같소?"

"총군사. 실성이라도 하신 게요? 어찌 그런 망발을 일삼는다는 것이오?"

항복이라는, 그 두 글자에 충격을 받은 관료들이 얼어붙다시피 할 때 심배가 기회를 포착했다는 듯 득의양양한 모습이 되어선 말했다.

"있어서는 안 될 일이고, 상상해서도 안 되는 일이나 한번 이야기는 해보자는 거요. 과연 하북의 호족이 여포를 주인으로 섬기는 게 그들의 이익에 부합할 것 같소이까?"

심배를 향해 쏘아붙이며 저수는 관료들 쪽으로 시선을 옮겼다. 조금 전처럼 목소리를 높여가며 싸우기엔 적절하지 않은 주제다.

관료들이 머뭇거리고 있을 때, 저수는 그럴 줄 알았다는 듯 말을 이었다.

"그대들이 살아남기 위해 할 일은 딱 하나요. 주공의 고난을 틈타 이렇듯 들개처럼 주공을 물어뜯는 게 아니라 주공을 돕고, 하북의 정권이 유지되도록 최선을 다하는 것."

"지금 우리를 들개라 하시었소이까?"

"들개지요. 평소엔 감히 반기를 들 생각조차 못 하다가 주공께서 고난에 처하니 기다렸다는 듯 이빨을 들이미는 것이 지금껏 밥도 주고, 맹수로부터 지켜온 주인을 못 알아보는 금수와 다를 게 뭐랍니까."

"저공명! 그대가 아무리 총군사라 한들 이러한 폭언은……."

"용납될 수 없다? 그리 이야기하고자 하시오이까?"

심배의 바로 옆에서 자신을 삿대질하며 소리치는 호족을 향해 저수가 서릿발처럼 차가운 목소리로 말했다. 살기마저 감도는 그 목소리에 침묵이 내려앉았다. 몇몇은 대전에 복병이 숨어 있는 건 아닌지 의심하며 하얗게 질린 얼굴로 주변을 두리번거리기까지 할 정도였다.

"복병 따윈 없으니 안심해도 좋소. 내가, 주공이 그대들을 제거할 상황이 아니니까. 어차피 그대들이 반기를 들어 우릴 친다면 얼마 지나지 않아 그대들의 목까지 떨어질 상황이거든."

이제는 호족들을 비웃기라도 하듯, 입가에 냉소를 띄운 저수의 그 모습에 조금 전까지만 하더라도 기세등등하던 호족들의 얼굴이 딱딱하게 굳어지기 시작했다.

심배의 눈이 가늘어지고 있었다.

"총군사, 설마……."

"그래도 그대와는 말이 통하는구려. 그대가 생각하는 그것이 맞소. 오랜 전란으로 하북은 인력이 크게 소모되었소. 가진 바 재물은 있으나 그걸 지킬 사람은 없는 사정이고. 이런 상황에서 호족의 힘을 거세하기로 유명한 위속이 하북에 들어온다면 어떤 일이 벌어질 것 같소이까?"

"위, 위속이 하북을……."

"크흠, 크흐흠!"

호족들의 얼굴이 또 다른 의미에서 일그러지기 시작했다.

그럴 줄 알았다는 듯 저수가 피식 웃으며 말을 이었다.

"서주에서 학살을 저질렀던, 잔혹하기로 둘째가라면 서러울 조맹덕이라면 어떨 것 같소이까? 조맹덕은 이미 익주에서의 지배를 공고히 하고자 호족의 팔을 하나씩 자르는 것과 마찬가지의 정책을 시행 중이오. 그런 자가 토실토실 살이 오른, 사냥하기 딱 좋을 상태의 우리 하북에 들어선다면?"

"……."

"그래서 총군사께선 무엇을 말씀하고자 하시는 겝니까?"

그때까지 가만히 저수가 이야기하는 것을 지켜보고만 있던 원상이 한 걸음 앞으로 나아가며 말했다. 그 모습에 호족들의 시선이 원상을 향해 집중됐다.

대군을 이끌고 여포를, 위속을 치는 것에 한평생을 바친 원담과 달리 여러 관료들과 함께 호족을 아우르고 내치를 다스리는 것에 오랜 세월을 투자해 온 원상이다. 자연히 원상을 응시하는 호족들의 시선은 호의적인 것에 가까울 수밖에 없었다.

"바깥의 적이 있으니 그를 향해 적의를 모아야 합니다."

"적의를 모은다? 결국 하북의 모든 힘을 합쳐 여포를 쳐야 한다는 소리로 들리오만."

"그것이 아닙니다, 공자. 내부에서 끓어오르는 불만을 위속으로 돌려 상황을 무마하자는 것이지요. 기실 이곳에서 반발

하는 이들 중엔 자신은 불만이 없어도 휘하의 불만을 가라앉
히고자 강력하게 항의하는 이가 있질 않겠습니까?"

"그거야 그렇겠지."

원상이 고개를 끄덕였다.

가족을 잃은 자와 소작농을 잃어 당장 농사에 타격을 입게
된 자들의 불만이 사다리처럼 단계 단계를 거치며 관료에게,
그 지역을 지배하는 호족에게 전해지는 것이다. 그렇게 전해
진 불만이 오늘 이 자리에서 벌어졌던 것처럼 원소를 향해, 저
수를 향해 직접적으로 터져 나온 것이고.

"그러니 백성의 분노를, 일선에 있을 하급 관리들의 분노가
주공이 아닌 위속에게 향하도록 만들면 될 것입니다. 그리한
다면 밖으로 나아갈 순 없어도 지킬 수는 있을 것이고, 우리에
게 필요한 시간을 벌 수 있게 되겠지요. 호족들은 지금까지의
기득권을 유지할 수 있게 될 테고 말입니다."

"결국엔 이이제이인가."

원상이 재미있겠다는 듯, 작게 웃으며 고개를 끄덕였다. 그런
원상의 시선이 관료들을 향해, 호족들을 향해 옮겨지고 있었다.

"백성은 개, 돼지요. 우리가 주는 먹이를 먹고 사는 것이 바
로 백성이고, 우리가 보여주고자 하는 것만을 보고 알리고자
하는 것만을 알고 살아가는 짐승이지. 내가 보기엔 총군사의
이 계책이 나쁘지 않은 것 같은데 그대들은 어찌 생각하시오?"

"위속의 계책으로 수많은 전사자가 발생한 만큼, 백성의 불
만이 위속을 향하게 하는 것은 어렵지 않을 것입니다. 전날 황

건적이 백성을 혹세무민케 할 때 사용했던 태평도가 백성들의 사이에 적잖이 퍼져 남아 있으니 그를 이용한다면 더욱 효과적이겠지요."

잠시 고민하던 심배가 말했다. 원상이 흥미가 돋는다는 듯 그런 심배의 모습을 응시하고 있었다.

"호오, 태평도를?"

"듣자니 요즘 백성들은 금오도와 곤륜산과 같은, 허무맹랑한 신선과 요괴의 이야기를 좋아한다 하더이다. 그에 살을 붙여 위속이 실은 금오도에서 내려온 요괴이며 하북의 백성을 모두 잡아먹는 걸 목표한 자로 하시지요. 겁에 질린 백성은 살아남기 위해, 가족을 지키기 위해 수단과 방법을 가리지 않을 겁니다."

위속에게, 여포에게 저항하고자 모든 힘을 다할 백성의 모습을 생각하니 절로 기분이 좋아진다는 듯 심배가 기분 좋게 웃으며 자신의 수염을 매만졌다. 그것은 원상 역시 마찬가지.

그런 이들의 앞에서 저수는 위속 하나를 어쩌지 못하고 결국엔 이러한 일까지 저지르게 된 자신에 대한 자괴감에 빠져 있는 대로 인상을 찌푸리며 한숨을 내쉬고 있을 뿐이었다.

4장
이게 무슨 개소리야?

조(曹)의 깃발이 수도 없이 흩날린다. 그 깃발을 든 기수들을 이끌며 가후는 하후연, 하후돈과 함께 말 머리를 나란히 한 채 허창성을 향해 나아가고 있었다.

"으흐흐. 내 위속을 상대하며 이렇게 기분이 좋았던 적이 없소. 그놈의 뒤통수를 이렇게 맛깔나게 후려갈기다니. 지략으로만 놓고 따진다면 아마 작금의 천하제일은 위속이 아니라 가후 선생이실 겝니다."

"과찬이십니다, 하후 장군. 소생은 그저 위속이 예상치 못한 방향에서 일을 진행했을 뿐입니다."

"그게 결국 그 얘기 아니오? 위속이 예상치 못한다는 건 그놈의 지략이 부족하기 때문일 터. 가후 선생의 지략이 그놈보다 우위에 있다는 증좌나 마찬가지잖소이까?"

"하하…… 정말로 그러하다면 참으로 좋겠습니다만 길고 짧은 것은 대봐야 알 수 있겠지요. 아직은 소생의 지략이 위인지, 위속 총군사의 지략이 위인지 알 수 없음입니다."

"겸양이 지나치시오, 가후 선생. 이 원양이 보증하리다. 가후 선생께서는 천하제일의 책사이시오."

하후돈이 껄껄 웃으며 말하자 가후가 쓰게 웃으며 고개를 숙여 보였다. 그런 하후돈과 가후의 모습을 바로 옆에서 하후연이 우습다는 듯 응시하고 있었다.

"사람 마음이 간사하다더니. 형님이 딱 그 짝 아니오?"

"으응?"

"형님, 형님 하면서 졸졸 따라다니던 건 언제고, 이제 와 위속을 난감하게 만들었다고 좋아하다니. 겉 다르고 속 다른 게 너무 심하잖소?"

"혀, 형님이라니! 내가 언제 위속 그놈을 형님이라고 졸졸 따라다녔단 말이냐!"

조금 전까지만 하더라도 속이 뻥 뚫린다는 듯, 껄껄 웃으며 이야기하던 하후돈의 얼굴이 벌겋게 달아올랐다. 하후연이 재미있다는 듯 클클 웃고 있었다.

"그런 양반이 술만 마시면 산양에서 타본 적토마로 노래를 부르지 않소? 위속 덕분에 적토마를 타볼 수 있었다고 그리도 좋아하시던 게 엊그제 같소만."

"이, 이놈아. 네가 적토마를 한번 타봐라. 그러면 네놈도 내 마음을 이해할 수 있을 거다. 적토마가 얼마나 좋은데?"

"그래 봐야 시뻘건 말 한 마리지 무슨."

"허어, 이놈이 적토마의 위대함을 아직 모르는 모양이구나. 적토마로 말할 것 같으면 이 시대에 존재하는, 개쩌는 명마 중에서도 역대급이란 말이다. 네놈이 타고 다니는 그런 허접한 군마와는 상대도 안 된다고?"

자신도 모르게 흥분해서는 소리치는 하후돈의 모습에 하후연의 눈매가 가늘어졌다.

말없이 하후돈의 모습을 응시하던 하후연이 고개를 절레절레 젓고 있었다.

"뭐, 뭐냐? 그 어이없다는 표정은?"

"말하는 것도 딱 위속이질 않소이까. 그냥 위속한테 가시오. 내 주공께는 잘 말씀드리리다. 그리로 가면 그 개쩌는 적토마도 한 번은 더 타볼 수 있겠지. 안 그렇소이까?"

"이, 이놈이 지금 무슨 소리를 하는 거냐!"

당황한 하후돈이 소리치고 있을 때, 저 앞에서 병사 하나가 헐레벌떡 그들을 향해 달려오기 시작했다. 그런 병사의 낯빛이 새하얗게 질려 있었다.

"장군! 장군!"

"무슨 일이냐?"

"여, 여, 여, 여포, 여포가 나타났습니다!"

"응? 갑자기 그게 무슨 말이냐? 여포가 나타나다니?"

"사방으로 흩어져 있는 첨병들의 눈을 피해 이곳에 나타났다면 필시 그 병력의 규모는 작을 수밖에 없을 터. 괜찮으니 두려워하지 말고 편하게 말해보거라."

이해가 되질 않는다는 듯 하후돈이 반문함과 동시에 가후가 차분한 어조로 말했다.

"15리, 15리 앞에서 여포가 길목을 지키고 있다는 선두 전령의 보고가 있었습니다!"

"병력의 규모는 얼마나 되었다더냐?"

"천 명에서 삼천 명 사이라 하였습니다!"

"겨우 그것밖에 안 된다고? 오냐. 그 정도라면 얼마든지 오라고 하거라. 이 묘재가 직접 나아가 여포의 목을 베고 적토마를…… 으응?"

기세 좋게 말을 이어가던 하후연의 시선이 하후돈을 향했다. 그런 하후돈의 얼굴이 마치 귀신을 만난 사람의 그것과도 같이 딱딱하게 굳어져 있었다. 그것은 가후 역시 마찬가지.

"아니, 왜들 그러십니까? 고작 해봐야 삼천 명이라잖습니까? 이곳엔 형님과 제가 있고, 정병 이만 명이 함께하고 있는데 뭘 그리도……."

"아, 아우. 아우는 우리가 여포를 이길 수 있을 거라고 보나?"

"나 혼자라면 어렵겠지만 형님과 함께라면 충분히 가능하오. 그러니까……."

"안 돼. 절대 안 돼. 진짜다? 너 지금 내가 그냥 겁먹어서 이러는 것 같지?"

정색하며 말하는 하후돈의 그 모습에 하후연이 인상을 찌푸렸다.

"그럼 아니오?"

"묘재 네가 여포를 겪어본 적이 없어서 그러는 거다. 여, 여포는 말이 안 돼. 그놈은 사람이 아니야. 그냥 괴물이라고. 전투만을 위해 존재하는 괴물. 피해서 가야 한다니까?"

"아, 형님!"

도대체 그게 무슨 소리냐는 듯, 하후연이 버럭하며 소리칠 때 저 앞에서 두두두두- 말발굽 소리가 들려오기 시작했다.

그 소리가 점점 커져가는 것에 하후돈의 얼굴이 딱딱하게 굳어졌다. 반면, 하후연은 잘 만났다는 듯 양손에 번갈아 가며 침을 퉤퉤 뱉고선 창을 고쳐 잡고 있었다.

그런 두 사람이, 가후가, 병사들이 저 앞쪽을 응시했다. 울창한 수림 사이에서 핏빛으로 물든 커다란 전마를 탄 장수가 기다란 머리를 풀어 헤친 채 그들을 향해 다가오고 있었다.

"도니! 오랜만이다?"

장수, 여포가 하후돈을 발견하고선 씩 웃으며 말했다.

"피해서 가자니까. 왜 고집을 부려가지곤, 진짜."

"걱정하지 마시오. 형님과 나 둘이면 충분히 잡을 수 있을 테니까."

"야, 묘재. 그게 말처럼 쉬운 게 아니라니까?"

"뭐야. 도니 너, 설마 도망치려던 거야? 오랜만에 만났는데 이러기야?"

쩌렁쩌렁하게 울리는 여포의 목소리에 하후돈이 눈살을 찌푸렸다. 그러면서 티가 나지 않게 주변 병사들의 모습을 슥 살피던 하후돈이 하후연과 함께 말을 몰아 앞으로 나아가고 있었다.

"이렇게까지 된 거, 어쩔 수 없지. 묘재 네 녀석이 원하는 대로 해주마."

"잘 생각하셨소, 형님. 오늘 여기에서 여포의 목을 베면 우린 역사에 이름을 남기게 될 거외다. 으흐흐."

"살아남는 것만 집중해라, 이 천둥벌거숭이 같은 녀석아. 그리고 잘 봐둬. 지금부터 이 형님이 펼칠 기술은 오랜 세월 위속을 보고서 연구해 온 것이니까."

"기술이라니?"

"여포! 세상 사람들이 너 같은 놈을 뭐라고 부르는 줄 아느냐?"

"모르겠는데?"

"돌신병자라 부르느니라!"

"돌신병자?"

"다른 건 아무것도 모르고, 돌격 하나만 아는 광인이란 의미지. 이 미친 작자야."

이해가 안 된다는 듯, 고개를 갸웃거리는 여포를 향해 하후돈이 재차 소리치며 득의양양한 미소를 입가에 머금었다.

면전에서 대놓고 자길 미쳤다고 욕했으니 이제 여포는 머리 끝까지 분노가 치밀어 저돌적으로, 주변 상황 따위는 신경조차 쓰질 않으며 달려들 것이다.

그런 상황이 만들어지면 병사들과 함께 여포의 기운을 빼고, 나아가 여포를 포위해 그 목을 벨 수 있을 터.

그렇게 혼자 머릿속으로 상상의 나래를 펼쳐가며 여포를

베었을 때 자신이 어떤 포상을 받게 될지를 생각하던 하후돈의 시야에 여포의 모습이 들어왔다.

도저히 못 들어주겠다는 듯 여포가 고개를 절레절레 젓고 있었다.

"우리 문숙의 말은 틀리는 법이 없군."

"위, 위속?"

뭔가 이상하다는 듯 미간을 찌푸리며 슬금슬금 여포와 그 휘하의 병력을 에워싸고 있는 조조군 병사들을 응시하던 하후돈이 반문했다.

"그 녀석이 그러더라고. 똥쟁이들이 입으로 똥 같은 소리를 내뱉는 건 누구 똥구멍을 하도 빨아줘서라고."

"또, 똥구멍……?"

하후돈의 얼굴이 멍하게 변해간다. 옆에서 있던 하후연 역시 마찬가지.

그렇게 몇 초나 지났을까?

"크아아악! 이런 미친 작자들을 봤나!"

"우리는 그딴 짓을 하지 않는단 말이다! 네놈들 때문에 백성들이 얼마나 수군거리는 줄 알기나 하느냐!"

하후돈에 이어 하후연이 울컥해서는 완전히 시뻘겋게 달아오른 얼굴로 소리쳤다.

"내가 그걸 어떻게 알아?"

"내가, 직접! 네놈의 목을 베어서 알게 해주마!"

분기탱천한 하후연이 여포를 향해 질주하기 시작했다.

여포가 만족스럽다는 듯 그 모습을 응시하며 씩 웃고 있었다.

두두두두두두-

사방에서 우리 쪽 기병의 말발굽 소리가 울려 퍼지는 게 들려온다. 흙먼지가 미친 듯이 날리는 그 와중에서도 저 멀리 앞에서 또 다른 흙먼지가 피어오르는 것이 시야에 들어왔다.

우리가 접근하는 것을 확인한 조조군 쪽에서도 대응을 하는 것이겠지.

'지금쯤이면 형님도 시작했겠지?'

"장군! 적들이 오고 있습니다!"

내가 그렇게 생각하고 있는데 옆에서 위월이의 목소리가 들려왔다.

"작전대로만 하자, 작전대로. 공명이랑 공대 선생이 짠 작전, 알지?"

"그대로 해도 괜찮은 겁니까? 총군사님이 직접 짜신 작전이 아니잖아요?"

위월이의 옆에서 학맹이가 영 못 미덥다는 듯 말했다.

"소장이 보기에도 좀."

마초 역시 마찬가지.

이 자식들이 진짜.

"야. 공명이랑 공대 선생이 같이 고민해서 짠 계책이면 충분해. 형님이 나가서 가후 손발도 묶는 중인데 저쪽에서 제대로 된 대응을 못 하는 게 당연한 거 아니냐?"

"그래도 좀……."

여전히 못 미덥다는 투다.

마초가 말꼬리를 흐리는데 이 자식들, 진짜 언제 한번 모아 놓고 참교육이라도 해줘야 하나 싶다.

공명이가, 어? 걔가 얼마나 유명한 책사인데?

"으하하, 위속! 네놈이 직접 이곳까지 오게 될 줄이야."

내가 그렇게 생각하며 움직이는데 저 앞에서 조조군의 깃발을 휘날리며 나타난 장수의 목소리가 들려왔다.

조진이다. 녀석이 창끝으로 날 겨누고 있었다.

"조진이, 오랜만이다? 또 털리려고 나왔어?"

"오늘 패망하는 것은 나 조진이 아니라 위속, 네놈일 것이니라!"

"아, 그래?"

길고 짧은 건 대봐야 아는 건데 말이지.

뒤에서 달려오는 병사들이 대열을 갖추며 당장에라도 적진으로 돌격해 나갈 수 있도록 준비하는 동안, 나는 적진의 모습을 살폈다.

얼추 삼만 명이나 될까? 많다면 많지만 적다면 적은 수준이다. 반면 내가 이곳까지 데리고 온 기병은 우리 군에서도 손꼽아 선발한 일만 명의 기마병단이다.

거기에 마초와 허저를 비롯한 A급 장수들과 학맹, 성렴 같은 그럭저럭 쓸 만한 장수들이 총출동한 것이나 마찬가지. 기병 약간에 보병이 대다수인 저 병력을 때려잡는 건 손바닥 뒤집는 것만큼이나 쉬운 일일 수밖에 없다. 적어도 지금의 상황에서는 그렇다.

그러니까…… 그거에 맞춰서 연기를 좀 해줘야겠지?

"조진아, 너 그거 아냐? 내가 전장에 나오기 전에 천문을 좀 살펴봤거든?"

"오, 그렇습니까?"

"으응?"

익숙한 목소리다.

순간적으로 이게 누구의 목소리였지? 싶은 생각이 들어 내가 옛 기억을 더듬는데 조진의 뒤쪽에서 딱 봐도 책사의 그것이라고 할 수밖에 없을 모습의 남자가 말을 몰아 앞으로 나온다.

"인사 올리겠습니다, 총군사. 이리 대면하는 것은 참으로 오랜만입니다."

사마의가 날 향해 포권하며 고개를 숙이고 있었다.

"뭐야. 마의였어?"

"아, 진짜! 소생의 성은 사마란 말입니다!"

"응, 마의. 너도 이제 나이를 좀 먹었네? 마흔쯤 됐나?"

"곧 있으면 소생도 불혹입니다. 세월 참 빠르지요. 하여 이미 지천명에 다다르신 총군사께 이야기 하나 드리고자 합니다."

"나 바쁘다. 용건만 간단히 해."

"군대를 뒤로 물리시지요. 그리하신다면 총군사와 수하들은 목숨을 건질 수 있을 것입니다."

싸늘하면서도 진지하기 그지없는 얼굴로 마의가 나를 향해, 우리 쪽 장수들과 병사들을 향해 말했다.

확실히. 뭐 계책 같은 걸 준비해 놨다, 이거지?

"마의야. 내가 책사질을 나이 서른에 시작했다. 나랑 같이 책사질 시작한 놈이 백 명이라고 치면 지금 나만큼 하는 놈은 나 하나뿐이야."

"총군사. 지금 도대체 무슨 소릴 하는 겁니까?"

"내가 여기까지 어떻게 왔느냐. 잘난 놈, 못난 놈 전부 피 토하게 만들고, 내 앞에서 장난질하는 놈들 전부 제치면서 온 거거든?"

"그러니까 도대체 지금 무슨 소리를!"

"사마의, 너는 내가 여기로 온다는 소식을 듣고 일차로 이 주변에 매복을 깔았을 거여. 그리고서 내가 거기까지는 충분히 예상할 거로 생각하고 추가로 매복을 하나 더 깔았겠지."

"뭐, 뭐라고?"

동그랗게 커진 마의의 눈동자가 껌뻑인다. 그런 녀석의 옆에서 조진의 얼굴 역시 당황스러운 기색으로 물들어가고 있었다.

"지금도 너희 병력이 사방으로 몰려와서 우릴 에워싸고 있겠지. 근데 마의야. 넌 내가, 우리 애들이 빙다리 핫바지로 보이냐?"

"즈, 증거 있소? 내가 그렇게 움직였다는 증거가 있느냔 말이오!"

"증거? 마의 너는 저 양옆으로 있는 구릉 너머, 골짜기 사이에 복병을 숨겨놨을 거여. 여기에서 내가 너희를 공격하면 적당히

지는 척 물러나면서 포위하고 섬멸하겠지. 자, 그럼 이제 여기에서 문제. 이걸 다 간파하고 있는 우리는 무슨 짓을 했을까?"

"이, 이게 무슨."

머리 굴리는 소리 들린다, 마의야. 풀 가동을 넘어서 오버히트까지 가는 것 같다.

녀석이 조진과 함께 슬금슬금 뒤로 말을 물리고 있었다.

"모르겠어? 자, 확인 들어갑니다?"

흙먼지 흩날리며 달려오던 놈들의 뒤편에서 시커먼 연기가 피어오르는 게 시야에 들어왔다. 조금 전까지만 해도 흐릿하기 그지없던 것이 이제는 꽤 짙어져 있다.

"총군사, 설마 실제로는 아무것도 없으면서 세 치 혀만 가지고 우릴 농락하려 드는 것이오?"

내가 그 연기를 응시하고 있는데 당황스러웠던 것이 진정된 건지 마의가 서릿발처럼 차가운 목소리로 말했다.

그 모습에 당황하던 녀석들의 곁에서 함께 혼란스러워하며 사기가 뚝뚝 떨어져 가던 병사들이 조금씩 전의를 되찾아가고 있었다.

"설마. 내가 그런 상도덕도 없는 짓을 할까. 잘 봐라."

내가 손가락을 들어 올렸다. 이해가 안 된다는 얼굴을 한 마의의 뒤편, 저 멀리 놈들의 영채가 있는 방향을 손가락으로 가리킨 바로 그 순간.

"으아악! 구, 군사! 아군의 영채 쪽에서 연기가!"

조진이 경악하며 소리침과 동시에 마의가 고개를 돌려 뒤쪽을 응시하기 시작했다. 뒷모습만 보이는 녀석의 어깨가 부들부들 떨리고 있었다. 마의 쟤도 곧 각혈 클럽에 가입하게 되겠군.

으흐흐. 마의도, 가후도 피를 잔뜩 토하게 해서 처리해 버리면 앞날이 편해질 거다.

"크으으윽! 군사! 어서 영채를 지키러 가야 하오!"

"조진. 갈 수 있으면 가봐라. 너희가 등을 돌리는 순간, 우리가 어떻게 하게 될까?"

"뭐, 뭐라?"

"아니다. 아무런 말도 안 할게. 너희가 여기에서 퇴각하면 땡큐니까. 매복하고 있는 애들도 마찬가지고. 가라. 안 말려."

마치 친구들 사이에서 싸우고 갈 테면 가라는 식으로 이야기하는 것처럼, 나는 창대를 땅에 꽂아둔 채 양 손바닥을 펼쳐 보이며 그렇게 말했다.

한참이나 멍하니 영채 쪽을, 하늘 높이 솟아오르는 그 검은 연기를 응시하던 사마의도 그렇고 조진도 그렇고 이를 악문 채 날 노려보고 있었다.

이러지도 저러지도 못할 상황이니까. 빡 좀 칠거다.

이제부터는 저것들 멘탈을 와사삭 가루로 만들어 버리고, 나머지 병력을 괴멸시키는 것만 남았지. 으흐흐.

"똥쟁이 친구들. 어떻게 할 거예요?"

"크아아아아악! 위속! 내가 천지신명께 맹세코 네놈의 목을 베고자 말 것이다! 꼭이다! 무슨 수를 써서라도!"

내가 그렇게 생각하면서 말했을 때, 나는 볼 수 있었다. 앞뒤로 낭패를 당해 고래고래 소리를 내지르며 분노하는 조진의 옆에서 똥쟁이 소리를 듣자마자 자신도 모르게 좋다는 듯 피식 웃더니 곧 정신을 차리고선 헛기침을 내뱉는 마의의 모습을.

'……저 똥쟁이성애자 자식, 진짜.'

📱

"얘들아. 남김없이 태워야 한다. 알지? 소싯적 실력 전부 발휘해!"

"아, 걱정 좀 붙들어 매십쇼! 불사르는 일에서 언제 우리가 실수한 적 있습니까?"

"그걸 아니까 내가 이렇게 뒷짐 지고 서서 명령만 하는 거 아냐? 실수한 적이 있었으면 내가 직접 전부 확."

허창을 포위하고 있던 조조군의 영채, 그곳에서 감녕이 마치 자신이 직접 불을 지르기라도 하려는 듯 시늉을 해 보이자 그의 병사들이 피식피식 웃음을 터뜨렸다.

십만 명이 넘는 인원이 먹고 자고 휴식을 취하기 위해 만들어진, 자그마한 성이나 마찬가지인 곳이다. 오늘의 작전을 위해 며칠 전부터 만 명의 병력을 이백 갈래로 나눠 유랑민이고 피난민인 것처럼, 상행을 떠나는 이들인 것처럼, 또 몇몇은 도적인 것처럼 위장해 움직여 온 감녕과 그 휘하의 만인대다.

삼천 명도 안 되는, 취사병을 제외한 나머지 병력 전체가 전장으로 나서며 텅 비다시피 한 영채를 점령하는 일. 옛적부터 위속 휘하의 특수 부대처럼 활약해 온 감녕대에게 있어 그것은 식은 죽 먹기나 마찬가지인 셈이었다.

"장군. 남양 쪽에서 올라오는 후발대 같은 놈들이 발견됐답니다. 오천 명이라는데요?"

만족스러운 얼굴로 불타오르는 영채의 그 모습을 지켜보고 있던 감녕에게 부장 하나가 말을 타고 달려와 말했다.

"오, 그래?"

"장군. 병사 천 명만 주십쇼. 매복 작전을 펼쳐 박살 내고 오겠습니다. 예?"

"나쁘지 않을 것 같습니다, 장군. 소생이 위연 장군과 함께 가지요."

부장, 위연의 옆에서 이제 조금씩 자라나기 시작한 수염을 매만지며 마속이 말했다.

그런 두 사람의 모습을 번갈아 쳐다보던 감녕의 눈매가 가늘어지고 있었다.

"니들, 솔직히 말해. 공을 세우고 싶어서 안달들이 난 거지?"

"예, 예?"

"마속아. 까놓고 얘기해 봐라. 위연이 너도 그렇고. 공 세워서 얼른 높은 곳으로 올라가고 싶은 거잖아. 총군사님이 세운 계책만 따라갔다간 답이 없으니까."

"하, 하하…… 꼭 그런 것만은 아닙니다만."

"진짜 솔직히 말씀드려도 됩니까?"

어색하게 웃고 있는 마속의 옆에서 위연이 말했다.

"응, 되니까. 얘기해 봐."

"올라가고 싶습니다. 감녕 장군처럼, 후성 장군과 위월 장군처럼 저도 높은 자리에 앉고 싶습니다."

이제 갓 서른이나 될까 싶은 마속과 달리 어느덧 마흔을 넘긴 위연이다. 그 눈동자에 승진에 대한, 더 높은 자리에 대한 욕구가 일렁이고 있었다.

그 모습을 지켜보던 감녕이 피식 웃음을 터뜨렸다.

"그것 때문에 유 사군을 등지고 우리 쪽으로 이적해 온 거냐?"

"예? 아, 장군. 등지다뇨? 유 사군께서 놔주신 겁니다. 더 큰물에서 능력을 펼쳐보라고요. 게다가 지금은 두 분이 일심동체나 마찬가지잖습니까? 온후께서 잘되어야 유 사군께도 좋죠."

"뭐, 틀린 말은 아니지."

지금의 유비는 여포에게 있어 변경국, 혹은 속국 정도의 위치일 뿐이다. 여포의 흥망성쇠는 곧 유비의 흥망성쇠나 마찬가지라고 해도 과언이 아닐 정도.

관우나 장비처럼 오랜 옛날부터 유비를 따라온 게 아니라면 이렇게 더 큰 공을 세울 수 있는 곳으로 말을 갈아타는 것도 이해할 수 없는 일은 아니다.

감녕이 그렇게 생각하며 마속의 어깨를 툭 쳤다.

"인마. 넌 사내놈이 됐으면서 뭐 그렇게 패기가 없어? 우리 위연이를 봐라. 얼마나 패기가 넘치냐? 이게 진짜 사내지."

"으흐흐. 감사합니다, 장군."

"오냐. 내가 화끈하게 병사 이천 명을 주마. 필요한 물건도 다 가지고 가라. 어차피 여기엔 널린 게 물자니까."

"오오, 정말이십니까? 소장 위연 충성을 다 하겠습니다, 장군!"

위연이 반색하며 감녕을 향해 그렇게 말했을 때.

두두두두두두두두두-!

허창성 쪽에서 말발굽 소리가 울려 퍼지기 시작했다.

감녕의 입가에 피어오른 미소가 한층 더 진해지고 있었다.

"장료 장군께서도 몸이 달아오른 모양이로군. 갈 거면 어서 가라. 좀 있으면 네놈들이 챙길 살점이 한 조각도 남지 않게 될 테니까."

"감사합니다, 장군!"

"감사합니다!"

둥- 둥- 둥- 둥-

"여포를 베어라! 무슨 수를 써서라도 저놈을 이곳에서 죽여야 한다!"

하후연의 악에 받친 목소리가 울려 퍼진다. 그런 하후연의 명령에 맞춰 속속들이 도착해 오는 병사들이 여포를, 여포의 친위대라 할 수 있는 후성대를 향해 돌진해 나가고 있었다.

상식적으로 생각한다면 병력이 많아지는 만큼, 여포와 그 휘하의 병사들은 싸우는 것이 힘들어져야 할 수밖에 없다. 하지만 지금 이곳에서 조조군의 병력만큼이나 꾸준히 늘어나는 것은 여포의 주변으로 쌓이는 조조군의 시체 숫자였다.

"하, 이 똥쟁이 자식들. 야! 비겁하게 병사들만 내보낼 거야? 장수가 직접 나와서 싸워야 하지 않겠어?"

이를 악문 채 여포가 피를 흩뿌리며 쓰러지기만을 간절히 바라던 하후연에게 쩌렁쩌렁한 목소리가 들려왔다.

여포는 하후연, 하후돈을 번갈아 쳐다보며 소리치고 있었다.

"크으윽."

하후연이 이를 악물었다.

지금은 뭐라 더 말할 것조차 없다. 분기탱천해서 하후돈과 함께 여포를 상대하러 나갔다가 처참하게 패배하고, 목숨만 간신히 건져 돌아온 게 조금 전의 일이다. 지금으로선 병사들의 눈먼 창이며 활이 여포를 죽이길 기다리는 것 이외에 할 수 있는 일이 없는 것이나 마찬가지였다.

"도니! 너도 진짜 그러는 거 아니……."

둥- 둥- 둥- 둥-!

하후연이 그렇게 생각하고 있을 때, 계속해서 쩌렁쩌렁하게 소리치던 여포의 목소리가 북소리에 파묻히기 시작했다.

하후연이 뒤쪽으로 고개를 돌렸을 때, 수레에 앉아 있는 가후의 모습이 시야에 들어왔다.

가후가 하후연을 향해 가볍게 고개를 숙였다. 여포의 독설로 병사들의 사기가 떨어지는 걸 우려한 가후가 지시한 덕택에 병사들이 북을 울리기 시작한 것이었다.

"여포, 저자가 참으로 많이 성장하였군."

"군사께서 보시기에도 그러하였구려. 확실히 성장하였지. 이게 다 위속, 그자의 영향일 것이외다."

가후의 마차 옆, 말 위에서 전황을 살펴보던 책사, 순욱이 말했다. 가후가 고개를 끄덕이고 있었다.

"총군사. 저흴 보내 주십시오. 여포의 나이가 이미 환갑에 이르렀습니다. 당장은 지치지 않은 것처럼 보이나 저희가 모두 달려든다면 능히 그 목을 벨 수 있을 것입니다. 아니 그렇소이까?"

"전위 장군의 말씀이 참으로 옳습니다."

그런 가후와 순욱의 뒤편에서 무기를 들고 대기하던 세 장수 중 하나, 전위가 말했다. 함께 있던 서황과 방덕이 고개를 끄덕이고 있었다.

"전위 장군. 그대가 나선다 한들, 여포의 목을 베려면 최소 이백 합에서 삼백 합은 겨루어야 할 것이오. 지금의 상황에선 그만한 시간이 주어지지 않을 터. 다음 기회를 노리시구려."

"하지만 총군사. 저들은 여포 하나의 무위로 버티는 중일 뿐입니다. 소장 등이 여포의 손발을 묶는다면 필시."

어서 여포와 손속을 나눠보고 싶다는 듯, 이야기하던 전위를 향해 순욱이 고개를 돌렸다. 그런 순욱은 고개를 젓고 있었다.

"전황을 보아야 하외다, 전 장군. 총군사와 우리가 이곳에서 여포를 상대하고 있소. 달리 말하자면 위속은 여포를 이용해 총군사의 눈과 귀, 손과 발을 묶어둔 것이나 마찬가지이지. 이 상황에서 위속과 다른 장수들은 무엇을 하고 있을 것 같소이까?"

"위속이…… 설마?"

전위의 옆에서 잠시 고민하던 방덕이 반문했을 때, 이번엔 가후가 고개를 끄덕였다.

"허창을 구원하고 있을 걸세. 겸사겸사 조진 장군과 사마중달을 공격해 그 병력을 괴멸시키고자 하겠지. 우린 허를 찔린 상황일세. 잘 보시게나."

그러면서 가후가 손을 뻗어 저 멀리 앞을 가리키기 시작했다. 전위와 방덕, 서황의 시선이 그 손가락을 따라 움직였다.

여포와 그 휘하 병력이 전투를 벌이며 생겨난 흙먼지로 인해 잘 보이지 않던, 저 멀리에서 이쪽을 향해 접근해 오는 또다른 병력이 만들어내는 흙먼지가 희미하게나마 시야에 들어오고 있었다.

"징을 쳐 병사들을 뒤로 물리시게. 이제는 한발 물러서야 할 때이니. 돌아가자."

"으, 죽겠네."

확실히 나이를 먹긴 한 모양이다.

절영과 함께 정신없이 달리며 이곳저곳 돌아다니고 나니 온 몸에서 비명을 지른다. 팔이며 다리에 감각이 없는 건 물론이고 허리랑 등짝도 미칠 듯이 아프다.

"장군, 괜찮으십니까?"

허창성. 그곳의 태수부 외당에서 드러눕다시피 한 채로 장수들이 올려온 장계를 확인하고 있는데 후성이의 목소리가 들려왔다. 녀석이 위월이와 함께 서서 걱정스럽다는 얼굴로 날 쳐다보고 있었다.

"안 괜찮으니까 이렇게 널브러져 있지. 너희는 아무렇지도 않은 거냐?"

"저희는 아직 팔팔한 사십 대잖습니까. 틀딱이 되려면 아직 멀었다고요."

"틀딱?"

"예, 장군은 틀딱, 저흰 팔팔한 청년. 뭐, 이 차이죠?"

잘못들은 건가 싶어 다시 물으니 이젠 손가락으로 나와 자기들을 번갈아 가리키면서까지 말하고 있다.

쓰벌. 갑자기 열이 확 뻗치는데 옛날, 내가 원소와 조조를 틀딱이라고 부르면서 저것들은 언제 죽냐고 한탄했던 기억이 떠올랐다.

얼굴을 보니 후성이는 틀딱이 안 좋은 말이라는 것도 모르는 모양이다. 그냥 내가 평소 사용하던 말들과 같이 노인을 지칭하는 재미있는 단어라고 생각하는 거겠지.

"아오, 진짜. 어디에서 저딴 말만 배워가지곤."

"장군한테 배웠습니다만?"

"잘났다, 잘났어. 아주 잘나셨네요."

"하하. 칭찬 감사합니다. 장군께서 가르쳐 주신 덕분에 제가 만부장도 되고, 진짜 출세했습니다. 이게 다 장군의 은혜라니까요? 안 그래요?"

"맞는 말이죠."

후성이랑 위월이가 자기들끼리 고개를 끄덕이는데 화도 못 내겠다. 아오, 애들 앞에서 주접떤 내 죄지. 누굴 탓하겠어.

"그나저나 형님은? 아직도 그러고 계시냐?"

"그렇죠, 뭐. 나이 때문에 무예가 무뎌졌다고 아직도 수련 중이십니다."

"그 양반은 지치지도 않나. 나보다 훨씬 더 늙었으면서."

"틀딱답지 않게 체력이 넘쳐나신다니까요?"

"하아……"

진짜 한숨이 푹푹 나온다. 이래서 요즘 애들은 안 된다니까?

"가서 잠이나 자야겠다."

"전황이랑 작전은요?"

"야. 왜 그렇게 잔소리야? 그건 공대 선생이랑 공명이가 알아서 하겠지. 어차피 그쪽에서 다 파악하고, 작전 세우고 있는 거 내가 그냥 확인만 하는 중이잖아. 잘 거야. 방해하지 마."

"제가 모시겠습니다."

"됐거든?"

옆으로 따라붙는 후성이를 떼어놓고서 태수부 안쪽, 내 숙소로 배정된 곳으로 들어가 시종들의 도움을 받아 갑옷을 벗고 침상에 드러누웠다.

와, 누우니까 더 아프네.

오늘이 무릉도원에 들어가는 날이니 망정이지…… 시바.

나이 먹으니 서럽네.

📱

쏴아아아아-

바람 소리가 진짜, 진짜 진짜 너무 반갑다.

"아오, 이제 좀 살 것 같네."

안 쑤시던 곳이 없던 몸이 이제는 그냥 편안하기만 하다.

몸을 일으켜 핸드폰을 쥐다 무심결에 액정에 반사되는 내 모습을 응시했다.

"음?"

젊었던 시절의 내 모습이다. 처음 위속이 되었던, 이십 년 전의 그 모습. 얼굴에 주름도 없고, 머리카락이며 눈썹이며 하는 것도 전부 깔끔하게 올 블랙의.

"하, 나도 이렇게 젊었던 시절이 있었는데."

세월 진짜 빠르네.

형님과 함께 전장을 전전하며 고생하던 기억이 머릿속에서 떠오르려는 걸 억지로 끊어내고서 무릉도원으로 접속했다.

나이 먹고서 추억에 잠기면 한 시간, 두 시간 정도는 순식이라. 다른 곳도 아니고 이 꿈속에서까지 그럴 순 없지.

그렇게 생각하면서 무릉도원의 글들을 보고 있는데…….

'쿨탐 찼다_파계선_위속에_대해.araboja', '위속 파계선 맞지 않음??????', '무간지옥_위속_현상황.avi', '임진왜란 때 우리나라 신선들은 도대체 뭐 한거냨ㅋㅋㅋ'같은 글들이 잔뜩 올라와 있다.

아니, 도대체 이게 무슨 개소리야? 내가 파계선이라니?

〈홍수 내서 멀쩡한 평야 지대에 전함 띄우고 바람 방향 바꿔서 화공하고 다 죽어가던 사람들 살리곸ㅋㅋ 어지간해선 신선들 무서워서 그런 얘기 안 하던 삼국지 시대에서 오죽하면 위속이 금오도에서 내려온 괴수 선인이라고 기록까지 남겼겠눀ㅎㅎㅎ〉

└신선후보생99년차: 사실;; 위속이 신선이 아니면 그 행보가 설명이 안 됨 ㅇㅇ;; 미래 다 읽지, 지 마음대로 바람 바꾸고 홍수 내고 무슨 일 터지기도 전에 다 미리 알아내서 도우러 가고;;

└우화등선쪼아: ㅇㅅㅇㅈ 위속이 보인 행보 정도면 수화지치에 조화지경일듯? 수화지치만 해도 그런데 조화지경까지 붙으면 진짜 평범한 인간들 사이에선 공포지——ㅋ 각 잡고 도술 쓰면서 밀고 올라가면 혼자 십만 명 정돈 때려잡는 건데.

└금오백도사: 수화지치는 맞는데 조화지경이 아니라 이심행기 아닐까요? 조화지경으로 사람들 치료는 좀?? 그보다 여포도 사실 위속한테 맞아서 위속이 하자고 하는 거 해줬던 거 아닐지???

└봉오121기: 주유는 만날 비 오는 날 먼지 나게 얻어맞다가 도저히 안 되겠어서 항복한 거고, 허저는 방천화극 만져보고 들어올래? 아님 걍 맞을래? 해서 등용인 거짘ㅎ 이 모든 걸 지켜보던 여포는 뭐 당연히……ㅎ

└천도복숭아삽니다: 파계선 핵먼치킨 위속 앞에서 공포에 떨었을 삼국지 시대의 군웅과 장수들, 그리고 특히 만날 피 토하면서 수명 깎

아먹었을 책사들에게 애도를 ㅠㅠㅠㅠㅠㅠㅠㅠㅠㅠ

　└사불상마스터: 위속의 폭정 앞에서 신음했을 여포에게도 애도를ㅋㅋㅋㅋㅋㅋ 아니, 근데 잠깐만ㅋㅋㅋㅋㅋㅋㅋㅋ 위속이 진짜 금오도 파계선이면 형주에서 위속 때려잡고 여포 목까지 벤 가후는 ㄹㅇ 곤륜에서 내려온 감찰반 신선인가?ㅋㅋㅋㅋㅋㅋㅋㅋㅋㅋㅋ

"망할…… 망할!"

앞에 내용도 막장인데 뒤에 내용은 더 막장이네? 가후가 형주에서 날 때려잡고 형님 목을 벤다니?

확인해야 한다. 도대체 가후가 무슨 짓을 어떻게 해서 우릴 이겼다는 것인지, 또 도대체 어떻게 해서 형님의 목을 베었다는 것인지. 이건 정말 무조건, 무조건 알아내야 한다.

'조위의 삼국 통일을 확정 지은 진류 공방전', '진류 공방전에 대해.araboja', '항우를 꿈꾸던 여포의 최후', '천하제일 책사를 잡으려는 가후의 책략'을 비롯해 글이 수십 개가 올라와 있다.

시벌…… 진짜로 가후가 뭘 하긴 한 모양이다.

〈ㅋㅋㅋㅋ진짜 진류 공방전은 통수의 통수의 통수인 듯. 원담이 조조 통수치고 위속이랑 협상해서 낙양 받고, 가후는 또 그런 원담이랑 협상해서 낙양 통과하고, 원담은 이번엔 위속 통수쳐서 공격하다가 대패하곰ㅋㅋㅋㅋ 진짜 ㄹㅇ 혼파망인데 진류 공방전까지 이어지는 가후 계책들이 진짴ㅋㅋㅋㅋㅋㅋ〉

　└불꽃하후연: 당하다, 당하다 나중엔 높은 확률로 죽을 수도 있는

작전에 자길 미끼로 내세워서 결국 성공하는 집념의 가후ㅎㄷㄷㄷㄷㄷ

└퇴마사가후: 진짜 개소름인게 여포네로 치면 위속이 자기 죽을 거 각오하고 전장으로 나가서 적들 유인한 거잖아? 무슨 계책으로 자기 보호하는 것도 아니고;; 가후쯤이면 놀고먹기만 해도 모자란 거 하나도 없었을 텐데;;;

└갓갓쪼쪼: 조조 쪽에서도 위속한테 당한 게 워낙 많으니까 복수하러 갔던 거죠ㅇㅇ 여포 죽는 전투에서 가후 계책은 진짜 예술이에요.

└전풍좌: 낙양으로 물러날 것처럼 기만 작전 다 펼치다가 어느 순간 진류 쪽으로 갑자기 이동해서 부랴부랴 위속이 추격하는 걸 유도해서 매복 작전으로 여포 죽이는 건 진짜. ㅎㅎㅎ

└가후문화상품권: ㅇㅈㅇㅈ 이거 하려고 그때까지 서량 쪽에서 이민족하고만 싸웠던 안 유명한 장수들까지 다 불렀잖아, 전위랑 서황이랑 방덕까지.

└호원소구: 나 원소빠지만 진짜 이때 여포 죽은 건 개아쉽다;; 이거 때문에 여포네 무너지고 원소 망하고 결국 조비가 전통한 거잖음ㅠㅠㅠㅠ

"하……."

이런 것이었나.

전위와 서황, 방덕? 댓글에서 봤던 것처럼 서량 쪽에서 이민족과 싸우면서 말도 안 되는 전공을 세운 거로 유명한 놈들이다. 우리 쪽 기준으로 치면 모두 만인지적 정도는 될 만한.

게다가 전위라고 하면…….

"망할."

욕밖에 안 나온다.

저 셋 중 제일 센 놈이 전위다. 우리 쪽에서는 허저와 비견될 만한 무위를 지닌.

그런 놈들에다가 하후연이나 하후돈이 합세하고, 그 휘하의 이름 없는 장수며 부장이며 하는 놈들까지 같이 끼어든다면 아무리 형님이라고 해도 답은 없다.

그렇다고 해서 최소한의 방어 병력을 제외한 나머지가 전부 차출된 진류를 가후가 공격하도록 놔둘 수도 없는 노릇이고…….

두통이 밀려온다. 무릉도원 속임에도 불구하고 머리가 아프다.

파훼법을 찾아야 한다. 이 계책을 깨뜨리고, 형님이 죽는 일 따위 없도록 하는 동시에 가후를 사로잡거나 죽일 수 있을.

"……."

낯선 천장이 시야에 들어왔다.

무릉도원에 들어갔다가 나와서인지 몸이 아프던 게 싹 사라진 것 같다. 상쾌하다. 몸이 깃털처럼 가볍다는 생각마저 들정도.

"총군사님. 식사를 올리라 할까요?"

내가 일어나는 소리를 들은 모양이다. 밖에서 대기하고 있던 병사 하나가 조심스레 침실로 들어와서는 말했다.

"됐어. 회의는? 공명이랑 공대 선생이랑, 다들 뭐 하고 있어?"

"좀 전부터 모여서 조조군의 동태에 대해 의논 중이시라 합니다."

"그렇단 말이지?"

다행이다. 시간을 아낄 수 있겠어.

대충 겉옷만을 걸친 나는 침실을 나서 외당으로 향했다.

"어, 스승님?"

"총군사…… 오셨소이까?"

지도를 펼쳐놓고서 의논하던 공명이와 육손이, 진궁이 날 맞이했다. 그런 이들의 얼굴에 놀란 기색이 역력했다.

"아니, 의관조차 제대로 갖추지 않은 상태로 여긴 어쩐 일이시오? 언제고 어떤 일이 있어도 한결같은 모습을 보이던 총군사가 아니외까."

"스승님, 무슨 일입니까?"

"급해. 이동해야 해."

"예? 이동이라뇨?"

공명이가 황당하다는 듯 날 쳐다본다. 그런 녀석의 손에 죽간이 쥐어져 있었다.

"정찰 보고서냐?"

"보고서까진 아니고요, 좀 전에 저희에게 와서 보고한 것을 적어둔 겁니다. 지난 전투의 패배로 가후가 퇴각을 고려하는 중이라더군요."

"그래?"

공명이가 고개를 끄덕이며 내게 죽간을 넘겨줬다.

무릉도원에서 보았던 것처럼 가후와 그 휘하의 조조군이 퇴각을 준비하는 듯, 영채를 철거하며 해체한 공성 병기 등을 수레에 싣는 중이라 쓰여 있었다.

"아무래도 가후가 기만책을 쓰려는 것 같소."

내가 죽간으로 목을 탁탁 두드리는데 진궁이 말했다. 그런 진궁의 눈매가 가늘어져 있었다.

"기만책요?"

"상대는 가후외다. 방통도, 전풍도 아닌 가후. 그런 자가 원담과의 협상으로 낙양을 통과해 우릴 공격해 왔소. 자칫 잘못하면 원담이 길목을 막아 퇴로가 끊길 위험이 있음에도 강행해 왔지. 그런 자가 고작 전투에서 한 번 패한다고 돌아간다? 삼척동자조차 믿지 않을 거요."

"맞습니다, 스승님. 가후라면 우리가 예상치 못할, 더 기상천외한 계책을 들고 나올 것입니다. 예를 들자면……."

진궁에 이어 육손이가 잠시 말꼬리를 흐리며 날 쳐다본다.

그런 녀석이 공명이와 눈빛을 교환하더니 말을 이었다.

"남양으로 치고 내려갈 수도 있습니다. 형주를 공격하고, 나아가 익주를 공략하고 있는 공근 장군의 후방을 틀어막아 그 험난한 촉중에서 섬멸하겠다는 의도이겠지요."

"저도 사제와 비슷한 생각인데요, 몇 달 전 한중에서 대규모로 전선을 건조한다는 정보가 들렸었습니다. 한수의 물길을 따라 쭉 내려오면 바로 양양에 도달하게 되고요."

"그 얘기, 들어봤던 것 같다."

"이거, 가후가 영혼의 캐삭빵을 시전하는 겁니다. 가후는 반쯤 정신이 나간 겁니다. 그러니 이번에도 우리는 결코 예상할 수 없을, 미친 짓을 벌일 것이겠고요."

"그러니까 그 미친 짓이 한중으로부터 일회성으로 대규모의 보급을 받아 형주를 공격하고, 현지조달 및 남양에 비축해 두었던 물자를 이용해 보급을 해결하며 양양과 남군을 점령하는 것이다?"

"예, 일단은 그렇게 보고 있습니다. 뒷맛이 영 개운하지가 않긴 하지만요."

뭔가 마음에 들지 않는다는 듯, 공명이가 인상을 찌푸린 채 고개를 갸웃거리며 말했다.

"뒷맛이 개운치가 않다니?"

"그렇잖아요. 이미 한 번 우리가 가후의 무모하다시피 한 계책을 봤는데 또다시 미친 짓을 할 거라고 예상하지 못할 이유가 없어요. 가후도 그걸 알 텐데 여기에서 단순히 더 미친 짓을 하는 것만으로는 뭐랄까, 너무 수가 단순하다고 할까요?"

"나도 공명과 생각이 같네. 그래서 좀 이상하다 생각하기는 했지만…… 지금으로선 가후가 형주를 노린다고 보는 게 가장 합리적일 것 같네."

진궁도 공명이와 마찬가지로 약간은 찝찝하다는 얼굴로 말했다.

"육손이. 너도 같은 생각이냐?"

"예, 남양에서 아군의 남진을 막고, 가후의 본대가 남진을 시작한다면 형주는 오래 버틸 수 없을 테니까요. 그렇게 남군이 점령되고, 퇴로가 끊어진다면 주유 장군의 원정군은 붕괴하게 될 겁니다. 그리고 그다음으로는……."

"형주 전역에 대한 영향력을 잃고, 강남으로 물러나는 그림이 그려지겠지."

"위협받고 있는 익주의 안전이 보장될 것이고 안정적으로 강남과 연주, 예주를 공략할 길도 얻게 되겠죠."

"참……."

육손이가 하는 말을 듣고 나니 이런 거였구나 싶다.

남쪽으로 내려가도 가후가 얻을 수 있는 건 많다. 만약 내가 무릉도원에 들어가지 않은 채로 공명이나 육손이, 진궁의 말을 들었더라면 대번에 고개를 끄덕였을 거다. 가후가 형주를 노린다는 건 충분히 설득력 있고, 충분히 논리적인 추론이니까.

공성 병기는 충분하다 못해 차고 넘치는 수준이고, 병력도 충분하며, 보급 역시 한중에서 보내오는 것과 남양의 것을 합친다면 반년은 버틸 수 있을 거다.

낙양을 우리가 점령하고, 또다시 원담에게 넘기게 되면서 여러 가지로 계획이 어그러졌을 텐데 그럼에도 이렇게 말도 안 되는 계책을 세워서 우리 쪽 책사들을 속이다니. 말도 안 되는 능력이다.

"어떻게 생각하시오? 총군사께선."

내가 이마를 붙잡고 있는데 진궁의 목소리가 들려왔다. 공명이가, 육손이도 내 생각이 궁금하다는 듯 날 쳐다보고 있었다.

"제가 보기엔…… 기만책일 것 같습니다."

"기만책? 그렇다면…… 형주를 공격하고자 하는 것이 말이외까?"

진궁의 반문에 내가 고개를 끄덕였다.

"이게 기만책이라면 결국 가후가 노리는 건 진류라는 얘기잖아요? 가후가 남쪽으로 내려갈 거로 생각하고 우리가 급하게 병력을 이동하는 동안, 역으로 북쪽으로 치고 올라가 진류를 공격해 아군이 비축해 두었던 군량을 탈취하겠다는 것밖에는 안 되는데?"

"기만책이라는 걸 듣자마자 거기까지 추리해 내는 거냐?"

"가후가 진류를 노리는 것도 계산하지 않은 건 아니니까요. 확실히…… 형주를 공격하는 게 기만책이라면 영 좋지 않던 뒷맛이 깔끔해질 것 같네요. 퇴로도 확보되고, 아군도 완벽하게 속여 넘길 수 있고."

"군량을 불태우며 아군에게 심대한 타격을 줄 수 있으니 형주와 마찬가지로 매력적인 목표겠지. 게다가 진류가 무너진다면 제음, 산양까지 노릴 수 있게 될 터이니……."

무슨 스위치라도 올라간 것처럼 공명이가, 진궁이 술술 이야기를 늘어놓고 있다.

아니, 난 기만책일 거라는 얘기만 하나 꺼냈을 뿐인데.

"스승님, 진류가 목표라면 이러고 있을 시간이 없습니다.

지금 바로 움직여야죠. 일단 발 빠른 병사들을 추려서 진류 성으로 보내놓겠습니다."

"잠깐만, 공명아."

"예?"

당장에라도 장수들에게 내 명령이라며 이야기를 전할 것처 럼 굴던 공명이를 붙잡아 세웠다. 녀석이 의아하다는 듯 날 쳐 다보고 있었다.

"아니, 사람 말을 끝까지 들어야지. 뭐 한마디만 듣고 바로 그렇게 줄줄줄 늘어놔?"

"설마. 가후의 목표는 진류가 아니라고 보시는 게요?"

진궁의 반문에 내가 고개를 끄덕였다.

"예? 진류가 아니라고요?"

"가후의 목표는 좀 더 큰 거다. 형주를 노리는 거로 오해한 우리가 뒤늦게 그 움직임을 확인하고서 허둥지둥 진류로 나아 가게 하는 것."

"……그런 거면 매복밖에 없는데?"

"매복도 매복이고, 노릴 수 있는 목표도 하나가 더 있지. 가 후가 전위와 서황, 방덕을 불렀다."

"예?"

이번엔 육손이의 눈이 동그랗게 커졌다.

"그게 정말입니까?"

"그래."

"그들을 불러들였다면…… 결국은 우리 쪽 장수를 노린다는 이야기인데……."

육손이의 얼굴이 딱딱하게 굳어져 간다.

우리 진영에는 허저, 감녕, 마초 등 여러 장수들이 있지만 전위와 서황 같이 서량에서 맹위를 떨치던 이들을 모두 불러들여 노릴 정도의 인물은 딱 두 명밖에 없으니까.

나 그리고 형님.

"스승님은 제가 지키겠습니다. 이 육손, 비록 주공에 비할 바는 아니지만 서황이나 방덕 중 하나는 충분히 감당해 낼 수 있습니다."

"날 걱정할 필요는 없다. 가후의 작전을 간파한 이상, 내가 그놈이 파놓은 함정 속으로 걸어 들어갈 이유는 없으니까."

"주공이 문제가 되겠군."

진궁이 말했다.

딱 그 말대로다. 형님은 적이 강하면 강할수록 좋아하는 저돌적인 스타일이다.

전장이 눈앞에 있는 이상, 돌진해 나가지 않는 형님의 모습은 상상하기가 어려운 만큼 가후의 함정은 형님 쪽으로 집중될 수밖에 없을 터.

"그럼 제가 주공을 지키겠습니다."

"육손이 네가 붙으면 가후도 그만큼 잘 싸우는 장수를 하나 더 붙이겠지. 너랑 허저, 마초까지 같이 붙으면 아예 장수며 부장이며 할 것 없이 전부 다 긁어모을 거고."

"하면 얼굴이라도 가리겠습니다."

육손이의 얼굴이 비장하기 그지없다. 형님한테 얻어터지며 무예를 수련할 때는 잔뜩 이를 갈며 복수의 그 날을 기다리더니…… 정이 든 건가?

"자네가 가는 것보단 가후가, 조조군이 알지 못하는 맹장을 평범한 부장인 양 주공의 곁에 붙여두는 게 좋네. 그런 자가 없다는 것이 문제이긴 하네만."

심각하기 그지없는 얼굴로 말하는 진궁의 목소리에 댓글 내용이 하나가 떠올랐다.

〈삼국지 후기 맹장 위연이 이때 감녕 부장으로 있었는데 쫌만 더 일찍 발탁해서 중용했으면 좀 나았을 걸…… 개아쉽다…… ㅠㅠㅠ〉

저 댓글을 보고서 확인했던 위연은 확실히 맹장이라 불리기에 모자람이 없는 녀석이었다. 유비 쪽에 있다가 큰물에서 놀아야 출세할 수 있다며 우리 쪽으로 이적해 오기까지 했다니 출세욕만 건드린다면 얼마든지 굴려 먹을 수도 있을 터.

"공대 선생께서 생각하시는 숨겨진 맹장, 하나 있습니다."

"그게 정말이오?"

"진작부터 봐뒀던 녀석입니다. 그 녀석이면 충분히 형님을 도울 수 있을 거예요."

위연이라면 충분하지. 옛날, 형님이 갑작스럽게 열었던 무투 대회에서 두각을 드러냈던 녀석이니까.

게다가 조조 쪽으로는 전혀 알려진 바가 없으니 예상치 못한

한 수가 될 터. 그런 위연을 형님 옆에 심어두고서 나는 가후를 제거하면 된다. 가후가 자기 목숨을 걸어가며 스스로 미끼가 되었다고 했으니 잘만 하면 놈의 목을 벨 수도 있을 터. 여기에서 가후만 잡으면 조조 쪽을 처리하는 건 일사천리다. 흐흐.

내가 그렇게 생각하며 웃고 있는데 묘한 시선이 느껴졌다. 진궁이, 공명이가 묘하다는 듯 날 쳐다보고 있었다.

"뭐야. 왜 그렇게 쳐다봐요?"

"아니, 그냥 신기해서 말이외다. 이렇게 우리가 제대로 그 진의를 파악지 못하도록 위장에 위장을 덮어씌운 가후도 참 대단하지만…… 그런 가후의 심중을 이리도 간단하게 꿰뚫어 보는 총군사의 지략은 도대체 어느 정도의 수준인가 싶어서."

"가끔 보면 스승님은 정말…… 인간이 아니신 것 같습니다. 오히려 앉은 자리에서 천 리 밖을 내다보고, 미래를 읽기까지 하는 신선이라도 되시는 것 같다고나 할까요?"

"신선은 무슨 얼어 죽을."

"참으로 대단한 지략이외다."

지략이 아니라 무릉도원이라는 이름의 치트 키랍니다.

"비행기 띄워주는 건 그 정도면 충분하니까 얼른들 움직이자고요. 공명아, 내가 여기까지 얘기해 줬으니 이제 어떻게 해야 할지는 알겠지?"

"맡겨만 주시죠. 확실하게 처리하겠습니다."

공명이가 제 가슴을 탕탕 두드리더니 육손이와 함께 외당을 나서며 움직이기 시작했다.

5장
못 먹어도 고

덜컹, 덜컹.

북쪽으로 나아가는 수레에서 눈을 감은 채, 가후는 자신에게 전달되어 올 소식들을 기다렸다.

자신이 준비한 책략이 먹혔다면 지금쯤 위속과 여포가 말머리를 남쪽으로 돌려 헐레벌떡 달려 내려가고 있다는 소식이 전해져야 할 터였다.

과연 위속은 어떤 선택을 할까. 그의 역량은 어디까지일까.

"어찌 생각하시오? 총군사."

상념에 빠져 있던 가후에게 순욱의 목소리가 들려왔다.

자신만큼이나 선명한 백발에 얼굴의 주름이 가득한 노인이 되어버린 순욱이다. 그런 순욱의 입가에 사람 좋은 미소가 걸려 있다. 하지만 그의 눈동자는 섬뜩하기 그지없는 위속에 대한 살의로 번들거리고 있었다.

"이런 단순한 속임수에 위속이 속을 거로 생각지는 않습니다. 그자를 속이기에 이 사람은 너무 모자라지요."

자신의 수염을 쓰다듬으며 가후가 말했다.

순욱이 그렇게 이야기할 줄 알았다는 얼굴로 껄껄 웃음을 터뜨리고 있었다.

"총군사가 이야기하는 건 어디까지나 아군이 형주로 남하하는 것이 아니오이까. 이 사람이 이야기하고 싶은 건 이것이오. 총군사의 진의를 과연 위속이 읽을 수 있을지에 대한."

"그 역시 반반이지요. 그러나…… 위속이 읽는다 한들 여포를 제어할 수 있겠습니까?"

가후의 목소리에 순욱의 눈매가 가늘어졌다.

그러길 잠시, 순욱이 또다시 껄껄 웃음을 터뜨렸다.

"그렇구려. 확실히 총군사의 말씀대로겠소이다."

"자신의 몸을 돌보지 않고, 항우를 뛰어넘겠다는 허욕에 사로잡힌 자입니다. 정말로 항우를 뛰어넘을 수 있을지도 모른다는 희망을 주는 것에 성공한다면, 설령 사지라 할지라도 여포는 기꺼이 달려 들어가겠지요."

가후가 막 그렇게 얘기했을 때, 저 멀리에서 다급한 말발굽 소리가 들려왔다.

"여포가 움직이고 있습니다!"

"어디로 움직이는 중이더냐?"

"북쪽, 정확히 진류 쪽으로 나아가는 중입니다!"

"그랬군. 알았으니 물러가도록."

부장을 돌려보내며 가후는 평소의 그것과 같은, 무덤덤한 얼굴로 저 멀리 앞을 응시했다.

그런 가후의 모습을 응시하며 순욱은 옆에서 아쉽다는 듯 고개를 주억거릴 뿐이었다.

"와."

가후라는 이름값이 이렇게까지 무거웠었나?

조(曹)와 하후(夏侯), 사마(司馬)의 깃발이 휘날리는 와중에서 가(賈)의 깃발이 펄럭이는 것이 시야에 들어왔다.

평소, 적진에 책사가 누가 있건 별로 신경 쓰지 않는 편이었는데 가후가 상대편에 있어선지 지금은 괜히 주변을 두리번거리게 된다. 혹 내가 예상치 못한 매복이 있을지도 모른다는 생각에.

"육손아. 주변은 깔끔하냐?"

"깔끔합니다, 스승님. 매복도 없고, 적들이 보이는 특이한 움직임도 없습니다."

"그렇단 말이지?"

괜찮겠지.

치트 키나 다름없는 무릉도원을 통해 가후가 노리는 게 뭔지를 이미 다 파악했다. 가후가 대군을 주둔시킨 채 우릴 기다리고 있는 이곳의 지형도 딱히 뭐랄 게 없는 평야 지대일 뿐이고. 매복을 세울 수도 없고, 생각지도 못한 병력이 갑툭튀해서 아군의 후방이나 측면을 후려갈길 염려도 없다.

이제부터는 순수하게 책사와 책사 간의 지략 대결, 그리고 장수와 장수 간의 지휘력 및 무력으로 병사들을 지휘해 싸움을 벌여야 할 뿐이다.

"흐음."

내가 그렇게 생각하고 있는데 저 앞에서 익숙한 얼굴이 말을 몰아 앞으로 나오는 모습이 시야에 들어왔다.

저거 도니 아니야?

"여포 휘하의 가련한 병사들이여! 지금이라도 늦지 않았으니 투항하거라! 아군의 숫자는 너희의 두 배 이상이고, 장수 일천여 명이 이십만의 병사들과 함께 있느니라! 투항한다면 목숨만은 살려줄 것이고, 장수의 목을 베어 온다면 금을 포상으로 줄 것이다! 투항하거라! 이미 대세는 기울었음이니!"

쩌렁쩌렁하기 그지없는 목소리다.

"뭐, 나름 준비는 잘했네. 나쁘지 않은 멘트야."

"스승님. 제자가 나가서 기선을 제압하겠습니다."

"응? 야, 그래도 도니는 내 동생인데 내가 해야지. 육손이 네가 나가면 사람들이 뭐라고 하겠어? 집안일이잖니, 집안일."

"하, 하하…… 그렇습니까?"

"오냐. 너는 공명이랑 같이 뒤에서 내가 어떻게 하는지 잘 지켜만 봐라."

육손이를 뒤에 남겨두고서 내가 말을 몰아 앞으로 나아갔다. 도니의 시선이 날 향하고 있었다.

"위속!"

"오냐, 도니. 오랜만이다?"

가볍게 손을 흔드는데 도니가 근엄하기 그지없는 얼굴로 날 노려본다.

'와, 이걸 이렇게 쌩까네?'

"위속! 이미 너희의 계책은 모두 간파되었다. 네놈과 여포의 명줄은 오늘을 넘기지 못할 터. 지금이라도 모든 것을 포기하고 투항한다면 네놈들과 일가의 목숨은 보장해 주마. 항복하거라!"

"항복은 무슨 얼어 죽을. 너 같으면 하겠냐?"

도니가 그럴 줄 알았다는 얼굴로 날 쳐다본다.

내가 어떻게 해야 이 자식을 빡치게 만들 수 있을까? 열 받아서 피를 토하는 그림만 만들면 딱일 것 같은데.

"도니. 너 말이야. 이번 전투⋯⋯."

뿌우우우우우우-

내가 채 말을 끝내기도 전에, 저 멀리 서쪽으로부터 뿔 나팔소리가 들려왔다. 이 상황에서 들려오는 뿔 나팔 소리라는 건⋯⋯.

"허, 이렇게 나온다 이거냐?"

전투에 앞선 설전이 일어난 지금의 이 시점에서 조조군에 의한 공격이 시작됐다는 의미다. 지금쯤이면 서쪽을 맡은 진궁이 직접 병사들을 지휘해 적들의 공격을 막아내고 있을 터.

"어차피 형님과 설전을 벌여봐야 우리만 손해인 것이 명약관화하거늘, 어찌 그 장단에 맞춰 춤을 춰주겠소!"

둥- 둥- 둥- 둥-

도니가 소리침과 동시에 녀석의 뒤편에서 북소리가 울려 퍼지기 시작했다. 조조군 본대의 곳곳에서 장수들이 병사들을 지휘하며 일사불란하게 움직이고 있었다.

×발. 기왕에 하는 거, 적 장수들 멘탈을 다 조각조각 박살내놔야 전투가 편해지는 건데.

"스승님! 돌아오십시오!"

내가 인상을 쓰면서 도니를, 저 멀리 조조군 본대의 사이 어딘가에 있을 가후의 모습을 노려보고 있는데 육손이의 목소리가 들려왔다.

"오냐!"

가후와 나, 그리고 형님의 명운을 결정할 전투가 시작되는 거다.

"여포의 개들을 모조리 쓸어버려라!"

"똥쟁이 놈들에게 지지 마라! 주공과 총군사님께서 우리와 함께하신다!"

"막아라! 절대로 물러서지 마라!"

"와아아아아아아아아!"

조조군 장수들, 그리고 우리 쪽 장수들의 명령과 함께 양측 병사들의 함성이 사방에서 들려온다.

×발…… 진짜 더럽게 많이 몰려오네.

"장군. 상황이 좋지는 않습니다."

인상을 찌푸리며 바둑판을 개조해 만든 전술 지도를 응시하는데 위월이 내게 다가와 말했다. 녀석이 각각의 부대를 상징하는 말 중, 조조군의 것을 우리 본진 쪽으로 몇 개나 더 옮겨놓고 있었다.

"이거 완전, 진짜 그냥 순도 100%짜리 힘 싸움인데?"

여기까지 오는 과정에서는 온갖 귀계가 판을 쳤지만, 막상 무대에 도착하고부턴 그런 게 보이질 않는다.

아직은. 조조군은 수적인 우세에 의지해 순수하게 병사들과 장수들의 능력만으로 아군을 몰아붙이고 있다. 장수의 역량으로는 분명 우리도 밀리지 않으나 병력이 적으니 아무래도 수세로 몰릴 수밖에 없는 일이고.

이런 상황에서는 결국 뭔가 변수를 만들어내야 한다. 평소엔 무릉도원에서 본 자료들을 바탕으로 한 계책이겠지만 지금은…….

"주공께서 움직이셔야 합니다."

위월이 날 향해 말했다.

"결국엔 그 수밖에 없겠지?"

"계책을 활용할 수 있는 게 아니라면 그렇습니다."

절로 한숨이 나온다. 하필이면 전장도 엄폐할 언덕배기 하나

없는 완벽한 평야 지대라 뭐 어떻게 할 수도 없고.

"형님을 모셔와."

"예. 주공을 모셔와라!"

위월이 소리침과 동시에 뒤쪽에서 대기하고 있던 부장이 말에 오르더니 부리나케 형님이 기다리고 있는 곳으로 질주해 나아가기 시작했다.

그렇게 얼마나 지났을까?

"슬슬 내가 나갈 차례인 것이냐?"

적토마를 타고, 후성이와 그 휘하의 친위대를 이끌고서 함께 나타난 형님이 씩 웃으며 말했다. 그런 형님의 바로 옆으로 어느덧 중년이 다 되어버린 위연이 버티고 있었다.

"형님. 말씀드렸다시피 이번에는 진짜로 위험해요. 그냥 형님이 나가서 싸워주셨으면 하는 마음에 위험하다고, 형님 가슴에 불 지르는 게 아니라 진짜로 위험하다고요."

"알았으니 걱정하지 마라. 내가 알아서 잘할 거니까."

"아니, 도무지 이런 부분에서는 믿을 수가 있어야죠……."

형님이 껄껄 웃으며 적토마에 오른다. 그런 형님의 뒤에서 후성이가 핼쑥해진 얼굴로 갑옷을 정비하고 있었다.

"고생해라, 후성아. 다치지 말고."

"안 다치고 싶은데 모르겠네요. 다치는 거로 끝날지, 아니면 그거보다 더한 게 있을지."

"엄살 부리지 말고, 인마. 다치지 말고 몸 성히 돌아와라. 형님하고 같이. 그러면 좋은 일이 있을 거야."

"최대한 노력해 볼게요."

"오냐."

말에 올라타 있는 녀석의 허벅지를 가볍게 두드려 주고서 작게 한숨을 내쉬는데 위연이 말에 오르는 모습이 시야에 들어왔다. 후성이 휘하의 평범한 부장인 것처럼 위장한 녀석이 출세 가도에 들어섰다는 듯 약간은 흥분한 얼굴을 하고 있었다.

"형님 좀 잘 부탁하마. 어차피 너나 후성이가 말린다고 들을 사람이 아니니까, 무슨 일 있으면 바로바로 사람 보내서 보고하고 도울 상황에선 재깍 재깍 도와드리고."

"명심하겠습니다, 총군사님."

"가자!"

위연이 내게 포권하며 말함과 동시에 형님의 목소리가 울려 퍼졌다.

두두두두-

형님을 선두로 위연과 후성이, 그리고 친위대가 적진을 향해 돌진해 나가기 시작했다.

"흐…… 괜찮아야 할 텐데."

진짜로 괜찮을 수 있을까?

걱정된다. 그렇다고 형님이 아무것도 안 하게 묶어둘 수도 없고. 쓰읍…….

📱

"와아아아아아아아아아-!"

전투가 시작된 이후로 시간이 얼마나 지났을까?

여전히 함성이 주변을 가득 메우고는 있지만, 그 크기가 처음과 비교해서는 많이 작아진 와중이다. 죽을 힘을 다해서 싸우는 중인데 계속해서 소리를 고래고래 질러댈 수는 없을 테니까.

나는 전술 지도의 앞에 앉아 그 위에 끊임없이 업데이트되는 적 부대들의 움직임을 지켜보고 있었다.

"보고드립니다! 주공께서 적장 하후돈을 격파하시고 학맹, 성렴 두 장군을 돕겠다 하셨습니다!"

"학맹과 성렴이라."

아군의 우익에서 장료와 함께 축을 담당하고 있던 녀석들이다. 전투가 시작되던 때엔 이곳에서 적 중앙을 향해 돌격해 갔던 형님이 어째 시간이 가면 갈수록 적 우익 쪽으로 가까워지고 있었다.

그냥 봐서는 공격하기 딱 좋은 상황이다. 아군의 우익, 그러니까 적 좌익에서 공격을 지휘하던 하후돈이 패퇴하고, 물러나서 진형의 붕괴가 일어나는 중이다.

그 와중에서 형님이 계속 돌격해 나아가 적진을 붕괴시키고, 장료가 뒤따라 올라간다면 적 좌익은 완전히 붕괴하고 전투에서 유리한 고지를 점할 수 있게 된다.

하지만…….

"하, 이거 느낌이 너무 안 좋은데."

함정인 것 같다. 안 먹고는 못 배길 것 같은, 일주일쯤 굶은 사람의 앞에다 정말 탐스러운 과일 하나를 툭 던져놓는 격이다.

어떻게 해야 하지?

"스승님."

내가 고민하고 있을 때, 공명이가 다가왔다. 녀석의 얼굴이 심각하기만 했다.

"가후가 승부수를 던진 모양입니다. 아군 좌익의 공대 선생으로부터 가후가 직접 병사들을 지휘하며 돌격해 오고 있다는 이야기가 전해져 왔습니다."

"……허."

무릉도원에서 봤던 내용 그대로다. 한쪽에서는 형님을 노리고, 다른 한쪽에서는 자신을 미끼로 던져 나를 포함해 아군 장수들을 불러 모으고.

"스승님께서 말씀하셨던 그 함정입니다."

"함정이지."

"적의 유혹에 넘어가서는 안 됩니다. 예비대는 스승님과 위월 장군께서 이끄시는 일만 병력이 전부입니다. 이 병력까지 나아가고 나면 더는 적의 움직임에 대항해 부릴 병력이 남질 않게 됩니다."

"그렇겠지."

상식적으로 판단한다면 그렇다. 안전을 중심으로 판단하는 것 역시 마찬가지다.

전형적인 하이 리스크 하이 리턴의 상황이다. 나아가지 않는다면 우리는 이 전투에서 패배하게 된다.

진류는 가후에게 점령당할 것이고, 후방에서 올라오고 있는 아군 병력과 합류했을 때쯤 우리는 군량이 모자라서 몹시 곤란한 상황을 겪게 되겠지. 낙양 이남으로 내려온 조조군을 밀어낼 힘도 없이, 그저 버티는 것에만 급급해야 할 거다. 어쩌면 원소가 가후를 지원해 줘서 더욱 거세게 우릴 몰아붙이고자 할지도 모른다.

만약 그렇게까지 몰리게 된다면 연주는 기본적으로 다 뺏기는 것이라 보아도 무방하다. 예주 역시 채 반절도 지키기 힘들 터.

하지만 이곳에서 가후의 함정으로 들어가 역으로 놈을 물어뜯는 것에 성공한다면?

"스승님. 안 됩니다."

내 생각이 얼굴에 드러난 모양이다. 공명이가 어울리지 않게 정색하며 말했다.

"될 것 같기도 해."

"무리수입니다. 가후가 어떤 자인지, 그 심계가 어떤지는 누구보다도 스승님께서 잘 아시질 않습니까?"

"알지."

하지만 무릉도원이 있으니 승산이 있을 것 같다.

적들은 위연을 알지 못한다. 내가 자신들의 계략에 대비해 이런저런 준비를 하고 있다는 점도 알지 못하고.

그러니까…….

"못 먹어도 고다, 이건."

'형님을 믿어볼 수밖에.'

내가 그렇게 생각하며 말에 오르는데 공명이가 작게 한숨을 내쉬는 소리가 들려왔다. 녀석은 마치 상황이 이렇게 될 줄 알았다는 얼굴을 하고 있었다.

"주공께서 전사하시는 일은 절대 없도록, 스승님께서 가후를 놓치시는 일 역시 절대로 일어나지 않도록 제자가 미력이나마 최선을 다하겠습니다."

"야. 안 어울리게 뭐 그런 진지한 말투를 쓰고 있어?"

"아, 상황이 상황이니 무게 좀 잡아보려는 건데. 너무 하시네요, 진짜. 얼른 가기나 하십쇼. 뒷일은 제가 육손이랑 동건이, 주취, 탄이를 데리고 어떻게든 해볼 테니까요."

"알았다."

"꼭이요!"

"알았다니까!"

이런저런 보험을 들긴 했지만 어쨌든 간에 형님을 위험에 빠뜨리면서까지 달리는 거다.

가후는 무조건 잡아야 한다. 꼭.

'형님은 괜찮을 거다.'

아무리 가후가 칼을 갈았다고 해도 위연이 있고, 후성이랑 그 휘하 친위대가 있으며, 사전에 앞으로 벌어질 일들을 전부 이야기해 놨으니 충분히 대처가 될 터.

"장군! 아군의 움직임을 확인한 가후가 후방으로 물러나는 중이라는데요?"

내가 그렇게 생각하며 말을 달리는데 위월이의 다급한 목소리가 들려왔다. 저 멀리에서 달려오던 전령에게서 소식을 전해 들은 모양.

"정확한 위치는?"

"중군을 맡던 하후연이 가후 쪽으로 이동 중인 것을 포착했답니다! 가후는 계속해서 적 우익의 측면을 따라 후방으로 물러나는 중이고요!"

"쓰읍, 그렇다는 거지?"

아주 자길 잡으러 오라고 고사를 지내는구나.

아군의 본대를 출발해 적 우익에 이제 막 도착한 상황이다. 그런데 아군이 접근해 오는 것을 이미 한참 전에 전해 들었을 가후가 이제 와서 물러나기 시작했다는 건 형님에게 신경을 쏟는 대신 자신을 따라오라는 것이나 마찬가지.

"총군사!"

"아, 공대 선생?"

나와 함께 이곳까지 달려온 위월이와 그 휘하의 일만 명 병사들, 그리고 허저를 번갈아 쳐다보고 있는데 저 멀리 아군 쪽에서 황급히 달려오던 진궁의 모습이 시야에 들어왔다. 단단히 결심했다는 듯, 결연한 얼굴이었다.

"할 수 있는 모든 지원을 하겠소. 그러니 꼭! 가후, 그만큼은 잡으시오."

"지원이 가능하겠습니까?"

진궁이 씩 웃는다. 마치 내가 이렇게 묻기만을 기다렸다는 것처럼.

"잘 보시구려. 내 총군사를 위해 모든 세팅을 끝마치고 기다리던 참이었소이다."

"예? 세팅요?"

"지켜만 보시구려. 내 길을 내어드릴 것이니."

진궁이 고개를 끄덕임과 동시에 그의 호위병이 하얀색 커다란 깃발을 휘두른다.

뿌우우우우우우-

이게 뭔가 싶어서 진궁을, 저 앞쪽에서 대기하고 있던 병력을 번갈아 쳐다보는데 고(高)의 깃발이 시야에 들어왔다.

"고? 고순 장군?"

북연주를 지키던 걸로 알고 있었는데. 저 양반이 언제 합류한 거지?

"어떤 연유에서인지 총군사는 고순 장군을 요충지를 지키는 철벽과도 같은 방패로만 활용하더군. 하나 고순 장군의 진가는 수성이 아니외다. 하여 내 오늘을 위해 고순 장군을, 그 휘하의 함진영을 불러들였다네. 지금의 이 순간을 위해 저들은 체력을 보존하고 있었지."

내 생각을 읽기라도 한 것처럼, 진궁이 그렇게 말함과 동시에 이번엔 북소리가 울려 퍼지더니 이제는 익숙하기 그지없는 구호가 귓가에 들려왔다.

"우-라!"

고순의 목소리다. 순백의 새하얀 갑옷을 입은, 어느덧 머리카락도 조금씩 하얗게 변하고 있는 고순이 창을 들어 올리고선 소리쳤다.

그리고 그와 함께.

"우-라!"

천지를 뒤흔드는 함성이 사방을 가득 메운다.

척, 척, 척, 척-!

함진영이, 고순과 함께 아군의 요충지를 지켜 온 그 철벽의 방패가 날카롭기 그지없는 창끝이 되어 적들을 향해 발을 맞춰 나아가기 시작했다.

비교적 짧은 창과 사람 몸을 전부 가릴 수 있을 정도로 커다란 방패로 무장한 최정예 만인대가 바로 함진영이다. 그런 그들이 마치 한 몸이라도 되는 것처럼, 적진을 향해 돌진해 나가는 와중에도 발을 맞춰가고 있다.

척, 척, 척, 척-!

제식의 정석이자 극한이라는 것을 보여주는 발소리다.

고순과 마찬가지로 모두가 새하얀 갑옷을 입은, 함진영의 그 모습에 하후돈의 휘하에 있던 병사들의 얼굴에 공포스러운 기색이 피어오르고 있었다.

"막아라! 적들은 고작 만 명일 뿐이다! 모조리 몰살시켜라!"

"화, 화살을 쏴라!"

파바바바박!

누구인지 모를 장수의 외침과 동시에 조조군 쪽으로부터

화살을 쏘아대는 소리가 들려왔다.

"방패!"

"방패를 들어라!"

선두에 선 고순의 외침을 십인장, 백인장들이 복창하며 사방으로 퍼뜨린다.

함진영 병사들이 마치 기계라도 되는 것처럼, 수도 없이 많은 반복으로 숙달되었을 동작으로 방패를 들어 올리고 있다. 그 방패가 수백 개의 쇳조각을 모아 만든 갑옷과도 같이 빈틈없이 서로 맞물리며 거대한 벽을 만들어내고 있었다.

퉁, 투두두두둥-! 투두두두두- 투두둥-!

화살이, 그것도 수천 발이나 되는 화살이 쏟아진다면 사방에서 고통에 가득 찬 비명이 울려 퍼지는 게 일반적이다.

하지만 지금 들려오는 소리는 화살촉이 강철의 방패에 부딪히며 튕겨 나가는 것일 뿐이었다.

"와……."

저거 완전 로마 군단병인데?

나도 모르게 감탄사를 터뜨리고 있을 때.

"우-라!"

"우-라!"

말을 몰아 화살이 떨어지는 반경에서 멀찌감치 떨어져 있던 고순이 소리쳤다.

함진영 병사들이 그에 화답하듯 소리치며 방패를 내리더니 일제히 돌진해 나아가고 있다.

그리고 곧이어 우리의 앞에 펼쳐진 모습은.

"괴, 괴물이다!"

"위속이 요괴를 부린다! 또 요괴가 나타났어!"

"끄아아아악!"

"사, 살려줘!"

"도망치지 마라! 적들은 고작 만 명에 불과하단 말이다! 막아라! 맞서 싸우란 말이다!"

함진영의 모습에 반쯤 넋이 나간 조조군 병사들의 그것이었다. 그러거나 말거나 고순의 지휘 아래서 함진영은 쐐기진을 형성한 채 조조군 우익을 향해 사정없이 파고 들어가고 있다.

대열을 유지하며 치열하게 접전을 벌여야 할 조조군 병사들이 힘 한번 제대로 써보질 못하고 허망하게 밀려나며 죽어가고 있었다.

고순은 뒤에서 지휘만 하고 있고, 순수하게 병사들의 능력만으로 만들어낸 광경이다. 저런 건…… 형님이랑 같이 있어야만 볼 수 있는 광경인 줄 알았는데.

"보병의 쐐기진 돌격이라니…… 과연 함진영이군요."

위월이가 감탄하며 말했다.

완벽하게 동감이다.

"하후돈은 함진영을 막기 위해 사력을 다해야 할 거요. 저들은 이 사람이 고순 장군과 함께 붙잡고 있을 터이니 어서 가시오, 총군사."

"감사합니다, 선생. 가자!"

"가후를 사냥하러 간다! 총군사님을 따라라!"

위월이의 외침이 터져 나오는 것을 들으며 나는 절영과 함께 조조군 우익의 옆으로 우회해 나아갔다.

저 멀리에서 가후의 깃발이 펄럭이는 게 보인다.

얼마 안 남았다. 조금만 더 빠르게 달리면 된다. 아주 조금만 더.

둥- 둥- 둥- 둥-

급해지는 마음을 억지로 다잡으며 달리는데 조조군 쪽에서 또 다른 북소리가 울려 퍼지는 것이 들려왔다.

"장군! 조조군의 예비대가 투입되는 것 같습니다!"

"그렇겠지."

고순과 함진영의 등장, 그리고 진궁의 총공세로 조조군 우익은 사실상 붕괴의 위기에 빠진 것이나 마찬가지니까.

내가 하후돈이라고 해도 이제는 있는 거, 없는 거 다 때려부을 거다. 고순이 잘 버텨줘야 할 텐데⋯⋯.

"가후만 잡으면 이 전투는 끝날 거다! 죽을힘을 다해서 달려라! 똥쟁이 잡으러 가자!"

"우오오!"

내 외침에 병사들이 기함을 뿜어낸다.

'가후만 잡으면 된다, 가후만.'

"앞을 가로막는 놈들은 모조리 베어라! 가후가 저 앞에 있다! 가후만 벤다면 이번 전쟁은 우리의 승리로 끝난다!"

가후의 장군기가 휘날리는 곳을 향해, 조조군 진형 깊숙하게 파고 들어가는데 위월이가 소리친다. 벌써 몇 개나 되는 부대를 돌파한 건지 모르겠다.

이전이며 악진이며 하는 놈들이 병사들을 데리고 나타났는데 선두에 선 허저가 껄껄 웃으며 병사들과 함께 창을 휘두르니 다들 힘없이 격파당해 길을 내어준 상태.

'조금만 더 달리면 된다, 조금만 더.'

가후의 모습이 점점 더 가까워지고 있다.

그런 상황인데…….

"헥, 헥, 헥, 헥."

"으허억, 허억."

우리 쪽 병사들의 상태가…… 다들 지쳐서 숨이 넘어가기 직전이다. 갑옷에 무기까지 들고서 단순히 뛰기만 한 것도 아니고, 적진을 돌파해 가면서 온 거니까.

"자, 장군. 멀어집니다."

녀석들의 모습을 살피는데 위월이가 손을 들어 올리며 가후의 장군기를 가리켰다.

장군기가 조금씩 멀어지고 있다. 그 모습이 조금씩 작아지고 있었다.

망할! 여기까지 왔는데 가후를 못 잡는다고? 형님이 위험해지는 것까지 감수하고서 온 건데?

"애들아! 힘드냐?"

내가 소리치니 병사들이 날 쳐다본다. 마치 그걸 몰라서 묻느냐는 것처럼.

"야. 내가 너희 힘든 거 다 알지. 설마 모르고 물어봤겠냐? 그래서 얘기 좀 하나 해주려고."

"얘, 얘기라니요?"

달리던 것을 잠시 멈추니 더 많은 병사들이 내 쪽으로 신경을 집중한다. 그런 녀석들의 얼굴에 혹시나 하는 기대감이 피어오르고 있었다.

자식들, 눈치는 빨라지고.

"니들이 생각하는 그거 맞아. 승진."

"오, 오오오오?"

"너희, 후성이가 어떻게 승진한 줄 알지?"

"아, 알고 있습니다!"

"알다마다요!"

"가후가 얼마나 중요한지는 너희도 잘 알 거다. 그놈을 잡고 나면 이 전쟁에서 얼마나 유리해지는지도 잘 알겠지. 그러니까 이번에도 약속하마."

"서, 설마!"

"그게 맞아. 승진. 가후를 잡으면 전원 일 계급 특진이다. 공을 세운 놈들에겐 이 계급 특진의 기회를 주마. 백인장은 오천인장이 될 수도 있어."

"으흐흐흐흐."

"백인장이다…… 백인장."

"초, 총군사님. 그러면 저도……."

병사들이, 십인장과 백인장들의 얼굴이 일순간 몽롱하게 변해가기 시작했다. 이계급 특진을 하게 된 자신들의 모습을 상상하는 거겠지.

"위월아. 허저야. 이게…… 응?"

이게 바로 용병술이라는 거라고.

그렇게 말하려고 했는데 허저의 얼굴이 시야에 들어왔다. 녀석이 병사들은 비교도 되지 않을 정도의 순진무구한 얼굴로 날 쳐다보고 있다. 마치 뭔가를 정말 간절히 바라는 아이의 그것처럼.

"뭐, 뭐야? 너까지 특진시켜 달라는 거냐?"

황당해서 반문하니 허저가 고개를 절레절레 젓는다.

"그럼? 너 설마…… 방천화극?"

이번엔 허저가 고개를 끄덕인다.

아니, 방천화극을 달라고? 형님의 분신이나 마찬가지인걸?

"제가 공을 세우면요. 하루만 빌려주시면 안 될까요? 진짜 기스 안 나게 조심히 쓸게요. 예?"

"어…… 빌려줘?"

"예!"

'달라는 게 아니었어?'

어이가 없어서 쳐다보는데 녀석이 고개를 끄덕거린다.

'하, 이 여포 덕후 진짜…….'

"알았어, 인마. 그 정도야 내가 당연히 해줘야지."

"지, 진짜죠? 약속하신 겁니다?"

"오냐. 알았다."

'주는 것도 아니고, 잠깐 렌트해 주는 건데 그게 뭐가 어렵다고.'

내가 그렇게 생각하며 계속해서 멀어지는 가후의 깃발을 응시하는데 위월이 말을 몰아 앞으로 달려가며 소리치기 시작했다.

"가자! 가후를 잡으러 가자, 형제들!"

"와아아아아아아아! 가후 잡고 승진하자!"

"승진! 승-진!"

"승-진! 승-진! 승-진!"

"승-진! 승-진! 승-진!"

"가즈아아아!"

위월이, 허저와 함께 선두에 서며 내가 소리쳤다. 병사들이 계속해서 승진을 외치며 달려오는데 어디에서 저런 기운이 나는 건지 모르겠다. 조금 전까지만 해도 다 죽어가던 놈들이 완전 팔팔해져서는 전보다 더 빠르게 달려오고 있다.

그래서일까? 계속해서 조금씩 멀어지던 가후의 깃발이 가까워지고 있었…… 뭐야?

"어라?"

가후가 도망친 방향으로 정신없이 달려가는데 저 멀리 앞에서 뿌연 흙먼지가 피어오르는 게 시야에 들어왔다. 그리고 그 사이에서 들려오는 것은.

"가후를 잡아라!"

"앞을 가로막는 것들은 모조리 쓸어버려라!"

마초의 목소리였다. 마초가 저 앞에 있다는 건 결국 마초 휘하의 기병대 역시 저쪽에 있다는 의미일 터.

"흐흐."

공명이가 손을 써둔 건가?

마초까지 보낼 정도로 버틸 만은 한 모양이다. 이 어여쁜 자식 같으니라고.

"장군."

내가 기분 좋게 웃고 있는데 위월이 저 앞을 가리켰다. 가(賈)가 새겨진 장군기가 저 멀리 앞을 가득 메운 흙먼지에 밀려나며 점점 우리 쪽으로 다가오고 있었다.

하후돈은 고순에게 뚫려서 고전 중이고, 악진이나 이전을 비롯한 나머지 장수들은 부대가 괴멸되다시피 한 상태라 당장에는 못 움직일 거다.

이제 남은 건 마초가 가후를 이쪽으로 몰아오기를 기다리고, 제 발로 그물에 들어온 가후를 건져 올리는 것밖에 없다.

흐흐흐. 앓던 이가 쑥 빠져나가는 느낌이다.

"저, 저희 이러면 승진하는 겁니까?"

"승진하는 거 맞죠? 총군사님!"

"어. 짜식들아. 승진할 거다. 흐흐흐, 전부 일 계급 특진이다!"

"와아아아아아아아아!"

병사들과 함께 떠들면서 기분 좋게 웃고 있는데 어느새 저 앞으로 장군기 아래에 있는 노인과 노인을 호위하며 도망쳐 오던 병사들의 모습이 보이기 시작했다.

숫자가 얼마 남지도 않았다. 백 명 남짓한, 말에 오른 병사들만이 남아 필사적으로 노인의 곁에 붙어 있을 뿐이다. 그런 놈들이 이제야 우리의 모습을 확인한 듯, 망연자실한 얼굴이 되어가고 있었다.

그리고 그 와중에서 노인, 가후일 수밖에 없는 놈이 날 보고서 씩 웃는다. 자신의 책략이 성공했다는 것을 확신하기라도 하는 것처럼.

진궁과는 비교도 되지 않을 정도로 백발이 성성한 노인네다. 하지만 웃고 있는 그 인상이 날카롭기 그지없다. 눈동자를 쳐다보는 것만으로도 한기가 느껴지는 것 같다는 생각마저 들 정도였다.

"그대가 위속이로군. 드디어 보게 되었어."

"어, 그러네. 그쪽이 가후지?"

"그렇다."

내 모습을 확인하고선 더는 도망칠 생각조차 않는 모습이다. 가후가 만족스럽다는 듯, 말에서 내리더니 양팔을 벌린 채 내 앞으로 다가오고 있었다.

"자, 날 묶건 베건 마음대로 하시게."

"그럴까?"

지금 바로 죽이기는 좀 그렇고, 일단은 포로로 잡아다가 수춘으로 데리고 가야겠다. 내가 뭘 묻는다고 가후가 알려주거나 하진 않겠지만 그래도 가후잖아. 대단한 인물인데 그래도 이것저것 이야기 정도는 해보고 싶다.

내가 그렇게 생각하면서 가후의 온몸이 밧줄로 칭칭 묶이는 것을 구경하는데 가후의 눈매가 가늘게 변해갔다.

"위속, 네놈은 알고 있는 것인가?"

"뭐, 네가 우리 형님을 노리고 있다는 거?"

내 목소리에 가후의 얼굴이 딱딱하게 굳어진다.

"나의 계책을 간파했단 말인가…… 그러고도 날 잡으러 왔다고?"

굳어지던 가후의 얼굴이 이번엔 시뻘겋게 변해가기 시작했다. 계책을 간파했음에도 이곳으로 나타나 자신을 노린다는 건, 결국 형님을 지키기 위해서도 뭔가 대비를 해놨을 것이란 이야기니까.

"전위, 서황, 방덕으로 형님을 잡겠다고 했다면서? 내가 거기에 맞춰서 딱 적절한 장수를 형님 옆에 붙여놨지. 너희는 전혀 모르는 얼굴로다가."

당장에라도 뺑 터질 것처럼 달아오른 가후의 얼굴이 부들부들 경련을 일으키기 시작했다. 가후가 날 죽일 듯이 노려보고 있었다.

"위속…… 네놈은 처음부터 다 꿰뚫어 보고 있던 것이냐?"

"뭐, 그런 셈이지."

내가 씩 웃으며 어깨를 으쓱이니 가후가 이를 악문다. 잇몸이 터진 건지 그 입가에서 시뻘건 피가 스르륵 흘러나오고 있었다.

"나보다 열 살쯤 더 많으니까 형이라고 불러도 되지? 너무 그렇게 화내지 마. 그러다가 진짜 훅 간다?"

"날 살려두고 욕보일 셈이냐!"

"가후잖아? 그 유명한."

가능하다면 같이 바둑도 두고, 서량에서 살던 시절이랑 동탁에 관련한 썰도 좀 들어보고…… 할 생각에서 그렇게 이야기한 건데 가후는 전혀 다르게 오해한 모양이다. 가후의 얼굴이 더욱더 험악하게 일그러지고 있었다.

"죽여라. 욕보일 생각 하지 말고 지금 당장 죽이란 말이다!"

"에헤이, 형. 뭐 그렇게 화를 내시나? 안 죽여, 안 죽여. 걱정하지 말라고."

어깨를 가볍게 툭툭 두드려 주는데 가후가 순간적으로 몸을 움찔거리더니 고래고래 소리를 지르기 시작했다.

"죽이라고! 지금 당장 죽이란 말이다! 크아아아아악!"

"거 참. 안 죽인다니까. 아, 시끄러워. 입 좀 막아라."

"예, 총군사님!"

승진할 생각에 싱글벙글한 얼굴로 있던 십인장 하나가 자기 옷을 부욱 찢더니 그 천 조각으로 가후의 입에 재갈을 물리기 시작했다.

보기 좋은데? 이거 완전…… 원래의 역사에서 제갈량이 사마의를 포로로 잡다가 입에 재갈 물리는 꼴이잖아? 흐흐흐.

"장군, 이제 어떻게 하시겠습니까?"

내가 기분 좋게 웃고 있는데 위월이가 다가와 말했다.

"어쩌긴 뭘 어째. 가후를 포로로 잡았으니 이제 나머지 놈들을 싹 다 쓸어버려야지."

고순과 함진영이 활약하고 있으니 일단은 그쪽을 지원해서 조조군 우익을 먼저 붕괴시키면 될 거다. 그리고 나서는 차례차례 중앙을, 좌익을 깨뜨리면 되겠지.

"얘들…… 어?"

말에 올라 이동을 명령하려는 찰나, 저 멀리에서 다급하게 들려오는 전령의 모습이 내 시야에 들어왔다.

"총군사님! 적장 하후연이 책사 순욱의 명으로 아군 중앙을 돌파 중이랍니다! 아군이 둘로 분단되기 직전의 상황입니다!"

뭐, 뭐라고?

군이 양옆으로 분단된다는 건 자칫 잘못하면 각개격파를 당할 수도 있게 된다는 의미다. 지금 아군은 조조군에 비하면 반절 정도밖에 안 되는 상황이니 위험성은 더욱 높아진다.

좌익과 우익 양쪽으로 전력이 균등하게 나뉘는 게 아니라면 상대적으로 약세인 쪽을 먼저 섬멸하고 난 다음, 그 반대편을 공격하는 그림이 그려질 테니까. 분단을 막아야 한다.

그러려면…….

"당황이라도 한 모양이외다?"

밧줄로 꽁꽁 묶인 채 말에 태워진 가후가 날 쳐다본다. 내게 속았다며 분해하던 그 얼굴에 의아해하는 기색이 피어오르고 있었다.

"당황? 내가?"

"얼굴을 보아하니 딱 당황한 꼴이더구먼. 흐흐흐, 천하의 위속이 당황하는 모습이라. 참으로 보기 좋구려. 흐흐흐흐흐."

그러면서 마치 실성이라도 한 것처럼 혼자 웃음을 흘리기 시작했다.

'아, 진짜 꼴 보기 싫다. 가후고 뭐고 그냥 치워 버려?'

내가 그렇게 생각하고 있을 때, 가후를 추격하며 이곳까지 왔던 마초가 부대를 이끌고 내 쪽으로 다가왔다. 마초가 흙먼지 너머, 잘 보이지도 않는 우리 군의 중앙 쪽을 힐끔 쳐다보더니 내 쪽으로 시선을 옮기고 있었다.

"총군사님."

"어. 소식 들었지?"

"중앙이 돌파당하기 직전이라는 것 말씀이십니까?"

"응. 그래서 네가 좀 가줘야겠다. 나는 지금 여기에 있으니 정확히 어딜 어떻게 공격해야 할지 감이 안 오지만 너라면 알 수 있을 거야."

장수의 감각이라는 게 있으니까.

마초가 직접 적의 후방으로 병사들을 이끌고 나아가면서 보면 방어가 취약한 부분이 보일 거다. 거기로 돌격해서 꿰뚫기만 하면 하후연은 병력을 후방으로 옮겨야 할 수밖에 없을 터. 공격은 기세를 잃을 거고, 돌파는 돈좌될 거다.

내가 그렇게 생각하며 말을 이으려는데 갑자기 마초가 씩 웃는다. 재미있다기보단 신기하다는 것처럼.

뭐야, 갑자기 왜 이래?

"제갈 군사께서 말씀하셨습니다. 조조군, 그중에서도 하후연이 중앙 돌파를 위해 움직일 것이며 자신은 그 돌파가 원활하게 이뤄지도록 유도할 것이라고요."

"응? 공명이의 계책이라고?"

"예. 하후연의 돌파 직후, 제갈 군사께선 공대 선생 및 육손 장군과 힘을 합쳐 조조군에게 역으로 맹공을 펼칠 것이라 하셨습니다."

"호오…… 그렇단 말이지?"

답답하고 막막하던 게 눈 녹듯 사라진다. 진짜 제자 키우길 잘했단 말이지?

"장군. 어떻게 하시겠습니까?"

이번엔 위월이가 내게 다가와 말했다.

"어떻게 하긴 뭘 어떻게 해? 형님한테 가야지."

"주공께요?"

"생각을 해봐, 위월아. 하후연이 중앙 돌파를 노린다고 했잖아. 그치?"

"예…… 그렇죠?"

"그러면 가용 병력을 거의 다 중앙으로 때려 넣고 있겠지? 다른 병력도 중앙 쪽으로 집중될 거고?"

"그렇다는 건…… 아!"

내가 말하는 걸 이제 이해했다는 듯, 위월이의 눈이 동그랗게 커진다.

"하후연도 멍청이가 아닌 이상, 단순히 중앙 돌파만 하는 게 아니라 아군 우익을 집중적으로 공격해서 섬멸하려 들겠지. 겸사겸사 형님과 싸우고 있는 자기네 장수들도 지원하려고 할 거고. 그럼 여기에서 문제. 공명이는 어떻게 생각하고 있을까?"

"공대 선생께는 중앙 돌파를 가한 군대를 향해 맹공을 펼칠 것을 주문하고…… 자신은 직접 주공을 구하려?"

"척하면 척이구만."

기특한 마음을 가득 담아 녀석의 어깨를 가볍게 두드려 주며 나는 말에 올랐다. 이런 내 모습을 가후가 혼자 재미있다는 듯 끌끌 웃으며 쳐다보고 있었다.

"위속. 그대와 그대의 제자가 이러한 것들을 꿰뚫어 볼 것임을 우리 주공의 장자방이라 칭해지는 순 군사가 예측하지 못했을 것 같은가?"

"예측이야 당연히 했겠지. 근데 그래서 뭐?"

"순 군사라면 모자람 없이 대응하였을 터. 그대의 제자가 기민하게 움직인다 한들……."

"천하의 가후가 뭐 이렇게 혓바닥이 길어?"

"뭐, 뭐라?"

"애초에 이런 수 싸움이라는 건 상대가 뭘 하려는지 알아도 거기에 대응할 돌이 없으면 말짱 꽝이잖아? 공명이가 형님 쪽으로 달리는 상황에서 순욱한테 더 쓸 돌이 뭐가 있다고?"

"순 군사에겐 또 다른 수가 있을 터. 위속 네놈이 아무리 몸부림친들, 여포는 목이 베일 것이고 네놈들은 이곳을 시작으로 장차 십여 년 내에 패망하게 될 것이다. 네놈이 아니면 네놈의 아들과 제갈영이라도 붙잡아 능지처참에 처할 것이고 네 놈의 무덤을 파헤쳐 목을 베어 거리에 내걸고야 말 것이다!"

"와……."

"허…… 저 무슨 말도 안 되는."

분노에 가득 찬, 저주를 퍼붓는 가후의 목소리에 주변에서 함께 듣던 병사들과 장수들이 인상을 찌푸린다.

진짜 어이가 없네.

"아니, 건드리면 나만 건드려야지 가족들까지 건드리냐? 상도의가 없구만?"

내가 그렇게 말하니 가후가 피식 웃는다.

뭐지?

"위속. 고황후 여씨의 일화를 아느냐? 고황후가 그리하였던 것처럼 산 채로 제갈영의 수족을 자르고 눈을 뽑으며 음약을 먹여 벙어리로 만들고……."

"그만. 걔 입 좀 막아라."

"귀에 유황을 부어서…… 읍, 으으으읍!"

병사가 입을 틀어막자 가후가 거세게 몸부림친다. 하지만 이미 온몸이 밧줄로 묶인 탓에 제대로 된 저항도 없이 그저 눈만 부릅뜬 채로 날 노려보고 있을 뿐이다.

그 모습을 보고 있으니 이제 대충 감이 온다. 날 도발하려는 거지?

'이걸 어떻게 참교육해 주지?'

아주 잠시, 고민하는데 옛날 드라마에서 봤던 명장면 하나가 떠올랐다. 흐흐, 그거면 되겠구만.

"걔 입 놔줘라. 가후야. 다른 곳에서는 명군사, 명책사고 처세의 달인이라고 불리는데 넌 나한테는 안 되더라. 나만 만나면 무조건 져?"

"최후에 이기는 자가 진정한 승자다. 고조 역시 항우를 상대로 수없이 많은 패배를 당하였으나 결국에는……."

"그거야 그 사람 얘기고. 당신들이 고조인 건 아니잖아?"

"두고 봐라! 길고 짧은 것은 대 봐야 아는 법이니!"

"뭐, 그러시던가. 그런데 지금 시점에서 너는 뭔 줄 알아? 위속만 만나면 무조건 지는 구제 불능, 걸림돌, 민폐 등등. 사람들은 그렇게 말하겠지만 난 이렇게 얘기해 주고 싶어."

가후의 눈동자에 의아해하는 기색이 떠오른다. 내가 또 무슨 소리를 할지 전혀 예상되질 않는다는 것처럼.

내가 그런 놈을 향해 씩 웃어 보이며 말을 이었다.

"똥. 덩. 어. 리."

한 자 한 자 끊어서 말하는 내 목소리에 일순간 멍하니 날 쳐다보던 가후의 얼굴이 또 시뻘겋게 달아오르기 시작했다.

"크아아아아악! 위속! 이 찢어 죽일 놈아!"

"뭐라고? 똥덩어리가 하는 말이라 잘 안 들리는데?"

"카아아아아아악! 내 무슨 수를 써서라도 네놈을 죽이고야 말 것이다! 이번 생에 안 된다면 죽어서라도 네놈을 죽이고야 말리라! 크아아아악!"

"뭐 그러시던지. 쟤 입 막아라."

가후 재, 스파링 파트너 정도로도 써먹을 수 있을 것 같다. 어떻게 하면 적들을 더 잘 열 받게 할지, 어떻게 하면 좀 더 잘 피 토하면서 쓰러지게 할지.

호호호. 득템이야, 득템.

"장군. 출발 준비가 끝났습니다."

내가 혼자 웃고 있는데 위월이의 목소리가 들려왔다. 주변을 돌아보니 위월이의 만인대도 그렇고, 마초 휘하의 병력도 그렇고 모두 대열을 갖춘 채 내 명령만을 기다리고 있었다.

"가자. 형님 구하러."

구하는 게 될지, 아니면 도와서 조조군 좌익을 박살 내는 게 될지는 모르겠지만. 아무래도 후자가 되지 않을까?

"으하하하, 인중룡 여포가 여기에 있다! 나와 맞설 자 누구 없느냐!"

후성과 그 휘하의 친위대 일만 명. 여포군 전체를 통틀어서 보아도 최정예라 할 수 있을, 가장 유명한 부대인 그들의 선두에서 여포가 껄껄 웃으며 방천화극을 휘두르고 있다.

그 방천화극이 햇빛을 반사하며 번뜩일 때마다 세 명, 네 명씩 병사들이 생명을 잃고선 아스러진다. 그런 여포의 무위에 조조군 병사들이 전의를 상실하며 뒷걸음질 치고 나면 후성과 친위대가 달려들어 모두를 마무리하는 방식이다.

이런 식으로 지금껏 격파당하고 괴멸당한 부대가 벌써 여섯을 넘은 상태였다.

"방진을 견고히 하고, 화살을 쏴 여포의 돌격을 차단하라!"

그것은 가후와 하후연이 꾸린 이번의 원정대에 포함된 신진 장수 중, 가장 실력이 좋다고 평가받고 있던 손례의 부대 역시 마찬가지.

손례가 고래고래 소리를 질러가며 병사들을 지휘하고, 여포의 움직임을 방해하며 돌파를 저지하고자 노력하는 중이지만 이미 승기는 거의 기운 것이나 마찬가지.

병사들은 여포에 대한 두려움으로 전의를 상실한 채, 도망가기 직전의 상태에 놓여 있다. 선두에 선 여포의 존재만으로도 용기백배해서 미친 듯이 공격을 퍼붓는 친위대 병사들의 그것과 대비되는 모습이었다.

"군사. 아직도 기다려야 합니까?"

멀찌감치에서 그 모습을 지켜보던 조조의 아들, 조창이 말했다. 순욱이 입가에 자그마한 미소를 띠고 있었다.

"참으로 오래 기다리셨습니다, 공자."

"오, 그러면 이젠 나가도 되는 것입니까?"

"여포의 힘을 빼놓을 만큼 빼놓았으니 이제 공자께서 후성의 부하들을 제거하실 때입니다."

"하하하. 좋소이다. 내 군사를 실망시키는 일은 없을 것이오. 가자!"

뿌우우우우우우- 둥, 둥, 둥, 둥!

조창의 외침과 함께 뿔 나팔 소리가, 북소리가 울려 퍼지기 시작했다. 선두에 서서 돌진하는 조창의 뒤를 따라 그의 휘하에 있던 일만 명의 병사들이 함성을 내지르며 질주하고 있었다.

"군사. 그럼 우린 언제쯤 가야 하는 게요?"

그 모습을 지켜보고 있던 순욱에게 중년의 장수, 방덕이 말했다. 그 옆에서 함께 때를 기다리고 있던 서황이, 전위가 고개를 끄덕이고 있었다.

"이제 나가서야지요."

"드디어, 드디어 때가 된 것이구려?"

여포를 상대할 생각에, 그 목을 노릴 수 있을 것이란 기대감에 전율하며 몸을 부르르 떠는 방덕의 목소리에 순욱이 고개를 끄덕였다.

방덕이 크게 숨을 내쉬고, 다시 들이마시며 말고삐를 부여잡고선 소리쳤다.

"가십시다, 장군들!"

다각, 다각, 다각-!

요란한 말발굽 소리와 함께 순욱의 곁에서 한참이나 가만히 힘을 비축하고 있던 방덕이, 전위가, 서황이 말을 달리며 여포를 향해 나아갔다.

"아무도 없느냐? 인중룡 여포가 예 왔거늘, 왜 아무도 나서질 않는 것이냐!"

"오냐! 우리가 네놈을 상대해 줄 것이니 목이나 길게 내어 빼거라!"

때마침 들려오는 여포의 외침에 방덕이 기세 좋게 소리쳤다. 무료하다는 듯 주변을 두리번거리며 적수를 찾던 여포의 입가에 기분 좋은 미소가 피어오르고 있었다.

"오, 좀 세 보이는 놈이다?"

"이 몸은 옹주 사람 방영명이다. 내가 오늘 주공의 명을 받들어 개망나니 여포 네놈의 목을 따고자 전위, 서황 장군과 함께 왔느니라!"

여포도 사람인 이상, 이렇게 자신을 노리고 맹장 셋이 나타난다면 일단 불안한 마음을 가질 수밖에 없을 것이다. 지금까지는 생명의 위협을 느낄 이유가 없었지만, 이제부터는 다를 테니까.

방덕은 그렇게 생각하며 언월도를 쥔 손에 힘을 더했다.

그랬는데.

"우리 동생이 얘기했던 놈들이 너희였구나?"

여포의 입가에 피어오른 미소가 더욱 진해졌다.

그냥 쳐다보는 것만으로도 묘하게 한기가 도는 미소다. 그것을 목격한 순간, 방덕은 자신의 등골이 서늘해지는 것을 느낄 수 있었다.

"너희랑 노는 걸 기다리느라 지쳐 있었는데. 마침 잘됐네?"

여포가 혼자 크크큭 웃음을 터뜨리더니 피처럼 시뻘건 갈기를 휘날리는 적토마와 함께 그들을 향해 질주해 오기 시작했다.

방덕의 눈동자가 동그랗게 커졌다.

여포와 자신의 사이엔 조창이 지휘하는 일만 명의 병사들이 버티고 서 있는 와중이었다.

"여포다! 여포를 베어라! 화살을 쏘고, 창을 던져!"

그 모습을 발견한 조창이 소리쳤다. 명령에 맞춰 병사들이 여포를 향해 활을 쏘고, 창을 던지기 시작했다. 수백 개의 창이, 천 발도 넘는 화살이 오직 여포 한 사람만을 향해 허공을 가르며 날아가고 있었다.

솨아아아아아아아-!

일순간 여포 주변의 허공이 시커먼 안개에 뒤덮였다는 생각마저 들 정도다. 제아무리 무신 여포라 할지라도 저것을 피하지는 못할 터. 자신의 강함을 확신하다 못해 맹신하던 여포는 오늘 이곳에서 허망하다 못해 어리석기까지 한 죽음을 맞이하게 될 것이다.

그 모습을 지켜보며 방덕은 확신했다.

그러던 찰나.

"이, 이게 무슨!"

방덕이 자신의 눈을 의심했다.

적토마다. 천하제일의 명마라던 그 적토마가 미쳐 버린 것 같은 속도로 질주하며 조창의 부대에 접근하는 것으로 창과 화살의 비를 벗어나고 있다.

그러고선 어- 어- 하며 자신의 눈을 의심하고 있는 조창 휘하의 병사들을 향해 그대로 돌진해 나아가고 있었다.

"으하하하하! 오늘은 좀 재미있겠는데?"

"주, 주공을 따라라! 주공을 보호해라!"

지켜보면서도 방덕은 자신의 눈을 의심했다.

한 명. 고작 한 명의 남자가 만 명이나 되는 병사들을 향해 돌진해 나가다니.

그런 여포를 향해 다급히 후성의 친위대가 질주해 간다. 그러거나 말거나 여포는 방천화극을 휘두르며 조창의 병사들이 짜놓고 있는 방진 안쪽 깊숙이 파고 들어가고 있었다.

"막아라! 뚫려서는 안 된다! 훈련을 기억해라! 여포를 막아내야 한다!"

"으아아아아악!"

"괴물, 괴물이다!"

"물러나는 자는 벨 것이다! 막아라! 막아내란 말이다!"

조창의 명령을 받들어 병사들을 향해 백인장, 천인장들이 명령을 쏟아냈다. 조창 휘하의 백인장 송계 역시 마찬가지.

하지만 상황은 최악을 향해 치닫고 있었다.

"백상! 승윤! 물러나지 마라! 더 물러난다면 벨 수밖에 없어!"

껄껄 웃으며 방천화극을 휘두르는 여포가 점점 더 가까워진다. 그 방천화극에 아스러지는 동료들의 비명 역시 마찬가지.

그 와중에서 안색이 파리하게 질린 채 겁에 질려 슬금슬금 물러나는 두 사람을 향해 송계가 소리치고 있었다.

"저, 저건 사람이 아니오!"

"저놈한테 붙었다간 우린 그냥 죽소! 도망쳐야 하오!"

겁에 질린 두 병사의 외침에 송계가 이를 악물었다.

그런 송계가 창끝을 두 사람에게 향하며 소리치려던 찰나.

"크아악!"

뭔가가 번쩍이는 것이 송계의 시야에 들어왔다.

뜨거운 뭔가가 자신의 얼굴을 적시는 느낌에 송계는 멍한 얼굴이 되어 앞을 응시했다. 어느새 자신의 바로 코앞까지 다가온 여포가 즐겁다는 듯 씩 웃으며 방천화극을 휘두르고 있다.

그 창끝이 자신을 향해 있었다.

"으, 으어어. 으어어어!"

도망쳐야 한다. 자신으로선 저걸 어떻게 할 방법이 없다.

자신도 모르게 송계가 뒷걸음질을 치기 시작했을 때, 그는 방천화극의 창끝이 자신을 향하는 것을 인지했다.

그것이 송계가 기억하는 마지막이었다.

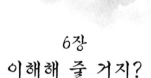

6장
이해해 줄 거지?

"허."

멀찌감치 뒤에서 순욱이 헛웃음을 내뱉었다.

여포. 이름 높은 무장이다. 작금의 중원에서 가히 천하제일 인이라며 자칭할 수 있을 유일한 무장이고.

하지만 그런 여포라 할지라도 한낱 사람일 뿐이다. 사람이라면 단 한 명의 힘만으로 만 명에 가까운, 잘 훈련되고 잘 무장한 병력을 어찌할 방법은 없다.

그렇게 생각해 왔던 순욱이다.

하지만 그와 같은 생각이, 당연한 것으로만 받아들여졌던 그 상식이 와르르 무너지는 느낌이다.

여포가 방천화극을 휘두르며 질주할 때마다 병사들이 쓰러지고, 전의를 상실한 이들이 등을 돌리며 도망치기 시작한다.

그렇게 해서 생겨난 틈으로 후성과 친위대의 병사들이 달려들어오며 새로운 공간을 만들어내고 있다.

마치 이런 상황이 너무도 당연하고, 익숙하다는 것처럼 후성과 친위대는 검무를 추듯 손쉽게 조창의 만인대를 도륙하고 있었다.

"저것이 정말 인간의 무위란 말인가……."

당혹스럽기 그지없는 얼굴의 순욱이 쥐어 짜내는 것 같은 목소리로 중얼거렸다.

이 상태라면 답이 없다. 가후가 자신의 목숨을 던져가면서까지 파놓은 함정이다. 그렇게까지 한 보람도 없이 함정이 여포 한 명의 무위로 박살이 나버릴 위기다.

"중달."

"하명하십시오, 선생."

"지금 즉시 하후 장군에게 사람을 보내게. 내가 무슨 말을 하려는지는 그대 역시 잘 알고 있겠지?"

"그리하겠습니다."

사마의가 포권하며 중군을 향해 질주하는 그 뒷모습을 지켜보던 순욱의 시선이 다시 앞쪽으로 옮겨졌다.

어느덧 조창의 부대를 혈혈단신으로 돌파하며 그 모습을 드러낸 여포가 방덕과 서황, 전위와 대치하고 있다. 그런 여포의 뒤편으로 후성과 그 친위대가 조창의 부대를 중앙에서부터 양단하며 지금껏 격파해 온 부대들과 마찬가지로 손쉽게 요리해내고 있었다.

"……."

말도 안 되는 무위다.

정말로 즐겁다는 듯 자신의 앞에 서 있는 여포의 모습을 응시하며 방덕이 이를 악물었다.

'자신이라면 저렇게 할 수 있을까?'

그런 생각이 들었다.

하지만 답은 정해져 있었다. 절대 아니라는 것.

그것은 서황도, 전위도 같았다.

"장군들. 가십시다!"

방덕이 여포를 향해 질주하며 소리쳤다. 이 공격을 기다렸다는 듯, 여포의 입가에 피어오른 미소가 더욱더 진해졌지만 방덕은 애써 그것을 무시했다.

설령 여포라 할지라도 자신이, 서황과 전위가 함께라면 얼마든지 당해낼 수 있을 것이다. 방덕은 그렇게 생각하고 있었다.

그랬는데.

카앙-!

자신의 언월도와 여포의 방천화극이 허공에서 맞부딪치는 순간, 방덕은 확신했다. 자신 혼자라면 백중백 패배할 것임을. 그리고 전위와 서황이 함께라도 자신들이 승리할 가능성은 반절, 혹은 그보다 낮을 것임을.

"빌어먹을."

캉, 카가가강, 캉캉-!

쇠와 쇠가 부딪치는 소리가 끊임없이 울려 퍼진다.

방덕과 서황, 전위가 탄 말이 적토마 주변을 맴돈다. 세 장수의 무기가 쉴 새 없이 여포를 향해 찌르고, 내려치며, 베어내고 있다. 하지만 그럴 때마다 그 공격은 여포의 방천화극에 간단하게 막혀 무위로 돌아갈 뿐이었다.

"크으윽."

공방을 주고받을수록 언월도를 쥔 손이 아릿해진다. 지금껏 수도 없이 많은 전장을 거쳐왔지만 이런 것을 느껴본 적은 손에 꼽을 정도다.

여포의 모습을 지켜보는 방덕의 눈동자에 난감해하는 기색이 서리기 시작했다. 처음 싸우기 시작했던 때까지만 해도 가능성은 반반, 혹은 그에 비슷하게 약간 적은 수준일 것이라 생각했지만 지금 같아서는 반의반조차 될까 싶다.

'이래가지고는 살아서 돌아가는 것도 힘들…… 응?'

조금씩 절망적인 생각이 머릿속을 메우기 시작했을 때, 여포의 얼굴을 가득 메운 땀방울이 방덕의 시야에 들어왔다.

분명 조금 전까지만 해도 땀은 몇 방울 정도, 아주 약간만 흘렸을 뿐이던 여포다. 그런 여포가 이렇게 땀을 많이 흘린다?

'기회다.'

여포의 체력이 떨어지고 있다는 의미.

'버티기만 하면 우리의 승리외다.'

눈 깜짝할 사이에 한 번씩 공방이 오가는 그 정신없는 상황에서 서황과 시선이 마주치자 방덕은 여포의 얼굴을 턱짓으로 가리켰다.

이미 좀 전부터 여포가 땀을 비 오듯 흘린다는 걸 알아차렸다는 듯, 서황이 고개를 끄덕이고 있다.

그것은 전위 역시 마찬가지.

"흐흐흐. 이거 느낌이 점점 질척해지는데?"

"질척이건, 단단이건 간에 그대는 이곳을 살아서 나갈 수 없을 거외다."

"그건 해봐야 아는 거지. 이 몸이 이래 봬도 삼십만지적이거든. 너희가 날 잡으려면 다 합쳐서 삼십만 이상을 상대할 수 있어야 하는데 될까?"

아주 잠시, 공방이 멈춘 틈을 타고 여포가 즐겁다는 얼굴로 말을 이었다.

"전위라고 했지? 넌 얼추 오만지적쯤 되겠다. 서황 너는 사만 오천쯤 될 거고. 그리고 너는……."

방천화극의 창끝이 방덕을 향했다.

얼마를 이야기할까. 작금의 천하제일인은 자신을 어떻게 인정해 줄까.

그렇게 생각하며 기대하고 있던 방덕의 귓가에.

"삼만쯤? 다들 엄청나게 셀 거라고 기대했는데 영 아니야. 약해 빠진 놈들이잖아? 더 센 놈은 없는 거냐?"

전혀 예상치 못한 이야기가 들려왔다.

방덕의 얼굴이 붉게 변해갔다. 그것은 전위나 서황 역시 마찬가지.

"죽고 싶어 환장한 모양이외다."

"내가 좋게 얘기해 준다고 살려줄 것도 아니잖아?"

"죽을 때 죽더라도 편하게 죽는 것과 고통스럽게 죽는 것은 다르지 않겠소?"

눈매를 가늘게 하며 방덕이 말했다.

재미있다는 듯 여포가 흐흐 웃고 있었다.

"죽일 수는 있고?"

"궁금하다면 조금만 기다려 보시오."

'곧 마무리해 줄 것이니.'

방덕이 그렇게 생각하며 다시 여포를 향해 공격을 펼치고자 했을 때, 저 뒤에서 말발굽 소리가 들려오기 시작했다. 하후연을 비롯한 여러 장수가 전투를 치르는 여포군의 본대 쪽과는 정반대의 방향이다.

자신들의 후방에서부터 밀려오는 것. 그렇다는 건 결국 미끼로 스스로를 던졌던 가후가 당했고, 위속이 자신의 휘하 병력을 이끌어 여포를 구하러 오고 있다는 의미.

"시간을 끌어선 안 되겠소."

"동감이외다."

"같은 생각이오."

방덕의 목소리에 전위가, 서황이 고개를 끄덕였다.

방덕이 그들과 눈빛을 교환했다. 사전에 약속했던 대로 하려는 거다. 여포의 목을 베기가 어려울 상황이 되면 누가 되었건, 기회를 얻는 이가 자신의 목숨을 살피지 않는 공격을 시작하기로.

"어딜!"

상황이 묘하게 돌아가는 것을 알아차린 여포가 다시 공격을 퍼붓기 시작했다. 좀 전보다 훨씬 날카로운 공격이 정확하게 방덕을 향해 쇄도해 오고 있었다.

'빌어먹을.'

방덕이 이를 악물었다.

이래가지곤 피하거나 막는 것조차 힘들다.

'결국은 이렇게 죽어야 하는 것인가?'

생각이 거기까지 미쳤을 때, 방덕의 시야에 여포의 손이 부들부들 떨리는 게 들어왔다. 방천화극을 쥔 오른손이 힘을 잃기라도 한 것처럼 파르르 떨리고 있었다.

'기회다.'

가후의 희생을 헛되게 하지 않을, 여포를 저승길 동무로는 삼을 수 있을지도 모를 기회.

부우웅-!

전위, 서황의 공격을 가볍게 쳐낸 여포의 방천화극이 재차 자신을 향해 쇄도해져 온다. 조금 전과 같았더라면 어떻게든 피하거나, 쳐내는 식으로 방어하려 했을 것이다.

하지만 방덕은 방어를 포기하고, 방천화극의 창끝이 자신을 베어내는 걸 감수하며 언월도를 휘둘렀다.

서걱-!

가슴팍이 베이는 소리가 들려왔다. 뜨겁기 그지없는 불에 덴 것 같은 고통이 밀려온다.

그 와중에서도 방덕은 여포를 향해 언월도를 휘둘러 갈기고 있었다.

캉, 카강-!

"이, 이게 무슨!"

멀찌감치에서 그 모습을 지켜보고 있던 순욱의 눈이 동그랗게 커졌다. 동귀어진을 노리며 최후의 일격을 가하던 방덕의 공격이 허망하기 그지없게 막힌다. 동시에 이어지는 전위, 서황의 공격 역시 마찬가지.

방덕이 낙마해 떨어진 이후부턴 아예 균형이 무너지기라도 한 듯, 여포가 전위와 서황을 거세게 몰아붙이기까지 하고 있었다.

"전위 장군! 서황 장군! 퇴각하시오! 퇴각 신호를 울려라!"

솟대에 달린 세 개의 다리 중 하나가 잘려 나간 상황이다. 다리 두 개로도 아주 잠시는 버티겠지만 말 그대로 잠시일 뿐이다. 여차하면 나머지 다리도 잘려 나간다.

징- 징- 징- 징-

다급한 징 소리가 울려 퍼지며 신호를 보내는 찰나.

"커헉!"

"끄으윽……."

외마디 비명이 울려 퍼지며 여포를 상대하던 두 장수가 말에서 떨어졌다. 순욱의 얼굴이 딱딱하게 굳어졌다.

가후가 준비한, 최강의 장수 세 명을 단번에 베어버린 여포가 사나운 눈으로 순욱을 노려보고 있었다.

📱

두두두두두두-

마초와 함께 만 명의 기병대를 이끌고 달리는 길.

"와아아아아아아-!"

허허벌판의, 갈대만이 가득 자란 그 대지를 가로지르며 형님이 있을 곳을 향해 질주하는데 갑자기 함성이 들려왔다. 마치 뭔가 큰일이 벌어지기라도 한 것처럼, 병사들이 기쁨의 함성을 내지르는 것 같았다.

"총군사님."

"아직 몰라."

후성 쪽 애들이 내지르는 함성일 수도 있다. 형님과 위연이 함께 싸우면서 전위, 서황, 방덕을 전부 때려잡았을 수도 있는 노릇이고. 내 눈으로 직접 확인하기 전에는 그 어떤 것도 확신할 수 없다.

그렇게 생각하며 정신없이 말을 달리길 잠시, 조(曹)와 순(荀)을 비롯한 여러 깃발들이 휘날리는 게 시야에 들어왔다.

그 깃발들 주변으로 이만 명 남짓한 병사들이 모여 누군가와 대치하고 있다.

그러니까 그 대치하고 있는 대상이……

"오, 형님!"

형님이었다. 그것도 멀쩡하기 그지없는 모습으로 방천화극을 손에 쥔 채 죽어버린 장수 세 명의 시체 앞에서 버티고 있는 모습의 형님.

"마초!"

"예, 총군사님."

"저것들 쓸어버려. 무슨 뜻인 줄 알지?"

"맡겨만 주십쇼. 가자!"

내 명령이 떨어지기가 무섭게 마초가 말을 달리며 움직이기 시작했다. 만 명의 기병대. 그것도 마초가 지휘하는. 아무리 순욱이 직접 지휘하는 부대라 할지라도 마초를 막아내긴 힘들 거다.

난 그렇게 생각하며 곧장 형님 쪽으로 달려갔다. 형님이 씩 웃으며 날 맞이하고 있었다.

"왔냐?"

"괜찮으신 겁니까?"

"나쁘지 않아."

그러면서 왼손으로 형님이 자기 가슴을 탕탕 두드리는데 약간 느낌이 낯설다. 이질감이 느껴지는 움직임이라고나 할까?

이상한 마음에 형님의 모습을 살피는데 말고삐를 쥐어 잡고 있는 줄 알았던 형님의 오른손이 부들부들 떨리고 있다. 자세히 보니 오른팔을 타고 핏방울이 뚝뚝 떨어져 내리고 있기까지 했다.

"괜찮다면서요?"

"살짝 다친 거야."

"살짝 다쳤는데 팔을 못 움직여요?"

"아주 못 움직이는 건 아닌데? 으으으."

형님이 오른팔을 살짝, 아주 살짝 움직이면서 얼굴을 있는 대로 찌푸린다. 마치 엄청나게 아프다는 걸 광고라도 하려는 것처럼. 그렇게 한 뼘 정도 오른손을 들어 올린 형님이 보란 듯 턱짓하며 기분 좋게 껄껄 웃고 있었다.

"봐라. 잘 움직이지?"

"그게 잘 움직이는 거예요?"

"그래도 이 녀석들보단 낫지. 흐흐흐."

"하, 하하…… 그렇죠. 죽은 놈들에 비하면 아주 잘 움직여지니까."

뿌우우우우우우-!

내가 어색하게 웃고 있는데 후성이와 녀석의 친위대가 괴멸시키고 있는 부대 쪽 방향에서 뿔 나팔 소리가 들려오기 시작했다.

두두두두두-

말발굽 소리와 함께 사람들의 달려오는 진동이 소리가 되어 들려온다. 이렇게까지 될 정도면 최소한 오만 명 이상이라는 건데…… 뭐가 어떻게 된 거야?

"지원군이다! 힘을 내라! 더욱더 독하게 물고 늘어져라!"

"우와아아! 지원군이다! 지원이 왔다!"

당장에라도 무너질 것처럼 위태위태하게 버티던 부대의 조조군 병사들이 괴성을 내지르며 갑자기 후성의 친위대를 물고 늘어지기 시작했다.

그런 녀석들의 뒤편에서 기마대 하나가 나타나더니 자연스레 우리와 후성이 부대의 사이를 가로막고자 기동하고 있었다.

"시발? 마초! 후성에게 지원…… 하."

순욱의 병사들이 정말 필사적으로 맞서 싸우는 중이다. 마초가 병사들과 함께 기마 돌격을 하는 와중에서도 무너지지 않고 역으로 버텨내 사방에서 뒤섞여 혼전의 양상을 만들어내고 있었다.

이 상태에서 무리하게 병력을 움직이려다간 마초 쪽의 피해가 너무 커진다.

시발…….

"장군!"

내가 이를 악물고 있는데 위월이의 목소리가 들려왔다. 녀석이 자신의 병사들과 함께 전장에 진입해 들어오고 있었다.

어떻게 해야 하지? 후성이도 구해야 하고, 마초도 도와야 한다. 하지만 당장 움직일 수 있는 병력은 만 명밖에 없다. 지금도 적들은 계속해서 우리 쪽으로 질주해 달려오고 있다. 뭔가 방법을 내야 한다.

공명이나 진궁 쪽과는 완전히 단절된 상황이다. 그쪽과 우리 사이엔 이십만이라는 조조의 대군이 거대한 장벽처럼 버티고 서 있는 중이니까.

가후를 잡으러 갈 때까진 그럭저럭 전령들을 통해 보고가 올라왔지만 지금은 그런 걸 기대할 수도 없다. 그냥 순수하게 내가 가진 능력만으로 상황을 판단해서 결정을 내려야 하는 것.

일해라 뇌야, 굴러라 머리!

"초, 총군사님! 지원이 필요합니다!"

내가 이를 악물고 있는데 몇 번이고 본 기억이 있는 얼굴의 부장이 우리 쪽으로 달려오며 소리친다. 후성의 친위대에 소속되어 있는 녀석이었다.

"너희 쪽 상황은?"

"절망, 절망적입니다! 버티기가 힘듭니다! 지금도 형제들이 죽어가고 있어요! 사방에서 적들이 밀려오는 중입니다!"

"지원이 필요합니다! 총군사님! 지원, 지원이!"

후성 쪽의 부장이 말을 끝내기가 무섭게 또 다른 목소리가 들려왔다. 마초 쪽의 부장일 거다.

"하, 이거 참……."

"총군사님. 도와주십시오. 장군께서, 후성 장군께서 전사하실지도 모릅니다!"

"응? 후성이가?"

"병사들의 희생을 두고 볼 수 없다며 총군사님과 주공을 본받겠다고 직접 선두에서 검을 들고 싸우고 계십니다! 후성 장군을 도와주세요, 총군사님!"

후성이가 피투성이가 돼서 죽어가는 모습이 머릿속에 그려진다. 항상 내 옆에서 장군 장군 거리며 따라다니던, 골려먹기

좋으면서도 가장 믿음직하고 충직한 수하였던 녀석이 없어지는 건 상상도 안 된다.

시발. 절대 안 되지.

"에라, 모르겠다. 형님. 제가 알아서 결정해도 되는 거죠?"

"언제는 내 마음대로 했다고? 네가 알아서 해라."

"감사합니다. 위월!"

"예, 장군."

"가후 데리고 와."

"가, 가후를 말씀이십니까?"

위월의 눈이 동그랗게 커진다.

"마! 우리 애들이 죽어간다잖아! 후성이도 죽고, 친위대 애들도 다 죽으면 가후 하나 때려잡는다고 해서 뭐가 달라져? 데리고 오라니까?"

"다, 다시 한번 생각해 주십시오! 가후가 없으면 적은 힘을 잃습니다! 가후는 적의 머리나 마찬가지란 말입니다! 주공! 뭐라 말씀을 좀 해보십시오!"

위월이가 다급하기 그지없는 목소리로 소리치는데 형님이 나를, 우리 주변을 에워싸며 포위망을 좁혀오고 있는 조조군의 모습을 번갈아 응시했다.

그런 형님이 고개를 절레절레 젓고 있었다.

"가후가 죽으면 분명 이득이겠지. 근데 나도 문숙이랑 같은 마음이다. 내 새끼들 목숨값 계산해 가면서 이득 보고 싶지는 않아."

"주공!"

후성이가 보내온 부장이 감격한 얼굴로 소리친다. 마초 쪽 부장 역시 마찬가지. 형님의 목소리를 들은 주변의 병사들 역시 하나같이 당장에라도 눈물을 뚝뚝 흘릴 것처럼 감격한 얼굴을 하고 있었다.

분위기 좋긴 한데 이렇게 계속 시간을 끌 수도 없는 일.

"당장 가후 데리고 와. 알았어?"

"알겠습니다."

위월이가 고개를 끄덕이는 걸 확인하고서 나는 말을 몰아 순욱의 부대를 향해 나아갔다.

"위, 위속이다!"

"위속이 나타났다!"

내 모습을 발견한 조조군 병사들이 웅성인다. 그런 놈들을 향해 내가 할 수 있는, 가장 큰 목소리로 소리쳤다.

"순욱! 협상할 시간이다! 가후를 내어주마!"

"뭐라고?"

꽤 가까이에서 전투를 지휘하고 있던 모양이다. 내가 외치고 나서 얼마 지나지 않아 익숙한 얼굴이 그 모습을 드러냈다. 순욱이다. 옛날, 조조를 도우러 갔을 때 봤던 것보다 훨씬 늙긴 했지만 확실히 알아볼 수 있을 모습이었다.

"다시 한번 말해보시게, 위 군사. 우리 총군사를 내어주겠다고 하셨는가?"

이백 명 가까이 되는 호위병에 둘러싸인 채, 순욱이 앞으로

196 먹어키우 여포 7

걸어 나오며 소리쳤다. 가후가 아직 살아 있다는 걸 믿을 수 없다는 표정이 그 얼굴에 떠올라 있었다.

"확실하게 얘기하지. 가후는 아직 살아 있고, 고문을 가하지도 않았어. 멀쩡한 모습 그대로야. 그 녀석을 넘길 테니 물러나라. 아니면 이곳에서 다 죽는 거야. 당신들도, 우리 애들도."

"……좋네. 단, 물러나는 곳은 바로 이곳에 한해서일 뿐일세. 다른 곳에서의 전투까지 멈출 수는 없음이니. 동의하시는가?"

"어."

내 대답이 나옴과 동시에 순욱이 손짓하니 사방에서 퇴각을 알리는 뿔 나팔 소리와 북소리가 울려 퍼지기 시작했다.

마초 쪽을 상대하던 녀석들도, 후성이와 그 친위대를 상대하던 녀석들도 모조리 물러나 아군 병사들을 피해 움직인다. 조금 전까지만 하더라도 서로 죽고 죽이던, 아귀다툼을 벌이던 적들이라고는 생각되지 않을 정도로 질서 정연한 모습이다.

그 광경을 우리 쪽 병사들이 뭐라 말로 표현할 수 없을, 복잡한 얼굴이 되어 응시하고 있다. 조금 전까지의, 싸우면 우리 쪽의 피해가 커질 수밖에 없을 그 진형의 구성은 이미 무너진 상태.

이제는 싸운다고 해봐야 서로 유리할 것도 없고, 불리할 것도 없는 상황이 만들어진 상태였다.

"이제 총군사를 내놓으시게."

"위월!"

내가 외침과 함께 위월이 가후가 탄 말의 엉덩이를 툭 두드렸다. 그 말이 다각 다각 종종걸음으로 조조군을 향해 나아가고 있었다.

"후."

이게 잘한 짓인지 모르겠다.

위월이가 얘기한 것처럼 가후만 제거한다면 조조군 쪽에서 날 곤란하게 할 인물은 기껏 해봐야 순욱이나 사마의 정도 이외엔 없게 되는 것이니까.

그래도 무릉도원이 있으니 망정이지, 그게 아니었으면 진짜…….

"장군!"

"응?"

혼자 이런저런 생각을 하며 말을 몰아 형님 쪽으로 걸어가는데 후성이의 목소리가 들려왔다. 형님의 옆에서 죄스러운 얼굴을 하고 있던 녀석이 무슨 말을 해야 할지 모르겠다는 표정으로 날 쳐다보고 있었다.

"장군. 저희 때문에 가후를…… 그냥 싸우시지 그러셨습니까. 가후만 제거하면 고생이 확 줄어드는 거잖아요."

"야. 거기에서 가후를 안 넘기면 너도 죽고, 너랑 같이 다니던 애들도 다 죽는 거잖아. 나랑 형님이 그 꼴을 어떻게 보냐?"

"장군……."

후성이의 눈가에 눈물이 고인다. 녀석이 감격한 듯 나를, 형님을 번갈아 쳐다본다. 그러면서도 녀석은 말을 잇질 못하며 감정을 추스르느라 여념이 없었다.

"그리고 임마. 너 전에 나한테 편지 보내면서 그랬잖아. 전근 가고 싶다고. 여기에서 조조군한테 잡히면 너도 곱게 죽지는 못해. 그 꼴을 내가 어떻게 보냐?"

"흐흐 그렇……지가 아니라 잠깐만요, 장군! 제가 언제 전근을!"

멋쩍게 웃으며 고개를 끄덕이던 녀석이 화들짝 놀라서는 소리쳤다. 뒤쪽에서 주변을 돌아보던 형님이 딱 녀석을 향해 고개를 돌리고 있었다.

"전출? 다른 부대로 가서 편하게 놀겠다고?"

'아. 이거 말하면 안 되는 건데.'

그게 무슨 소리냐는 듯 자신을 응시하는 형님의 눈빛에 후성이가 원망 섞인 얼굴로 날 쳐다보더니 필사적으로 고개를 젓는다. 그런 녀석의 이마에서 식은땀이 주르륵 흘러내리고 있었다.

'미안하다…… 후성아.'

그래도 살려는 줬으니까 이해해 줄 거지?

"더욱 거세게 몰아붙여라! 조금만 더 밀어붙이면 될 터!"

"화살을 쏴라! 쉴 새 없이 쏘란 말이다!"

"두려워하지 마라! 적들은 고작 일만 명에 불과할 뿐이다!"

장수들이 쉴 새 없이 소리치며 병사들을 독려하고 있다.

제갈량은 멀찌감치 뒤쪽에서 자신이 직접 설계해 만든 수레에 앉아 영 마음에 들지 않는다는 모습으로 저 앞쪽을, 우(于)의 깃발을 응시하고 있었다.

'우금이란 말이지?'

적장이지만 참 대단한 자다. 하후연이 중앙 돌파를 시도하고, 표면적으로는 그것이 성공해 여포군이 동과 서로 양분된 것이 벌써 한 시진 전이다. 그리고 그 한 시진 동안, 제갈량은 떡하니 자신의 앞을 가로막고 있는 부대를 공격했다.

제갈량이 이끄는 우익과 홀로 고립된 여포의 사이를 가로막는 부대인 만큼, 어느 정도 정예일 것이라 생각하긴 했지만 이 정도일 줄이야.

"우리에게 고순 장군이 있고, 함진영이 있듯 저들에겐 우금이 있는 모양입니다."

옆에서 함께 전투를 지휘하던 장료의 목소리가 들려왔다. 제갈량이 인상을 찌푸린 채 뻐딱하기 그지없는 자세로 고쳐 앉으며 고개를 끄덕이고 있었다.

"장료 장군. 저런 부대들 특징이 뭔지 알아요?"

"그게 뭡니까?"

"정면에서, 책략에 기댈 것 없이 순수하게 힘과 힘으로 부딪친다면 굉장히 강하다는 거. 그리고 책략에 대해서는 여느 부대들만큼이나 굉장히 취약하다는 거."

"그렇…… 습니까?"

"그렇다니까요. 하, 진짜. 저거 다른 곳에서 만나면 계책 한 다섯 개, 여섯 개쯤 써서 영혼까지 탈탈 털어다가 관광 태울 수도 있는데 하필이면 여기라니."

벌써 한 시진 째 우금의 부대를 어쩌지 못하고 있다는 사실에 제갈량의 자존심이 상한 모양이다. 장료는 그렇게 생각하며 어색한 웃음을 흘릴 수밖에 없었다.

"너무 조바심을 갖지는 않아도 될 것 같습니다, 제갈 군사. 총군사가 이미 가후의 계책을 간파한 데다 그 위연이라는 자를 후성 장군의 부대에 붙여놓기까지 했잖습니까. 지금쯤이면 총군사께서 항상 그러셨던 것처럼 기책을 사용해 주공을 구하셨을 겁니다."

장료가 그렇게 말했을 때, 제갈량이 답답하다는 듯 고개를 절레절레 젓더니 한숨을 푹 내쉬었다.

"아니, 장군. 스승님이 무슨 만능이에요? 스승님은 뭐 싸우기만 하면 무조건 이기시는 줄 아네?"

"그거야 전적이……."

"전적이 전부가 아니라니까 자꾸 그러시네. 스승님도 사람인데 어떻게 모든 싸움, 모든 계책이 다 성공…… 응?"

장료를 타박하듯 말하던 제갈량이 의아하다는 듯 저 멀리 앞을 응시했다. 조금 전까지만 해도 뚫기 위해, 막기 위해 정말 말도 안 되는 격전을 벌이던 우금의 부대 쪽에서 커다란 백기를 휘날리며 부장쯤 되는 장수가 달려오고 있다.

이미 전방에서는 대충 이야기가 된 듯, 학맹과 성렴이 지휘하고 있는 병사들이 길을 내어주며 전투를 중지한 채 뒤로 물러나고 있었다.

"뭐지? 항복인가? 이 타이밍에? 그럴 리가 없는데?"

제갈량이 황당하다는 듯 중얼거리던 찰나, 부장이 제갈량과 장료의 모습을 확인하고선 깃발을 흔들며 달려와 소리쳤다.

"휴전! 잠시간의 휴전을 요청하오!"

📱

"스승님!"

우금의 부대가 열어준 길을 지나 공명이와 장료가 이끄는 우익의 본대와 합류함과 동시에 익숙한 목소리가 들려왔다.

공명이다. 녀석이 장료와 함께 나와 형님을 향해 달려오고 있었다.

"어, 공명아."

"아니, 어떻게 된 거예요? 갑자기 휴전이라뇨? 저쪽에선 주공과 스승님을 잡겠다고 포위망을 굳히면서 공격하던 거 아니었어요?"

"그랬지. 그랬는데 가후랑 맞트레이드하는 거로 해서 나왔다. 형님이 적장 셋을 베었거든."

"설마."

공명이가 믿을 수 없다는 얼굴로 반문한다.

내가 피식 웃으며 고개를 끄덕였다.

"서황과 방덕, 전위. 셋 다 잡았어, 형님이. 가후를 살려 보내는 게 좀 아쉽긴 하지만 뭐."

"아뇨, 잘하셨습니다. 대박인데요, 이거?"

"응?"

대박이라니? 가후를 살려줘서 찝찝해 죽겠는데 얘가 갑자기 뭐라는 거야?

내가 그렇게 생각하며 공명이의 얼굴을 응시하는데 녀석이 갑자기 씩 웃기 시작했다.

"아무래도 전 평생 스승님의 손바닥 밖을 벗어나지 못할 것 같습니다. 이런 것까지 예측하시다니."

도대체 이게 무슨 소린가 싶어서 공명이를 쳐다보는데 녀석의 입가에 피어올라 있던 미소가 한층 더 진하게 변해간다. 그런 녀석이 손가락을 들어 저 멀리, 동쪽의 진류성을 가리키고 있었다.

"곧 녀석이 올 겁니다."

진류성, 그리고 공명이가 녀석이라고 칭할 만한 녀석이면…….

"육손이를 보낸 거냐?"

"예, 적병도 그렇고, 아군도 그렇고 오늘 하루 종일 이어진 전투로 지쳐 있으니까요. 진류성에서 버티고 있던, 숫자는 적지만 하나하나가 정예라 할 수 있을 수비병을 전부 몰고 올 겁니다. 성의 방어는 잠시 백성들에게 의지하고요."

"가후는 걱정하지 마십시오, 총군사. 우리가 그자를 다시 잡아 올 테니 말입니다."

공명이의 옆에서 있던 장료가 자신만만한 얼굴로 말했다.

글쎄, 그게 되면 참 좋을 것 같기는 한데…….

📱

낙양성. 그곳의 성벽 위에서 전풍은 바깥의 상황을 응시했다. 지평선 너머에서 조금씩 보이던 조조군 패잔병이 점점 더 늘어나 지금은 아예 낙양성 밖을 가득 메우고 있었다.

"허……."

어이가 없다.

그 모습을 응시하며 원담으로부터 낙양 태수로 임명되어 이곳을 지키고 있던 전풍은 황당하다는 듯 헛웃음을 내뱉었다.

"그리도 위풍당당하던 대군이 결국 저리되었단 말인가."

"가후마저도 위속에게 패배할 줄이라곤 상상도 못 했습니다, 스승님."

그런 전풍의 목소리에 그의 제자, 익성이 말했다. 전풍이 고개를 끄덕였다. 조조의 대군이 낙양을 통과해 동진해 나아가던 것이 불과 두 달 전이다. 그때까지만 해도 전풍은 가후가 위속의 목을 베는 것까지는 아니더라도 최소한 뼈아픈 피해를 입히는 것까지는 가능할 것이라 여겼다. 그 가후니까.

퇴로가 막히면 그대로 사지가 될 수밖에 없는 곳으로 당당히 들어가겠다는 그 과감성에 전풍은 감탄하고 또 감탄해 마지않고 있었다.

그랬는데.

"여포를 베러다 맹장 셋이 목을 잃고, 중앙 돌파를 통해 좌익과 우익 양측을 분단시키려다 역습을 당했다지?"

"진류성의 수비에만 전념하던 정예병이 위속의 제자 육손과 함께 성 밖으로 치고 나가 결정타를 먹였다고 합니다."

"우리가 당하는 걸 그리도 많이 봐놓고…… 양군이 모두 지쳐 있는 순간에 예비대를 투입해서 낭패를 보도록 하는 게 위속의 장기라는 걸 아직도 모르는 겐가."

"함께 종군했던 사마의가 퇴로에 복병을 놓아 추격을 차단하지 않았더라면 저들 중 반절 이상은 불귀의 객이 되었을 것입니다, 스승님."

익성의 손가락이 성 밖의 패잔병들을 향해 옮겨졌다. 전풍이 씁쓸하다는 듯 한숨을 푹 내쉬더니 고개를 끄덕였다.

"가후는 어디쯤 왔느냐? 마음에는 들지 않으나 동맹을 자처하는 이들이니 가기 전에 위로라도 해줘야 할 것 같구나."

"연회를 열어줄 생각이십니까?"

"패전의 와중에서 쉴 새 없이 도망쳐 왔으니 제대로 된 식사도 못 하였을 터."

"알겠습니다. 허면 제자가 직접 가서 스승님의 의중을 알리고, 답을 받아 오지요."

"그러도록 해라."

전풍의 명이 떨어짐과 동시에 익성이 움직이기 시작했고. 전풍은 답답하다는 얼굴로 계속해서 성 밖의 패잔병들을 응시하고만 있을 뿐이었다.

"이런 자리를 만들어줘서…… 참으로 고맙소이다, 태수."

낙양성의 태수부. 옛 황궁이 있던 자리의 옆으로 자그맣게 지어 올린 그곳의 외당에서 하후연이 말했다.

"고맙다니요. 맹우이자 맹방으로서 당연히 해야 할 일을 했을 뿐입니다."

"그래도 고마운 것은 고마운 것이지요. 안 그렇습니까? 총군사."

하후연의 시선이 이번엔 가후를 향했다.

가만히 앉아 자신의 앞에 놓인 술잔만을 만지작거리며 가후는 마치 뭔가에 홀리기라도 한 것처럼 눈동자의 초점까지 흐려진 채로 앞만을 응시하고 있었다.

"……하하, 총군사께서 이번 일로 심려가 크셔서…… 심기가 불편하신 듯합니다."

"그럴 수도 있겠지요. 이해합니다. 위속과 싸우고 난 이후의 그 후유증이라는 건…… 어마어마하지요. 참, 이야기를 들어 보니 한끝이 모자라서 위속에게 패했다 하던데. 아쉬우시겠습니다."

"그 한끝 때문에…… 참, 아쉽기가 그지없습니다. 도독께서도 그 한끝 때문에 패배하신 게 아닙니까? 아주 약간만 더 운이 따라줬더라면……."

"참 더럽게 운이 좋은 작자입니다, 위속은."

"그러게 말입니다."

하후연이 그렇게 말했을 때, 전풍이 웃기 시작했다. 그것은 하후연 역시 마찬가지.

서로 운이 따라주질 않아 패배했다고. 위속은 운이 좋아 승전하였노라고 이야기하는 중이지만 양측 모두 그것이 사실이 아님을 알고 있다.

그래서일까? 두 사람의 웃음소리가 공허하기 그지없었다.

그러길 잠시.

탁-!

가후가 술잔을 거칠게 내려놓았다. 그 모습에 좌중의 시선이 가후를 향해 집중되고 있었다.

"총…… 군사?"

그것은 전풍 역시 마찬가지.

그 의아해하는 목소리에 가후가 인상을 찌푸리며 술잔에 담긴 술을 벌컥벌컥 들이켜며 말했다.

"내 머릿속에 아직도 그놈이 떠들던 소리가 맴돌아."

"떠들던…… 소리라니?"

"똥. 덩. 어. 리."

"그게 무슨…… 헙."

일순간 잘 이해하질 못하겠다는 듯, 고개를 갸웃거리던 전풍의 얼굴이 딱딱하게 굳어졌다.

똥덩어리다. 똥쟁이도 아닌, 한 음절마다 딱딱 끊어가며 이야기 한 똥덩어리.

잠깐 마주치는 것만으로도 사람이 분을 못 이기고 피를 토하게 만드는 위속이다. 그런 위속에게 잠깐이나마 포로로 붙잡힌 가후가 얼마나 심각한 모욕을, 고초를 겪었을지는 굳이 생각해 보지 않아도 알 수 있다.

전풍은 그렇게 생각하며 직접 자리에서 일어나 가후가 앉은 자리의 바로 앞으로 걸어갔다.

"이것이 위로가 될지는 모르겠지만…… 한 잔 받으시구려. 같은 아픔을 느꼈던 이로서 작게나마 위로 드리고 싶은 마음이외다."

쪼르르르-

가후의 술잔에 술이 가득 담기기 시작했다. 가후는 그 모습을 물끄러미 응시하더니 술이 가득 찼을 즈음, 자리에서 일어나 술잔을 옆으로 기울였다.

쪼르르르-

"이, 이게 무슨!"

자신이 정성스레 담아준 술이 바닥으로 흘러내리며 버려지는 것을 본 전풍이 소리쳤다. 가후가 시리도록 차가운 얼굴로 그런 전풍의 모습을 응시하고 있었다.

"선택하시오, 태수. 몸만 가시겠소, 아니면 목만 가시겠소?"

"목? 도대체…… 그게 무슨 말씀이시오? 목과 몸, 둘 중 하나를 선택하라니? 그대…… 설마?"

"와아아아아아-!"

전풍이 그 말을 함과 동시에 저 밖에서 함성이 들려오기 시작했다. 너무도 갑작스러운 상황에 뇌 정지가 오기라도 한 듯, 전풍은 멍하니 가후의 얼굴을 응시하고만 있었다.

"도대체 이게 무슨 짓이오! 우리는 맹방으로서 맹우에게 신의를 다하고 있거늘, 이 어찌!"

그런 전풍의 옆에서 익성이 대신 소리쳤다. 가후는 그 모습을 힐끔 쳐다보더니 전풍이 내려놓았던 술병을 들어 자신의 잔에 술을 채우고 있었다.

"감히 아국의 영토에서 이따위 짓거리를 벌이다니, 그대들이 이러고도 무사할 수 있을 성싶은가! 수비병들은 어디에 있느냐! 수비병!"

"무사할 수 있을지는 네가 물을 일이 아니다."

익성이 노기 어린 목소리로 외쳤을 때, 하후돈이 자리에서 벌떡 일어나더니 검을 뽑아 들었다.

성이 설마 하는 눈으로 그 모습을 응시했을 때, 하후돈의 검은 이미 허공을 가르며 나아가고 있었다.

서걱-! 촤아아아악!

뼈가 베이고, 피가 튀기는 그 소리가 울려 퍼졌다.

비릿하면서도 뜨거운 뭔가가 자신의 얼굴에서 번져가는 것을 느끼며 전풍은 이를 악물었다. 그런 와중에서 가후는 자신의 술잔에 떨어진 익성의 핏방울을 손가락으로 휘휘 저었다.

물처럼 투명하던 술잔의 술이 붉게 물들어간다. 가후가 그 것을 대번에 들이켜고 있었다.

"술맛 참 좋군. 어찌하시겠소. 몸만 가시겠소이까, 아니면 목만 가시겠소이까?"

"목만…… 아니, 몸만 가겠소. 몸만 가겠소이다."

"그리해 드리시게."

가후의 그 목소리에 하후연이 고개를 끄덕이더니 처음부터 외당으로 함께 들어왔던 병사들과 전풍을 이끌고 밖으로 나 아갔다.

그런 하후연의 시야에 정신없이 사방으로 도망치는 원소군 병사들의 모습이 들어왔다. 그들을 추격하는 건 사마의가 지 휘하는 병사들이었다.

"중달. 밖은 어찌 되어 가는가?"

"모두 계획대로 진행되어 가고 있습니다. 성문은 활짝 열렸 고, 성 밖에서 대기하던 병력들 모두가 진입하고 있지요. 원소 군은 우리가 이리 나올 줄이라곤 상상조차 못 한 듯, 허망하게 무너지는 중입니다."

"그런가…… 알았네."

"고생하십시오, 장군."

하후연을 향해 포권해 보이고서 사마의는 말에서 내려 가후 를 비롯한 이들이 기다리고 있을 낙양성 태수부의 외당으로 들어가 말했다.

"총군사, 낙양성에 있는 나머지 병사들과 관료들은…… 어찌하오리까?"

"전풍과 그 일가를 제외한 나머지는 모두 베시게. 그리고 낙양의 호구를 파악해 정남은 모두 징집하며 옹주로 보내야 할 걸세."

"그리하겠습니다."

하후연을 향해 그랬던 것처럼, 사마의를 향해 포권하며 밖으로 나가는 사마의의 그 뒷모습을 응시하던 하후돈이 의아하다는 듯 가후 쪽으로 시선을 옮겼다.

"총군사, 내 궁금한 것이 있습니다."

"무엇이 궁금하시오?"

"이거…… 너무 막 나가는 것 아닙니까? 아무리 원소가 더 이상은 군사력을 외부로 투사할 수가 없는 상태가 되었다고는 하나…… 그자를 적으로 돌리는 것은."

"하후 장군. 원소가 두려우시오?"

"그건 아닙니다만."

"장군이 이야기했듯, 원소는 이제 허깨비일 뿐이외다. 더는 하북 밖으로 군사를 이끌고 나올 수도 없소. 그러니 이럴 때, 우리는 우리에게 가장 값진 것을 얻고서 원소를 버리면 되오."

"값진 것이라니…… 낙양 말입니까?"

하후돈의 그 말에 가후가 피식 웃으며 고개를 저었다.

"공포요. 어느 누구도 우리에게 저항할 수 없을 것이란, 저항했다간 모두가 죽어나가게 될 것이란 공포. 이번에 위속에게 포로로 잡히며 난 많은 것을 느꼈소. 지금과 같이 이도 저도 아닌, 어중간한 모습으로 그자를 상대하는 것엔 답이 없다는 것도 느꼈지. 하여…… 공포로 휘어잡을 생각이오. 사사건건 주공의 행사를 방해하는 호족 놈들도, 다 무너져 가는 원소의 깃발을 움켜잡고서 어찌해야 할지 고민하는 박쥐 같은 놈들도."

"그렇다는 건 설마."

"북벌이외다. 이길 수 있는 자를 먼저 제압하고, 그 과실을 따 여포를 공격할 작정이오. 주공께서도 이미 동의하신바."

가후가 자신의 잔에 술을 채우고, 그것을 들이켰다.

북벌을 위한 첫 번째 화살은 전풍이다. 그 화살에 묻은, 공포라는 이름의 독이 전염병이 되어 하북 전체로 퍼져 나가게 될 터.

자신의 앞을 가로막는 건 모조리 베어버리겠다는 듯, 잔혹하기 그지없는 얼굴이 된 가후가 눈을 감았다.

조조군의 칼날 아래에서 죽어가는 원소군의 비명이 사방에서 울려 퍼지고 있었다.

7장
신선이야?

"아따, 좋네."

뜨거운 김이 모락모락 피어오른다.

주변의 시선을 차단할 용도로 사방에 높이 세운 벽. 그 안 쪽으로 만든 노천탕에서 뜨거운 물에 몸을 지지며 밤하늘을 보고 있노라니 피로가 싹 가시는 느낌이다.

그런 와중에서 나와 함께 탕에 들어와 있던 동건이와 탄이 가 내 몸을 뚫어지라 쳐다보고 있었다.

"뭐야. 왜 그러고 있어?"

"신기해서요. 그치?"

"그러게."

동건이의 반문에 탄이가 고개를 끄덕인다.

"너희 남자 몸 처음 보냐? 신기하긴 뭐가 신기해?"

"아니, 아버지는 벌써 나이가 오십이 넘었잖아요?"

"그랬지?"

"전장에 나간 것도 수십 번이고요."

"그것도 그렇고."

"그런데 어떻게 흉터가 하나도 없어요? 부상당하신 것만 몇 번은 되는 거로 아는데."

"맞아. 그리고 몸도 진짜…… 오십 대의 몸이 아니신데."

동건이가, 탄이가 주거니 받거니 하며 말했다.

"관리의 힘이지. 나이 먹었다고 뱃살 튀어나오면 너희 어머니가 퍽이나 좋아하시겠다."

"오히려 지금 같은 몸을 안 좋아하시는 거 아니었어요? 전 동생이 없는 게 그래서인 줄 알았는데."

"뭐 인마?"

"매번 전쟁터만 돌아다녀, 몸도 취향이 아니야…… 이러면 그럴 수밖에 없지 않아요? 항상 아버지랑 붙어 다니던 후성 장군이나 위월 장군만 하더라도 애들이 벌써 다섯, 여섯이라던데."

"야. 걔들은 첩이 몇 명인데. 본처에다가 첩만 셋, 넷이다. 그러니까 애들이 그렇게 많지. 본처 소생은 하나나 둘밖에 안 돼."

"진짜요? 아버지가 힘이 딸리시는 게 아니라?"

동건이가 날 위아래로 훑어보며 말했다. 마치 날 도발하기라도 하려는 것처럼.

와, 이건 살짝 열이 오르는데?

"너희 아빠가 그렇게 힘이 없어 보여?"

"결과물이 이러니까요. 그치?"

"하, 하하."

자기 가슴을 탕탕 두드리며 말하는 동건이의 모습에 탄이가 어색한 웃음을 흘린다.

"하, 이놈의 자식을 그냥 전장에 내보내서 살려달라고 빌 때까지 굴려야 하나? 아빠가 인마. 후성이랑 위월이처럼 첩들을 들였으면 벌써 너희 형제가 일렬종대로 연병장 한 바퀴야."

"진짜요?"

"진짜지 그럼. 아빠가 너희 데리고 거짓말이라도 하랴? 지금이라도 첩 들여서 형제들 만들어줘?"

"아빠."

"왜 갑자기 목소리를 쫙 까실까? 뒷감당이 걱정되냐? 형제가 너무 많아져서 나중에 유산 상속받을 때 힘들어질 것 같아?"

"힘내세요. 홧팅."

"전 아무것도 안 했어요. 아버지도 아시죠?"

동건이 옆에서 탄이가 어색하기 그지없는 얼굴로 그렇게 말했다. 녀석들이 슬금슬금 수건으로 몸의 물기를 닦으며 탕 밖으로 나가고 있었다.

"뭐지…… 함정에 빠진 것 같은 기묘한 느낌이 드는데."

내가 인상을 찌푸리며 중얼거리는데 저 멀리에서 발소리가 들려오기 시작했다.

탄이인가? 아니면 동건이?

"누구냐?"

"당신 아내요."

"응? 으으응?"

나도 모르게 홱 고개를 돌리니 술병과 잔이 담긴 쟁반을 들고서 제갈영이 다가오고 있었다.

"아니…… 누나가 왜 거기서 나와?"

"당황했나 봐요? 갑자기 누나라고 부르고? 뭐 찔릴 만한 일이라도 있으신가?"

"하, 하하. 내가 찔릴 게 뭐가 있겠어. 그냥 의외라서 그런 거지, 의외라서."

제갈영이 피식 웃으며 노천탕 앞에 쟁반을 내려놓는다.

하, 위동건 이 짜식…… 이런 식으로 은혜를 베푼다 이거지?

"한잔할까요?"

"응? 아, 좋지. 좋습니다요, 마님."

찔리는 게 많은 밤이다. 이런 날엔 무조건 굽혀야 한다. 그래야 가정의 평화가 유지된다.

내가 술병을 드니 제갈영이 고개를 저으며 뺏어 들고는 내 잔에 술을 채워준다.

쪼르르르-

가만히 그 모습을 지켜보고 있는데 문득 제갈영의 옷차림이 시야에 들어왔다. 한겨울인 만큼, 추위를 막기 위해서라도 옷차림이 두꺼울 수밖에 없는데 지금은 얇다. 굉장히.

껴입은 거 하나 없이 그냥 속옷 위에 옷만 한 벌 덧대 입은 것처럼.

싸늘하다. 비수가 날아온다. 설마…… 아니겠지?

"상공께서 쉬시는 동안 전령이 도착했어요. 공근 장군이 강주성을 점령하는 것에 성공했다고 해요."

"오, 그래? 완전 좋은 소식인데? 그걸 전해주러 온 거야?"

"비슷해요."

다행이다. 걱정했던 것 같은 상황은 벌어지지 않을 것 같다.

"익주로 들어가는 통로를 확보했다는 소식이 전해져서 지금 주공의 거처는 축제 분위기에요. 공명 그 아이도 그렇고, 백언도 그렇고 다들 모여서 즐겁게 이야기를 나누고 있다더라고요."

"좋을 만하지. 우리 맹덕 형님 속이 많이 쓰리겠어. 으흐흐흐."

막대한 재화와 병력을 동원해서 밀고 왔던 가후의 작전도 실패로 돌아갔으니 더더욱 그럴 거다. 지금쯤 그 오만하던 얼굴이 짜증 가득한 얼굴이 돼서 머리가 아프다고 난리를 치는 중이겠지.

쪼르르르-

내가 웃고 있는데 제갈영이 자신의 잔에 술을 따른다. 하늘 높이 떠오른 보름달의 빛을 받는 우리 와이프의 얼굴이 오늘따라 예쁘게 보인다.

내가 나이를 먹었듯, 제갈영도 나이를 먹었을 텐데 어떻게 된 건지 처음 봤을 때랑 별로 달라진 게 없다. 굳이 달라진 것을 찾아보자면 청순가련하던 매력이 농염하게 변했다는 점 정도?

"자작하고 있잖아요. 그냥 보고만 있을 거예요?"

"넵, 주인마님. 당연히 따라 드려얍죠."

병을 빼앗듯 받아 들고서 술을 따라주니 제갈영이 배시시 웃는다. 한쪽 입꼬리가 살포시 올라가는 그 모습을 보고 있노라니 묘하게 불안한 감이 밀려오기 시작했다.

"잠깐만…… 설마, 아닌 게 아니었던 거야?"

"뭐가요?"

"그…… 아니, 아무것도 아니야."

아니겠지. 아니어야 한다. 일해라 머리, 굴러라 두뇌! 이 위기 상황을 탈출해야 한다.

내가 술을 입에 머금고서 그 맛을 음미하는 척, 맹렬히 고민하고 있을 때 제갈영이 말했다.

"가후가 무섭게 움직이더라고요."

"응? 가후?"

"네, 이번엔 꽤 위험했죠?"

"그랬지. 아슬아슬했어. 이기기는 했지만."

"이겼다고는 해도 위험한 순간이 꽤 많았죠. 그 과정에서 인재가 부족한 감이 없지 않게 있었다는 점도 드러났고요."

"그랬던가? 나부터 시작해서 공명이, 진궁, 육손, 장수들까지 호흡이 유기적으로 물 흐르듯 잘 이어졌던 것 같은데……."

제갈영의 눈매가 가늘어진다.

'헉, 이게 아닌가?'

"가 아니죠. 맞습니다. 마님 말씀대로 인재가 부족했죠. 암요, 그렇고말고요."

"그렇죠?"

"네, 마님 말씀이 다 맞습니다요."

제갈영이 흐뭇하게 미소 지으며 고개를 끄덕이고선 계속해서 말했다.

"공대 선생은 큰 그림을 보는 것엔 능하지만 전장에서의 세세한 부분들에 대해서는 모자람이 있음을 여러 차례 드러냈죠. 공명이도 한 지역을 다스리는 자사 대행으로서, 태수로서의 능력은 타의 추종을 불허하지만 전장에서는 당신만 못하고요."

"내가 공명이보다 낫다는 평가는 꽤 달콤하게 들리는데?"

"그거야 당연한 것 아니에요? 지금까지 당신이 세운 전공이 얼만데. 한 잔 더?"

내가 고개를 끄덕이니 제갈영이 잔을 채워주며 말을 이었다.

"공명이 같은 인재를 전장에서 썩히는 건 죄악이에요. 그 아이가 가진 재능이라는 건 분명 전장보단 태수부에서, 자사부에서 활용하는 게 훨씬 나아요. 그 아이는 한신이나 장량이 아니라 소하니까."

"틀린 말은 아니지."

"틀린 게 아닌 게 아니라 맞는 말인 거죠."

치마를 살짝 걷어 올리며 노천탕에 다리를 넣은 채 제갈영이 말했다. 여전히 뽀얗고 가늘며 기다란 다리다. 이 여자는 도대체 나이를 어디로 먹은 거야? 내 마누라지만 신기할 지경이다.

"육손, 그 아이는 문무 양쪽 모두에서 뛰어나지만 큰 그림을 그리는 능력은 아직 모자라요. 당신의 지휘 아래, 당신이 그려준 그림 속에서 세밀한 작업을 하는 건 발군이지만요."

"이쯤 되니 주유의 평가가 어떨지도 궁금해지는데?"

"주공근은 당신의 하위 호환이죠. 그 정도면 충분히 혼자서 단독으로 전선을 맡아 지휘할 만해요. 이번에 익주에서도 그 능력을 증명했잖아요."

나쁘지 않은 평가다. 내가 생각하고 있던 것과도 딱 맞아떨어지는.

"그럼 지금 이 시점에서 갑자기 당신이 이 이야기를 하는 이유는?"

"전장으로 나가고 싶어요."

"……응? 전장으로? 나가는 거, 별로 안 좋아했잖아?"

제갈영의 입가에 쓸쓸한 미소가 피어올랐다.

"조금 있으면 우리도 환갑이 될 텐데 아직도 전쟁은 끝나질 않았어요. 전 동건이나 탄이가 당신처럼 평생 전장을 전전하는 삶을 살게 하고 싶진 않고요."

"그러니까 지금이라도 힘을 보태겠다?"

"안 돼요?"

확실히 우리 마누라가 직접 장수가 돼서 전장으로 나선다면 도움은 될 거다. 내가 판단하는 제갈영의 능력은 전장에서 보여주는 공명이와 육손이의 중간쯤 어딘가니까.

독자적으로 판단해서 움직일 수 있는, 내가 신뢰할 수 있는 장수가 될 거다. 충분히 중임을 맡길 수 있을 터.

"진짜 괜찮겠어?"

"가능하다면 우리 대에서 끝내자고요. 이런 난세는."

"당신이 그렇다면야. 형님께는 내가 말씀드리도록 할게."

"진짜죠?"

"안 그래도 땅은 넓어졌는데 물자며 인력이며 부족하던 참이었으니까. 공명이를 본격적으로 내정 쪽에서 갈아 넣으면 어떻게든 되겠지. 그 공백은 당신이랑 같이 메우면 될 거고."

"고마워요."

"고맙긴 뭘…… 응?"

제갈영이 눈웃음치며 노천탕 안쪽으로 들어온다. 첨벙첨벙 소리와 함께 모락모락 피어오르는 수증기 사이에서 옷이 젖어버린 제갈영의 몸맵시가 그대로 드러나기 시작했다.

그런 모습으로 제갈영이 여우 같은 눈웃음을 치며 내게 다가오고 있었다.

"잠깐만. 스톱. 아니, 왜 이래?"

"고마우니까 보답 좀 하려고. 그리고 아까 당신이 그랬잖아요? 후성 장군이랑 위월 장군처럼 첩을 들였으면 동건이 형제가 수두룩 빽빽이라고."

"하, 하하…… 그러니까 그건 말이지. 동건이가."

"그 힘, 아껴뒀다가 어디에 쓰려고 이러시나? 오늘 좀 쓰죠? 달밤에 운동 한번 하는 것도 괜찮잖아요?"

"우, 운동?"

"잠깐만 기다려 봐요. 빨리 씻고 올 테니까. 오늘 당신한테 넘쳐난다는 그 힘, 어느 정돈지 한번 보자고요."

이제는 아예 목 아래까지 몸을 물속에 담근 채, 저 멀리 앞쪽으로 걸어가며 제갈영이 말했다.

아빠한테 이런 고난과 시련을 선사하다니. 동건이 이 자식을 진짜······.

지금쯤 탄이와 함께 작전이 성공했다며 싱글벙글 웃고 있을 녀석의 모습을 떠올리며 주먹을 움켜쥐는데 운동의 사전 작업을 끝낸 제갈영이 먹잇감을 노리는 고양이 같은 얼굴이 되어선 다가오기 시작했다.

눈앞이 노래진다. 오늘 밤은······ 무척이나 길고도 엄혹할 것 같다.

"여, 여보! 잠깐, 잠깐만······ 으으읍!"

쏴아아아아-

이제는 익숙하기만 한 바람이 불어오는 그 소리와 함께 눈이 떠졌다. 안개로 가득한 내 침실의 모습이 시야에 들어왔다. 머리맡엔 핸드폰이 놓여 있었다.

"으······."

보름달이 뜨는 날이었으니 망정이지, 아니었으면 며칠을 골골거릴 뻔했다. 등골이 다 오싹하다.

가볍게 심호흡을 해 내상을 다스리고서 핸드폰을 들고 무릉도원에 접속했다.

정신적으로 신체적으로 힘들었던 건 힘들었던 거고 더 큰

어려움에 봉착하는 걸 막기 위해 이제부턴 미래를 살펴봐야
한다.

삼국지 전체에서 통수가 제일 난무했던 전투는 진류 대전
인 듯, '사기꾼 위속vs가후의 일전 진류 전투', 'IF_가후가 진류
대전에서 이겼다면?'

키워드를 넣고 검색해 보니 진류 대전에 대한 글들이 제일
위쪽에 올라와 있다. 댓글도 다른 글들에 비해 훨씬 더 많다.

몇 페이지를 넘겨보니 진류 대전에 대한 글이 제일 많고, 그
다음이 원소-원술 연합군과의 전쟁에 대한 것이었다.

"엥?"

그런 와중에서 내 눈에 꽂히듯 들어오는 제목 하나. '가후
는_왜_원소의_등에_칼을_꽂았나.txt'

갑자기 이게 무슨 소리지? 조조랑 원소는 동맹 아니었나?

〈아무리 봐도 원소 멸망의 시작은 가후가 만든 것 같네요. 위속이 원
담 휘하 20만 때려잡으면서 흔들흔들하던 거에 가후가 쐐기를 박은 느
낌? 외부로 병력 투사도 못 하고 망해가는 거 알아차려선 칼같이 낙양
뺏음ㅎ 아무리 봐도 신의 한 수인 듯.〉

└나관중짱짱맨: 삼국지에서 이 부분이 꿀잼이었지ㅋㅋㅋ 위속만
은 못 하지만 진짜 가후가 타이밍 러시 쩔었음ㅋㅋㅋㅋㅋㅋ

└프린스원소: 시벌…… 난 삼국지에서 여기 이후로 못 보겠더라 원
소 망하는 거 어떻게 보냐……ㅠㅠㅠ

└똥쟁이중달: ㅋㅋ 위빠한테는 여기부터가 핵꿀잼이지. 가후가 낙

양에서 쓱싹 한번 하고부터 조조 쪽 호족들 죄다 ㄷㄷㄷㄷ 상태 되고 고분고분 순한 양 된 거라ㅋㅋㅋㅋ

└순욱순두부: 원소 쪽 호족들도 이거 때문에 조조랑 싸우게 되면 거의 항복했었죠. 잘못 걸리면 사돈에 팔촌까지 다 쓱싹 당할 판이라고;; 결국 한두 번 항복 나오다가 나중엔 아예 논스톱 항복 퍼레이드로 발해군 코앞까지…… ㅎ

└대군사위속: 진짜 나 이 부분 읽으면서 복장 터지는 줄 알았음ㅡㅡ 원담 때려잡은 것도 위속이고 가후 때려잡은 것도 위속인데 어케 과실은 가후가 다 따 먹어서ㅡㅡ;;;;

└제갈갓파고: 이때 원소가 백성들한테 위속 악마화 했던 거랑 별개로 여포네랑 협력이라도 좀 했으면 그렇게 쉽게는 안 망했을 텐데 진짜…… 원소레기 개노답임-_-

└킹갓데빌위속: ㅇㅈㅇㅈ 또ㅇㅈ합니다 원소네가 막판에 뇌절와서 뻘짓만 안 했어도 삼국지 후반부가 좀 더 스펙타클했을 텐데 하필이면 가후한테 낙양 쪽 몰살당하고부터 한동안 뇌절을ㅋㅋㅋㅋㅋㅋㅋㅋㅋㅋ

"……하."

어이가 없네. 논스톱 항복 퍼레이드라니?

원소 쪽 애들이 좀 노답스럽기는 했다. 그건 인정. 나하고 붙으면 거의 무조건이라고 해도 과언이 아닐 정도로 패하는 처참한 승률을 기록하고 있으니 그쪽 호족이나 중하급 관리들의 사기가 땅에 떨어져 있는 것도 이해는 한다.

그렇기는 한데, 아무리 그래도 이건 좀…….

"돌겠구만."

원소 쪽이 허망하게 무너져 내리면 하북의 호족들은 정말 아무것도 못 하고 빤스까지 탈탈 털려서 조조 쪽에게 모든 힘이 넘어가게 될 거다.

호족들을 모조리 밀어버리고 나면 아무리 엉망이 되어버린 하북이라 할지라도 적지 않은 병력을 뽑아낼 수 있을 터. 물자까지 합친다면 상상 이상일 거다.

전쟁에서 패배한 적도 없고, 물산의 생산이 크게 저하되지 않은 데다 땅덩이가 넓다고 할 수 있을 우리 쪽이라 할지라도 감히 어쩌지 못할 물량이 쏟아지는 거다.

이건 진짜…… 막아야 한다. 원소가 무너지면 완전히 끝이다.

📱

"주, 주공!"

발해성의 사공부. 원소의 거처임과 동시에 작금 하북의 모든 사안을 결정하는 공간인 그곳의 내당으로 장수 하나가 헐레벌떡 달려 들어왔다. 무표정한 얼굴로 차를 마시던 원소의 시선이 장수를 향해 옮겨지고 있었다.

"이번엔 또 무슨 소식이더냐"

"소, 송구합니다, 주공. 소평진과 평현, 언사현 및 맹진과 오사진이 이미 하후연에게 항복했다는 소식이 전해졌습니다."

"소형진에 맹진과 오사진까지? 허."

"알겠으니 물러가거라."

어이가 없다는 듯 헛웃음을 내뱉는 원소를 대신해 저수가 말했다. 극도로 심기가 불편할 원소를 향해 장수가 포권하며 슬금슬금 뒷걸음질 치기 시작했다.

그러거나 말거나 원소는 자신의 거처 한쪽 벽면에 걸린 낙양 인근의 지형이 그려진 지도를 노려보고 있을 뿐이었다.

"평현과 언사현까지는 그렇다 치더라도 소평진, 맹진, 오사진까지 넘어갔다는 것은……."

낙양이 포함되어 있는 사예주의 중심을 흐르는 것이 바로 황하다. 소형진과 맹진, 오사진은 그런 황하를 건너 북쪽으로 나아가도록 하는 일종의 교두보나 마찬가지였다.

"지금쯤이면 이미 하내군까지 조조군이 당도하였을 것입니다."

"……그렇겠지. 위속의 움직임은 낙양 인근의 관문을 틀어막는 것으로 제어하면 될 것으로 판단하고 있을 터. 낙양의 소식은 지금쯤에나 전해졌을 것이니 그놈들 입장에선 걱정할 필요조차 없겠지."

가후의 작전이 어찌도 철저했던지 전풍과 그 일가를 제외한 낙양 주둔군과 관료 중에선 생존자가 아예 존재하질 않는다.

덕분에 낙양에서 무슨 일이 있었는지 소식이 밖으로 퍼져 나가는 것도 몹시 늦어졌을 터.

원소 자신도 낙양을 탈출한 전풍의 명으로 며칠 동안이나 말을 바꾸고, 사람을 바꿔가며 쉴 새 없이 말을 달려 소식을 전해왔기 때문에 간신히 알아차리고 있을 뿐이다.

여포 쪽에서는 이제야 슬슬 낙양 쪽의 동태가 이상하다는 것을 감지하고 있을 터였다.

"하……."

속이 쓰리다.

답답해져 오는 가슴을 주먹으로 두드리며 원소는 이를 악물었다. 무혈로 교두보를 확보한 가후와 하후연이다. 사수관이나 환원관을 비롯한 여러 관문 역시 극히 미미한 저항만 있을 뿐, 허망하다 해도 과언이 아닐 정도로 손쉽게 항복을 받아냈다.

방어와 공격, 양쪽 모두가 용이한 만큼 운신의 폭이 작아지는 한계점에 도달하기 전까진 계속해서 전진하고 또 전진할 터.

"주공. 일선의 동요가 매우 심한 것으로 보입니다. 뭔가 특단의 조치를 취해야 할 것입니……."

조심스럽게 이야기하던 저수의 목소리에 원소의 얼굴이 험악하게 일그러졌다.

"특단의 조치? 그래서 뭘 어쩌란 말인가."

"전방의 방비를 지금보다 훨씬 더 튼튼히 해야 합니다. 하내가 무너진다면 기주도 안전하다고 할 수는 없습니다."

"그래서?"

"다소 무리가 있더라도 호족들의 힘을 깎아내 그 병력을 전방으로 배치해야……."

지금의 상황에서 가장 효과적인 방책을 떠올리며 이야기하던 저수가 끝까지 말을 잇지 못한 채로 입을 다물었다. 원소가 그런 저수를 죽일 듯이 노려보고 있었다.

"그래. 내가 그대라 할지라도 호족의 힘을 깎아내 병력으로 돌리는 건 이야기할 수 있겠지. 아니, 호족을 아예 없애 버리고 그들의 힘을 온전히 내 것으로 만드는 방안도 이야기할 수 있을 터."

"주, 주공."

"말로만으론 뭘 못하겠나? 위속을 내 부하로 만들어놓고, 그대들을 대신해서 천하 통일의 과업에 나서도 돼. 그랬더라면 벌써 몇 년도 더 전에 천하가 통일되고 난세는 종식됐겠지. 안 그런가?"

"부디 고정하십시오, 주공. 지금의 상황에선 이러한 방법밖에……."

쾅!

"그러니까 말로만 떠들 수 있는 것 말고, 제대로 된 방책을 내놓으란 말이다! 제대로 된 방책을!"

주먹을 내려치며 쩌렁쩌렁한 목소리로 원소가 소리쳤다.

그러던 찰나, 밖에서 막 달려 들어오던 장수가 험악하게 변해가는 분위기를 느끼고선 멈칫거리는 게 원소의 시야에 들어오고 있었다.

"자네는 또 뭔가! 하내가 조아만 그 빌어먹을 자식에게 항복하기라도 했어?"

"그, 그것이 아니오라."

"그러면? 그럼 왜 왔단 말이더냐!"

"위, 위속이 보낸 사자가 도착했습니다."

"뭐라고?"

원소의 눈이 동그랗게 커졌다.

옆에서 고개를 숙이고 있던 저수가 뭔가 이상하다는 듯 고개를 갸웃거리며 장수를 향해 반문했다.

"위속이 보낸 사자라니? 무슨 일로 왔단 말인가?"

"그…… 하북을 지키는 것을 돕는 걸 의논하기 위하여 왔다 합니다."

"이 시점에서? 우리도 낙양의 사정을 어제야 알게 되었거늘, 위속이 보낸 사자가 벌써 도착했다고?"

믿기질 않는다는 얼굴로 저수가 중얼거렸다.

낙양에서 쉼 없이 달린다고 해도 발해성에 도착하려면 이틀 가까이가 걸리는 거리였다.

"전 군사가 알린 낙양에서 변고가 발생한 시점에 닷새 전이니까 이 시점에서 사신이 도착했다는 건 사실상……."

차마 말을 끝내지도 못한 채, 저수가 원소 쪽으로 시선을 옮겼다. 그런 저수의 얼굴이 창백하게 변해간다.

원소의 얼굴이 딱딱하게 굳어져 있었다.

"낙양에서 일이 벌어짐과 동시에 알아차렸다. 그렇게 봐야 하겠지. 위속 이놈은…… 정말로 신선이라도 된다는 것인가?"

마치 귀신이라도 본 것 같은 모습으로 원소가 중얼거렸다. 저수의 온몸에서 소름이 돋아 오르고 있었다.

사자가 왔다. 통상적인 상황에서라면 별다를 게 없을 이야기다. 원소가 직접 대소신료들과 함께 맞이하건, 총군사인 자신이 직접 따로 만나서 조용히 이야기하면 될 일.

하지만 지금과 같이 위속을 요괴이자 인간을 죽이는 것에 즐거움을 느끼는 기괴한 신선과 같은 존재로 묘사해 백성과 호족의 불만을 통제하는 와중에서라면 조심하고 또 조심해야 할 일이었다.

"저기 오는군."

발해성 근처에 마련된, 원소 일가만을 위해 만들어진 자그마한 별장. 그곳에서 기다리고 있던 저수의 앞으로 중년의 남성이 말을 타고 성큼성큼 다가왔다.

깃발도 없고, 수행원도 없다. 기껏 해봐야 호위병으로 따라온 병사 열 명이 전부일 뿐.

사자로 올 정도라면 여포의 휘하에서도 상당한 고관일 것인데 옷차림조차 거리의 여느 평범한 백성들이 입을 그것과 별반 다르지 않은 모습이었다.

"이곳까지 오느라 고생이 많았소. 이 몸은 하북의 총군사 저수외다."

"온후의 아래에서 회남의 행정을 살피던 주부 육적입니다."

싱글벙글 웃는 낯으로 말에서 내림과 함께 저수에게 포권하며 육적이 말했다.

사람을 만나 예의상 웃는 것과는 또 다른 느낌이다. 지금의 이 상황이 진심으로 즐겁게 느껴지는 것 같은 얼굴이랄까? 저수는 눈매를 가늘게 한 채 육적의 그 모습을 응시하고 있었다.

"육씨 가문의 일원이라면 위문숙의 제자인 육백언과는 관계가 어찌 되시오?"

"백언이 바로 제 종형입니다. 지금쯤 존버를 외치며 개고생을 하고 있겠지요, 으흐흐흐."

육손에 대한 이야기가 나옴과 동시에 히죽 웃으며 말하는 육적의 그 모습에 저수가 미간을 찌푸렸다. 어딘가 모르게 살짝 모자란 사람 같은 느낌이었다.

"일단 들어갑시다. 하북의 상황이 어떤지는 사자께서도 잘 아실 터이니 맞이가 융숭치 못한 점은 양해 바라오."

"좋습니다, 좋아요."

저게 또 무슨 소리란 말인가.

저수가 작게 표정을 일그러뜨리며 육적을 안내해 별장 안쪽으로 들어갔다. 그곳에서 저수는 자리에 앉은 채, 미리 준비되어 있던 차의 향을 음미하며 육적을 향해 말했다.

"그래, 위문숙은 무엇을 이야기하였소? 그대가 전해야 할 말은 무엇이외까?"

"마왕…… 흠흠, 죄송합니다. 우리 총군사께선 하북이 어려움을 겪고 있다는 것을 인지하고 있으며 하북이 동의한다면 얼마든지 그 어려움을 해소할 수 있도록 돕겠다고 하셨습니다."

"도와? 위문숙이 우리를?"

저수가 클클클 웃음을 터뜨렸다.

"최근 들은 이야기 중 가장 우습군. 애초에 우리를 이 모양으로 만든 것이 바로 그 위문숙이거늘, 그자가 어찌 우릴 돕는다는 겐가? 만날 때마다 상대의 복장을 뒤집어엎는 그자가 이런 상황에서까지 우리가 피를 토하도록 하고자 그댈 보낸 겐가?"

저수의 목소리가 싸늘하게 변해갔다.

그들이 자리하고 있는 객당 뒤편의 휘장에서 움찔거리는 발소리가 들려왔다.

"병사라도 숨겨놓으신 모양입니다?"

"아무리 사자라 한들, 그대를 믿을 수가 있어야지. 지금껏 위속에게 당한 게 얼만데."

"그렇습니까?"

"그렇소."

"좋습니다. 속내를 보이셨으니 저도 속내를 보여 드리도록 하죠."

지금까지와는 다른, 웃음기가 싹 사라진 진지하기 그지없는 얼굴로 저수를 응시하며 육적이 말을 이었다.

"지금 상태 그대로 머뭇거리다가 하북은 멸망할 겁니다. 가후에게요. 일이 그리된다면 귀하의 목은 어디로 가게 될까요?"

쾅!

저수가 주먹으로 탁자를 내려침과 동시에 자리에서 벌떡 일어섰다. 그러거나 말거나 육적은 저수의 그 모습을 응시하며 말을 이었다.

"이미 낙양에서 하내로 이어지는 길목의 크고 작은 군현과 관문 등이 항복하였다 들었습니다. 하내가 항복하고 나면 기주로 이어지는 길목의 크고 작은 성들의 차례입니다. 지금쯤이면 가후와 우리 주공 중 한쪽을 선택해 항복하는 것을 고려

하고 있겠지요. 하북은 망할 수밖에 없는 것으로 생각하고서 말입니다."

"개소리하지 마시게. 이미 장합 장군과 방 군사가 군을 이끌고 업으로 나아가는 중이니 혼란은……."

"가라앉을 리가 없지요. 방사원도 그렇고, 장준예도 그렇고 우리 총군사와 싸울 때마다 대패를 거듭한 천하가 다 아는 똥쟁이 아닙니까. 그런 자들이 병력을 이끌고 업으로, 하내로 나아간들 동요하기 시작한 군심이 안정될 리가 있겠습니까?"

저수는 아무런 말도 하지 않았다.

지금 당장의 하북에서 낼 수 있는 가장 좋은 카드가 바로 장합이고, 방통이다. 자신은 원소를 도와 후방을 안정시켜야 하니 움직일 수가 없다. 원소 역시 마찬가지.

게다가 전풍은 낙양에서의 일로 심신이 피폐해져 있는 상황이다. 지금껏 군무를 도맡아오다시피 했던 원담도 연이은 대패로 다시는 군을 맡을 수 없을 것이고, 코앞까지 찾아온 기회를 놓칠까 두려워하는 원상은 보신주의적 성향을 내보이며 발해에 남아 있고자 하는 중이다.

그러니 결국 방통이 장수 중에선 그나마 가장 유능하다는 평가를 받는 장합과 함께 움직일 수밖에 없는 것이었다.

'그렇기는 하지만…….'

육적의 이야기처럼 답이 안 보이기는 마찬가지다. 장합과 방통이 나아간들, 결국 싸우기만 하면 패했던 장수들이 한 줌밖에 안 될 병력과 함께 나온 것이니까.

"우리 총군사의 도움이 있으면 하북은 살아남을 수 있을 겁니다. 최소한 지금 남쪽에서 벌어지고 있는 대붕괴의 전조 정도는 얼마든지 막을 수 있겠죠. 뭐, 지금 시점에서 한 이십만 정도 되는 병력을 만들어낼 수 있다면야 우리 도움이 없어도 버틸 수 있겠습니다만 글쎄요. 가능하겠습니까?"

저수의 앞에서 의자 등받이에 몸을 기댄 채, 다리를 꼬고선 턱을 괴며 육적이 말했다. 저수의 얼굴이 딱딱하게 굳어지고 있었다.

"아. 혹시 블러핑 같은 건 안 하시는 걸 추천합니다. 전 이미 다 알고 왔거든요. 하북의 사정이 어떤지. 존버 같은 걸 한다고 해서 버틸 수 있는 상황이 아닙니다."

블러핑이며 존버며 다 저수의 입장에선 처음 들어보는 말이다. 하지만 분하게도 그 말이 어떤 의미인지 이해할 수 있을 것 같았다.

"위문숙, 그자의 정보인가?"

"마왕이 알려주신 게 아니면 제가 어떻게 이런 걸 알겠습니까? 하북의 일을 이토록 소상히 제 손바닥 보듯 알 수 있는 건 천하를 통틀어 마왕 한 분뿐일 겁니다. 그러니까 대충 하고 이쯤에서 서렌 치시죠. 그편이 서로에게 이로울 것이니."

"……"

다른 사람이 이런 소리를 했다면 허풍이라 생각했을 것이다. 적국이 어떤 생각을 하는지, 어떤 사정에 놓여 있는지 속속들이 파악하고 있다는 이야기를 이토록 자신 넘치게 이야기한다는 건 어떻게 봐도 거짓일 수밖에 없으니까.

하지만 그 정보의 출처가 위속이라면, 만날 때마다 말도 안 되는 능력으로 기적과 같은 전공을 세워온 인물이라면 믿고 싶지 않아도 믿을 수밖에 없다. 지금과 같이 하북의 운명이 풍전등화에 놓인 상황이라면 더더욱.

"……그래서 위문숙이 우리에게 원하는 게 뭐라던가?"

"별다를 건 없습니다. 그냥 하북이 멸망하지 않는 거, 그리고 앞으로는 좀 친하게 지내는 것 정도?"

저수의 눈매가 가늘어졌다.

사실상의 동맹 제안이나 마찬가지. 하북은 이미 힘을 다해 최소 십 년에서 이십 년은 외부로 군사력을 투사할 수 없는 만큼, 사실상의 불가침 제안이나 다를 바 없을 이야기였다.

"설령 지금 당장엔 우리가 온후와의 평화를 유지해 나갈 의향이 있다고 해도, 향후엔 정국이 어찌 될지 알 수 없는 법이거늘. 위문숙은 그 확신을 어찌 얻으려 하는 것인가?"

"뭐, 간단합니다. 방법이 있죠. 사공께서 직접 우리 총군사를 만나고, 문서 하나를 작성해 주시면 됩니다. 하북에서 총군사를 악마화했던 것과 달리 본인은 오랜 옛날부터 총군사를 흠모해 마지않았다는 내용으로요."

"그것은."

"안 됩니까?"

"받아들일 수 없는 이야기일세. 자칫 잘못했다간 당장의 위기를 넘기고 나서도 하북의 붕괴를 야기할 수 있는."

"뭐, 그리 말씀하실 줄 알았습니다. 그리 생각하신다면 나중에 다시 대화하시죠."

그렇게 말하며 육적이 자리에서 벌떡 일어났다. 지금은 더 이상 이야기할 필요가 없겠다는 듯, 당장에라도 떠날 것 같은 모습으로 육적이 주변을 두리번거리고 있었다.

"지금 뭐 하는 것이오?"

"어차피 지금은 결정하지 못하실 게 아닙니까. 그러니 나중에 다시 얘기하자는 겁니다. 며칠 묵을 방이나 내어주시지요."

말도 안 되는, 제멋대로인 모습이다. 적국의 관리이기 이전에 학문을 한다는 한 명의 선비로서도 대단히 부적절한 수준. 마음 같아서는 당장에라도 병사들을 불러 베어버리고 싶을 정도로 무례하기 그지없다.

하지만 지금은 이러한 무례조차 참아 넘겨야 할 정도로 하북의 상황이 위태로운 상태. 저수는 작게 한숨을 내쉬며 고개를 끄덕였다.

"그리하도록 하시오. 사람을 불러 그대가 머물 곳으로 안내하라 하겠소이다."

육적을 내보내며 저수는 자리에서 일어나 성큼성큼 어딘가를 향해 걸어가기 시작했다. 그런 저수가 멈춰섰을 때, 그의 앞에는 피곤한 기색이 역력한 원소와 인상을 찌푸리고 있는 원상이 있었다.

"어찌 되었는가?"

"예상했던 것 이상입니다. 위속은 우리 하북의 숨통을 쥐고 흔들 무기를 원하고 있습니다, 주공."

"숨통이라니? 자세하게 이야기해 보시게."

"간단합니다. 지금껏 우리는 위속을 요괴이자 절대적인 만악의 근원으로 묘사하여 왔습니다. 그 덕분에 백성과 말단 관리, 호족의 불만을 외부로 분출할 수 있었지요."

"그랬었지."

"상당히 효과적인 방식이었습니다."

원소에 이어 원상이 말하며 고개를 끄덕였다.

위속을 막아내지 못한다면 금오도에서 내려온 요괴인 위속에 의해 모두가 몰살당할 수도 있다. 하북의 백성과 말단 관리들의 사이에서 퍼져 있는 속설이다.

그러한 이야기를 통해 의도적으로 백성을 혹세무민하며 하북은 그간의 어려움을 효과적으로 해결하고 있었다.

"위속이 요구하는 것은 간단합니다. 우리가 백성들에게 그러한 이야기를 전하면서도 사실은 주공께서 위속을 흠모해 마지않았다는 증좌를 남기라는 것이니까요."

"그 무슨."

원소의 얼굴이 험악하게 일그러졌다. 그 옆에서 있던 원상역시 마찬가지.

"절대로 받아들여서는 안 됩니다, 아버님. 당장의 위기는 간편하게 해결할 수 있다 치더라도 미래를 저버리는 행위입니다. 이것을 받아들였다간……."

"나도 안다. 언제고 위속이 하북으로 나아가길 원하는 시점에서 그 문서를 공개하겠지. 보길 원하는 자들은 누구나 볼 수 있도록 할 것이고."

물론 그 서류를 확인하려면 직접 여포의 영역으로 가야만 할 것이다.

하지만 그 서류에 작성된 내용이 자극적이면 자극적일수록 직접 확인하고자 하는 자들의 숫자는 많아질 것이다. 그 이야기는 곧 지금껏 하북이 위속에 대한 유언비어로 백성들을 혹세무민시켰던 것 이상으로 빠르게 퍼져 나갈 터.

"하내 태수는 용맹하기 그지없는 장수인 관구검입니다. 그 자라면 허망하게 항복해 버리는 일이 벌어지지 않을 터. 소생이 방법을 찾아보겠습니다."

"가능하겠소?"

"가능하지 않더라도 방법을 찾아야만 합니다. 사용할 수 있는 모든 방안을 강구하겠습니다."

저수가 그렇게 말하며 자리에서 일어났을 때, 저 밖에서 다급하기 그지없는 발소리가 들려오기 시작했다. 저수의 얼굴이 딱딱하게 굳어졌다.

그러던 찰나.

"그, 급보입니다! 하내가, 하내가!"

"……설마. 관구검이 항복이라도 했다는 것인가?"

헐레벌떡 달려온 장수를 향해 저수가 말했다.

그리고 곧이어 들려온 목소리에, 저수는 이를 악물 수밖에 없었다.

원소, 원상과 함께 있던 자리에서 하내의 소식을 접함과 거의 동시에 저수는 곧장 육적이 머무르고 있을 곳으로 향했다.

그런 저수가 도착했을 때, 육적은 마치 그가 자신에게 올 것을 예측하기라도 했다는 얼굴을 하고 있었다.

"금방 오셨네요. 조금은 더 걸릴 줄 알았는데. 하내의 관구검이 투항한 모양입니다?"

"그, 그대는 알고 있던 것인가?"

"이것도 우리 마왕님이 알려주셨으니까요. 이렇게 오신 걸 보니 우리 측의 제안을 받아들이실 모양입니다?"

"받아들이겠네. 우리 주공께서는 지금 당장에라도 위문숙을 만나고자 움직일 마음의 결정을 굳히셨으니 어서 사람을 보내 이쪽의 결과를 알려주시게."

"조건이 바뀌었습니다. 바뀐 조건을 받아들이신다면 지금 당장에라도 총군사께서 기다리고 계신 곳을 알려 드리지요."

"……뭐라?"

"상황이 바뀌었으니 조건도 거기에 맞춰 달라지는 게 당연하잖습니까. 현존하는 최전방의 요새인 하내가 넘어갔으니 다음은 업으로 이어지는 길목의 크고 작은 성들일 터. 군심의 동요는 더욱 심해질 수밖에 없는데 지금의 값이 종전과 같다는 건 말이 안 되지요."

"이, 이자가!"

"이것도 총군사의 지시입니다. 어쩌시겠습니까? 병사들을 불러 이 사람의 목이라도 베시겠습니까?"

육적이 히죽 웃으며 손가락으로 자신의 목을 베는 시늉을 해 보였다.

저수의 얼굴이 험악하게 일그러지기 시작했다.

지금의 상황에서 하북이 붙잡을 수 있는 구명줄이라곤 위속이 내려주는 것이 유일할 터. 위속은 자신이 첫 번째 제안을 거절할 것도 예측했고, 하내의 관구검이 가후에게 투항할 것까지도 예측해 낸 모양이다. 그게 아니라면 육적이 이런 모습을, 반응을 보일 수 있을 리가 없다.

저수가 주먹을 움켜쥐었다.

"……그래서 조건은? 그 새로운 조건이란 도대체 무엇이란 말인가."

"청주의 반절을 내놓으십시오. 지금 총군사의 수족이라 할 수 있을 위월 장군이 오만 병력과 함께 청주 동무현에서 대기하고 있고, 총군사께선 북연주에서 원 사공을 만나기 위해 기다리시는 중입니다."

"이, 이자가!"

"조건을 받아들이신다면 위월 장군이 북진을 하게 될 겁니다. 그 사안을 이용해 군사께선 요괴 위속이 하북의 백성을 멸절시키기 위해 움직인다는 유언비어를 퍼뜨리시고 두려움에 떨며 가족을 지키고자 들고 일어서는 백성과 호족의 세력을 군으로 편입시키십시오. 못 해도 오만, 어쩌면 십만 이상의 병력을 손쉽게 끌어모을 수 있을 겁니다. 그 정도면 군심을 바로 세우기엔 부족함이 없겠지요."

벌겋게 달아오른 저수의 얼굴이 부들부들 떨리기 시작했다.

마음 같아선 육적의 뺨이라도 후려갈기고 싶지만 저수는 꾹 눌러 참았다. 지금 참아야 할 때다. 굴욕을 견디고, 위기를 넘겨 미래를 도모해야 할 순간이라는 것을 저수는 너무도 잘 알고 있었다.

"……그리하도록 하지."

8장
군자의 복수

쏴아아아아-

칼바람이 불어온다. 평소 같으면 옷깃을 여미든, 군막 안으로 들어가서 따듯한 불이나 쬐든 했을 거다.

하지만 지금은 굳이 그러고 싶지가 않다. 그저 바람이 불어오는 한가운데에서 망토로 바람을 막으며 저 멀리 북쪽을 응시할 뿐이다. 원소가 올 때까지.

"원소 이 인간. 어째 좀 늦어지는 것 같은데?"

"그러게 말입니다. 자신들의 사정이 어떤지는 뻔히 알 것인데……. 이걸 배짱이 두둑하다고 해야 할지, 아니면 미련하게 자존심만 세운다고 해야 할지."

내가 인상을 찌푸리며 중얼거리니 옆에서 공명이가 말했다.

추위 때문에 얼굴은 창백하기 그지없고, 시뻘겋게 달아오른

코끝엔 콧물이 맺혀 있다. 몸을 바들바들 떨기까지 하는 게 안쓰럽기 그지없는 모습이었다.

"야. 들어가서 있으라니까."

"스승님이 밖에 계시는데 제가 어떻게 혼자 들어가 있어요?"

"몸도 약한 놈이. 자꾸 그렇게 고집부릴래?"

"스승님께서 들어가시면 제자도 들어가겠습니다. 그리고 몸이 약하기로 따진다면 당연히 제가 스승님보다 낫지 않겠습니까? 제가 훨씬 젊다고요. 체력도 좋아서 일도 더 많이 할 수 있잖아요?"

몸도 비리비리한 게 어디에서 체력을 자랑하냐…… 는 생각이 떠오르는 것도 잠시. 나는 공명이의 모습을 살폈다.

"너. 내가 알려준 거 꾸준히 하고 있어?"

"건강 체조요? 아니면 도수 체조?"

"둘 다. 그리고 몇 가지 더 있을 텐데?"

"전부 하고 있죠."

"그러면 이따 조깅이나 한번 할까?"

"이따가요?"

공명이가 의아하다는 얼굴로 날 쳐다본다.

"조깅은 아침에 하는 거잖습니까. 이제 겨우 점심인데 이따가는 저녁이잖아요?"

"응?"

'아니, 이게 갑자기 무슨 소리야?'

황당해서 공명이를 쳐다보는데 녀석이 엄격 진지 근엄한 얼굴로 날 응시하고 있다. 녀석이 흠흠, 목소리를 가다듬고 있었다.

"스승님. 조깅은 건강을 챙기기 위해 아침에 하는, 신성한 의식입니다."

"조깅이?"

"예. 그래서 아침 조를 쓰는 거잖습니까?"

"조가 아침 조면 깅은 뭐 뛸 깅이냐? 이거 한자어 아닌데?"

"어…… 예? 진짜요?"

공명이의 눈이 동그랗게 커진다.

"밤에 하면 뭐 야깅이겠네? 크크크크."

"서, 설마. 이것도 그런 겁니까? 우라나 올인, 몰빵 같은?"

"당연히 그런 거지. 이것도 서역에서 사용하는 말이라고."

"하…… 전 그런 줄도 모르고…… 아이 씨, 뛸 깅이라니."

자기가 생각하기에도 어이가 없다는 듯, 민망함에 얼굴이 빨갛게 되어선 공명이가 중얼거리기 시작했다.

그러던 찰나, 저 멀리에서 깃발 하나 없이 상단의 그것으로 위장해서 남하해 내려오는 일단의 무리가 나타나는 게 시야에 들어왔다.

그걸 지켜보고 있는데 저 멀리에서 후성이가 말을 타고 내쪽으로 달려오고 있었다.

"원소가 오고 있습니다, 장군."

"응. 나도 보고 있다. 병력은?"

"호위엔 맹호대가 나선 것으로 보입니다. 그들과 함께 부장급으로 백 명 정도가 더 붙어 이백 명이고요."

"호위가 이백 명이면…… 이목을 피하기엔 충분하겠군."

하북의 지배자임과 동시에 황제를 손아귀에 쥐고 흔드는 실세 중의 실세라 할 수 있을 원소의 행차다. 그런 원소가 움직이는 데 사람이 고작 이백 명만 따라붙을 것이라 생각하긴 여러모로 어려울 터. 가후 쪽에서도 아마 이걸 예상하진 못했을 거다.

　"준비는 철저하게 다 됐지?"

　"예. 사방 오십 리까지는 전부 정탐병을 풀어뒀습니다. 개미 새끼 한 마리조차 우리 눈을 피하지는 못할 겁니다."

　"잘했다."

　경계도 철저하고, 이쪽의 준비도 깔끔하게 다 끝났겠다……

이제 호구 눈탱이 한번 쳐볼까?

📱

　'와…… 많이 늙기는 늙었구나.'

　옛날에 봤을 땐 정정하기 그지없었다. 저거 도대체 언제 죽나 싶을 정도로.

　근데 지금 원소의 얼굴엔 주름이 가득하다. 머리도 완전 하얗게 변해 있는 게 다 늙은 노인네라고 해도 과언이 아닐 정도.

　"자네도 늙었군."

　내가 그렇게 생각하고 있는데 한참이나 날 쳐다보고 있던 원소가 피식 웃으며 말했다.

　"늙긴 당신이 더 늙었는데 남 말 하긴."

"오랜 악연이었으되, 그 역시 인연은 인연일 터. 만나고 보니 반가운 느낌이 없지는 않구나. 아들을 낳았다면 위문숙 그대와 같은 아들을 낳아야 할 것을…… 쯧."

내 맞은편 자리에 앉은 원소가 의자 등받이에 몸을 기대며 아쉽다는 듯 인상을 찌푸린다.

"나 같은 아들을 낳았으면 댁은 벌써 피를 열 번도 넘게 토하고 황천에 가 있을걸?"

"흐흐흐, 그랬을지도 모르지. 그러나 오늘날 내가, 화북이 이런 꼴이 되어 그대의 앞에 앉는 일은 벌어지지 않았을 터."

입으론 웃고 있으나 얼굴은 더더욱 험악하게 일그러져 간다. 원소가 그 앙상하기 그지없는 손으로 주먹을 움켜쥔 채 한참이나 날 노려보더니 말을 이었다.

"그래서, 내가 뭘 해줘야 하겠나."

"간단해. 저수에게서 대충 어떤 내용의 서류를 작성해야 하는지 얘기는 들었겠지?"

"원하는 내용을 부르게. 한시라도 빨리 그대가 원하는 내용을 적어주고서 돌아갈 것이니."

"당신이 옛날부터 날 흠모했다는 내용인데 이거, 음……."

너무 약한데, 이거?

원소와의 만남을 기다리면서 머릿속으로 그려봤던 내용인데 아무리 봐도 저렇게 했다간 별로 타격이 없을 것 같다. 잘 싸우는 적장을 인간 대 인간으로서 흠모하고, 가벼운 일상에 대한 편지를 주고받는 것 정도는 흔한 게 바로 지금의 시대다.

흠모했다는 건 아무런 흠도 안 되니까 차라리……

"어서 이야기를 하시게. 내가 뭘……."

"본초 형."

"으응?"

원소의 눈매가 가늘어진다. 내가 갑자기 왜 이러는지 모르겠다는, 의아한 표정이 되어가고 있었다.

"기왕 망가지는 거, 제대로 망가집시다. 그래야 나도 안심하고 하북을 돕지."

"제대로 망가지라니?"

"총군사. 어찌 그러시오? 사자를 통해 밝힌 대로만 하시오, 밝힌 대로만!"

원소의 뒤편에서 공손히 두 손을 모은 채 서 있던 저수가 화들짝 놀라서는 말했다. 아니, 이 인간은 내가 뭘 할 줄 알고 벌써부터 저래?

"할 때 확실하게 해놔야 뒤탈이 없지. 그래야 나도 하북에 대해서 걱정하지 않고 편하게 할 거 아냐? 적당히 애매하게 해놨다가 나중에 우리 형님이랑 맹덕 형이랑 동시에 치고 올라가면 그때 가서 누구 탓을 하려고?"

"총군사!"

"괜찮네."

반발하는 저수를 진정시키며 내 쪽으로 시선을 옮겼다.

"편지 한 통으로 하북의 위기를 해결할 수 있다면 그도 나쁘지 않겠지. 이야기해 보게. 어디, 내가 어떻게 망가져야 하겠는가?"

"말하기 전에 하나만 물어봅시다, 본초 형. 내가 본초 형한테 개인적인 감정이 있는 건 아니니까. 이해해 줄 거죠? 이게 다 냉혹한 국제 정치의 현실이자 비극이라고요."

"됐으니까 이야기나 해보시게."

"일단 붓 드시고."

내 말에 따라 원소가 붓을 손에 쥐고, 먹물을 묻힌다. 원소가 당장에라도 받아 적을 것 같은 자세로 날 쳐다보고 있었다.

"나 원소는."

"나, 원소는."

"온후 여포의 종제인 위속을."

"온후, 여포의 종제인…… 위속을."

내가 말하고, 원소가 받아적는다.

잘 적는구만. 명필이야. 암. 이런 문서는 이런 명필이 직접 적어야지.

내가 기분 좋게 웃으며 말을 이었다.

"한 명의 사람으로서 열렬하게."

"한 명의…… 사람으로서…… 열렬하게."

"사랑했다."

"사랑…… 뭣?"

"뭐라고?"

원소가 날 쳐다보며 반문한다. 마치 자신이 잘못 들은 게 아니냐고 확인하려는 것처럼.

그런 원소의 뒤에 서 있는 저수의 얼굴이 벌겋게 달아오르

고 있다. 맹호대원들이 당장에라도 뽑아 들 것처럼 검 손잡이
를 쥔 채, 날 죽일 듯이 노려보고 있었다.

"아니, 장군. 사랑이라뇨?"

"총군사! 꼭 이렇게까지 하셔야겠소이까!"

후성이 황당해서 말하는데 그에 동조하듯 저수가 소리친다.

'와, 얘네들이 진짜 뭘 모르네?'

"사랑이 뭐 어때서? 야, 저수. 남자가 남자 사랑할 수도 있지."

"어찌 우리 주공이 남색을 하신단 말인가! 이 무슨 말도 안
되는……."

"와…… 야, 저수. 우리 본초 형도 사람이다. 사랑하는 사
람 생각하면서 애간장도 녹이고 마음 앓이도 하고 살고 그런
다고."

"개소리하지 마라, 위속!"

"저수 네가 이런 식으로 본초 형 순정을 짓밟으면 마, 그땐
우리 본초 형 망해서 먼저 가는 거야. 본초 형 무덤 들어갈 때
너도 같이 순장조로 들어가게 해줘?"

"아, 아무리 그렇다고 해도!"

"그만."

얼굴이 붉으락푸르락하게 변해가는 저수를 저지하며 원소
가 나지막한 목소리로 말했다.

확실히 군주는 군주인 모양이다. 그냥 말 한마디 하는 거로
저수고 맹호대고 당장에라도 날 향해 달려들 것처럼 굴던 녀
석들이 얌전해진다.

그런 앞에서 원소가 땅이 꺼지라 한숨을 푹 내쉬더니 이를 악물고선 내 눈을 응시했다. 눈빛만으로도 사람을 죽일 수 있다면 분명 이런 눈이겠지만 이젠 너무 익숙해서 감흥도 없다.

내가 심드렁한 얼굴로 그 시선을 받아내고 있으니 원소가 주먹을 움켜쥐고 있었다.

"이렇게…… 이렇게 하면 하북의 안전은 확실하게 보장할 수 있겠나?"

"본초 형. 갑자기 안전 보장이라뇨? 갑자기 너무 날로 먹으려고 드시네. 그냥 이번 한 번만 도와주고 하북 쪽으로 올라가지는 않겠다는 건데 왜 이러실까?"

지적을 당해서인지, 아니면 이 편지로 얻을 대가가 그렇게 크지만은 않다는 판단이 서서인지 원소가 날 노려본다.

"노려본다고 해결되는 거 없고요, 어떻게 할지만 빨리 정합시다. 나 바쁜 사람이요."

"……좋다. 계속해서 불러라. 뭐라고 쓰면 되겠는가?"

원소가 억지로 고개를 끄덕이며 말했다.

"어디까지 했죠? 아, 그래. 사랑했다."

"사랑…… 크윽, 했다."

분이 치밀어 오르는 모양이다. 이를 악물면서도 또박또박, 흔들리지 않고 또박또박 글자를 써 내려가는 원소의 그 모습에 저수가 감정이 북받친 듯 눈물이 흐르려는 걸 억지로 참아내고 있었다.

"이거…… 이거면 되겠는가?"

나를 사랑했다는, 그 문구까지를 억지로 써 내려간 원소가 끓어오르는 분노를 억지로 꾹 내리누르며 말했다.

"겨우 그거로 될 리가. 이제부터가 진짜라고요. 그래야 나한테도 확실한 보험이 되지."

내가 기분 좋게 씩 웃어 보이니 원소가 회한에 가득 찬 얼굴로 하늘을 올려보더니 땅이 꺼지도록 한숨을 푸욱 내쉰다.

📱

"크윽……."

내가 부르는 것들을 모조리 적어넣고 수결을 한 뒤에 무슨 연판장이라도 되는 것처럼 손바닥 도장까지 찍은 원소가 분하다는 듯 이를 악문다.

그런 원소의 옆에서 아예 눈물이 터져 버린 저수는 연신 소매로 눈물을 닦아내는 중이고, 맹호대원들은 계속해서 날 죽일 듯이 노려보고만 있을 뿐이었다.

그리고 우리 쪽, 후성이와 공명이는.

"와…… 이거 진짜."

지금껏 수도 없이 우리를 공격하고, 멸망의 위기로 몰아넣었던 원소를 불쌍하다는 얼굴로 쳐다보고 있었다.

"위속 너무 좋아 볼수록 너무 좋아 꽃보다 아름다운 위속 너무 좋아…… 그대가 나의 남편이었다면 얼마나 좋았을까…… 큽."

원소의 손으로 직접 적은 그 문서를 읽던 공명이가 입술을 깨물고선 웃음을 참고 있다. 후성이 역시 마찬가지.

지금 원소는 세상 모든 것에 대한 번뇌를 벗어던진, 해탈한 고승의 그것과도 같은 얼굴로 날 쳐다보고 있었다.

"이제 되었는가?"

"쿨. 이 정도면 충분하지. 고생했어요, 본초 형."

"그래…… 이 정도면…… 되었군."

자신의 손으로 적은, 문서라는 이름의 날 향한 연애편지 쪽으론 의도적으로 시선을 피하며 원소가 고개를 끄덕인다. 그러면서 원소가 잠깐 사이에 십 년은 늙어버린 얼굴로 자리에서 일어나고 있었다.

"확실하게…… 체결된 것으로 믿겠다. 그대가 지금껏 보여준 모습이라면…… 이런 것을 만들어놓고도 약속을 안 지키지는 않겠지."

"에이, 본초 형. 날 뭘로 보고 그런 말씀을 하시나. 걱정 붙들어 매요. 확실하게 풀코스로다가 모실 테니."

원소가 재차 고개를 끄덕이며 터벅터벅 걸어 저 뒤편에서 맹호대원들이 붙잡고 있는 자신의 말 쪽으로 향한다. 그런 원소가 말에 오름과 동시에 저수가, 맹호대원들이 모두 말에 오르고 있었다.

"약속은 꼭 지키시게, 총군사!"

당장에라도 북쪽을 향해 달려갈 것처럼 굴던 원소가 뭔가 생각났다는 듯 내 쪽으로 시선을 옮기며 소리쳤다.

하, 제대로 해준다니까 저러네.

"알았으니까 걱정하지 말라고요! 참, 그리고 본초 형!"

"왜 그러시는가?"

"형 마음은 잘 알겠는데, 내가 이미 임자가 있는 몸이라……
이해해 줄 거죠?"

"이, 이, 이이이익!"

조금 전까지만 하더라도 해탈한 것처럼 세상사에 달관한 얼
굴을 하고 있던 원소가 시뻘겋게 달아오른 얼굴로 괴성을 내
지르기 시작했다.

"잘 가요! 하북에서 나 말고 좋은 남자 만나시고! 안녕!"

"네놈! 위속 네놈! 네놈을 내 기필코! 크아아아아악!"

"가자. 춥네, 여기. 돌아가서 뜨끈한 국밥이나 한 그릇 해야
겠다."

분에 가득 찬 목소리를 토해내면서도 차마 날 죽이겠다는
말은 못 하는 원소를 뒤로 한 채, 내가 절영에 올랐다.

후성이가 나를, 원소를 번갈아 쳐다보더니 고개를 절레절레
젓고 있었다.

📱

"크흐흐."

기분이 좋다. 청주 쪽에서 전해져 오는 위월이의 보고를 읽
고 있으려니 그냥 웃음이 나올 뿐이다.

그것은 제갈영도 마찬가지인 듯, 내가 건네준 죽간의 내용을 확인하고선 입가에 흐뭇한 미소를 띄워 올리고 있었다.

"위월 장군이 유능하네요."

"옛날부터 지휘력 하나만큼은 확실했거든. 아마 우리 쪽 장수들을 전부 통틀어서 봐도 다섯 손가락 안에 들어갈걸?"

"다섯 명이요?"

"주유가 최고고 유비, 관우, 손책 다음이지. 장료 장군이랑 동급인데 어느 쪽이 더 나을지는 모르겠네."

"상공이 그 정도로 높이 평가하는 장수라면…… 앞으로도 계속해서 중용해야 하겠네요."

"유비 쪽은 우리가 편하게 써먹기가 어렵지만 위월이는 그런 거 없으니까."

공식적으로 유비는 우리의 동맹이고, 비공식적으로는 속국 정도의 느낌이다. 그런 쪽을 후성이나 위월이한테 하듯 명령하면서 부려먹을 순 없는 노릇.

"사실상 우리가 써먹을 수 있는 일선 지휘관 중 최고는 손책, 위월, 장료 정도인 거지. 거기에 육손이랑 위연이 정도도 넣어줄 수 있겠고."

내가 그렇게 말하는데 제갈영이 내 집무실 한쪽에 걸려 있는 중원 전도로 시선을 옮긴다.

말없이 그 지도를 쳐다보길 한참, 제갈영이 자리에서 일어나 아예 지도의 앞쪽으로 걸어가고 있었다.

"상공."

"응?"

"익주는 어떻게 할 생각이에요?"

"익주? 거기는 뭐…… 언제가 됐건 뺏어야 할 곳이지. 익주 안쪽으로 들어가는 관문이나 마찬가지인 강주를 주유가 점령해 놨잖아?"

"강주를 못 뺏었다면 또 모를까, 강주가 주공의 손아귀에 들어와 있으니 우린 원한다면 익주의 그 어떤 방향으로도 공격해 들어갈 수 있어요. 맞죠?"

"그것도 맞는 얘기지."

끝도 험한 산길만이 이어지는 강주까지의 길들과 달리, 일단 강주를 지나고 나면 그럭저럭 중원과 별반 다를 바 없는 평야 지대가 나타난다.

그 평야 지대에서는 어디로든 나아갈 수 있다. 북으로는 한중을 향해 갈 수도 있고, 남으로는 남만으로 나아갈 수도 있다. 물론, 익주의 중심인 성도를 향해 곧장 치고 올라갈 수도 있고.

"이번의 패배로 조조는 최소 이 년, 삼 년은 군을 정비해야 할 거예요. 가후가 아무리 날고 기는 책사라 하더라도 당장에 군을 통솔해 우릴 공격할 수는 없을 테죠. 하북의 항복을 유도하겠다고 지휘하며 이끌고 나갔던 병력은 사실상 오합지졸만 남은 수준이니까."

"그렇겠지."

하후연과 가후를 비롯한 장수진의 이름값, 그리고 끝도 없이 늘어진 공성 병기를 가진 오합지졸일 뿐이다. 그들을 어쩌지 못하는 게 지금 하북의 모습이기도 하고.

하지만 우리 쪽이라면 다르다. 공격하는 건 쉽지 않겠지만 지켜내는 것만으로는 어려울 게 없다. 곧 영천에서 시작될 요새화가 끝나고 나면 더더욱 그렇다. 심지어 후방에서 우릴 괴롭힐 남양조차 이번 전투를 통해 점령한 상태니까.

"그에 앞서 주공이 연주에서만 머물던 시절의 방식으로 이뤄지던 보급 및 동원 체계를 이젠 당당한 국가의 그것이나 마찬가지인 규모가 된 오늘에 맞춰 정비해야 할 거고요."

"그것도 그렇기는 하지. 익주를 점령하고 나면 좀 낫겠지만 거기에서 전투가 이어질 땐 보급이 무지막지하게 이어져야 할 테니."

주유가 십만 대군을 이끌고 강주를 공격하던 때 소모한 보급품의 총량이 나와 형님이 이끌던 십삼만 병력의 두 배에 이른다고 했다. 보급선이 길어지는 만큼, 보급을 위해 움직이는 병력이 먹어야 할 것도 계산해야 하니까 그만큼 소모되는 군량이 기하급수적으로 늘어나는 것일 터. 좀 더 확실하고, 명확하게 체계를 정비하긴 해야 할 거다.

내가 그렇게 생각하고 있을 때, 밖에서 우리 쪽으로 다가오는 발소리가 들려왔다. 지금 시간에 여기로 올 만한 건 공명이 하나밖에 없다.

뭔가 보고해야 할 소식이 있는 건가?

"때가 왔어요, 성공."

"응? 때라니?"

"그거요. 전에 말씀드렸던."

때라는 건…… 아, 그건가.

내가 씩 웃으니 제갈영의 입가에도 미소가 피어올랐다.

그러는 사이, 문이 열리며 공명이가 그 모습을 드러냈다. 기분 좋게 휘파람까지 불어가며 성큼성큼 내 집무실로 들어오던 녀석이 나를, 제갈영을 번갈아 쳐다보며 고개를 갸웃거리고 있었다.

"뭐지? 이 싸늘한 기운은."

"싸늘하다고? 여기가? 엄청 따듯한데?"

"뭔가 어둠의 다크스러운 포스가 일렁이는데…… 전풍이나 주유 장군이 이런 느낌이었던 건가?"

"동생아. 자꾸 헛소리할래?"

무슨 심각한 문제라도 있는 것처럼 인상을 찌푸리고 있는 공명이를 향해 제갈영이 말했다.

"옙. 죄송합니다. 아, 뭔가 느낌이 좀 싸하긴 했는데 그래도."

계속해서 중얼거리던 녀석이 품속에서 죽간을 꺼내 내게로 내밀었다.

"남양 쪽에서 올라온 보고입니다. 남양군의 박망현에서 조조군의 군수 창고를 발견했다고 하네요. 화살 약 십만 대를 비롯해 적지 않은 수의 갑옷과 창칼이 있었답니다."

"그런 걸 거기에다가 놨었어?"

"가후가 준비한 기만책 중 하나였던 것 같습니다. 화살이 십만 대면 숫자만 많아 보이지, 실제로 전투에 들어가면 순삭되는 분량이잖아요."

"뭐, 그렇기는 하지."

일반적으로 병력이 십만 명이라고 하면 그중 일만 명 정도는 궁병으로 구성되게 마련이다. 그 병력이 화살을 열 번만 쏘면 그대로 다 없어지는 게 십만 대이고.

"얼마 안 되는 분량이긴 해도 없으면 아쉬우니 애들 시켜서 옮겨놓으라고 하겠습니다."

"응야. 그래라."

화살이야 뭐, 어차피 소모품이니까 많으면 많을수록 좋지. 갑옷이나 창칼도 마찬가지고.

"근데 누님. 요즘 따라 자주 뵙습니다?"

"자주 만나면 안 되는 거니?"

"다른 곳에서 뵙는 거야 상관없는데 여기에서 뵙는 건 좀. 여인의 몸으로 정무에 관련하시는 건 좀 아니잖아요? 동건이 먹을 거나 챙겨주시지."

"와, 큰일 날 소리 하네. 야, 공명아. 시대가 어느 땐데 아직도 그런 편견에 가득 찬 소리를 해?"

"예? 아니, 여인이 가사를 돌보고 가족을 돌보는 건 당연한 일이잖습니까? 그러니까 누님도 얼른 가서 동건이랑 탄이나 좀 봐주시라니까요."

"밥이야 우리 집 집사가 해주면 되는 거고, 다 큰 아이들을 언제까지 따라다니면서 챙겨주라는 거니?"

"아니, 집에서 할 일이 뭐 밥하는 것밖에 없어요? 누님도 여인이시니 여인답게 정원도 돌보고 자수나 뜨면서 옷이나 만들면 좋잖아요."

"그러니?"

제갈영이 환하게 웃으며 반문한다. 제갈영이 주먹을 움켜쥐고 있는 걸 발견한 공명이가 흠칫하며 어색하게 웃고 있었다.

"하, 하하…… 누님. 악의가 있는 건 아닙니다. 아시죠?"

"알지. 알다마다."

제갈영의 미소가 한층 더 진해진다. 와…… 저건 진짜 화났을 때나 보이는 얼굴인데.

제갈영의 저 미소가 의미하는 걸 모를 리 없는 공명이가 어색하게 웃기 시작했다. 녀석의 이마에서 식은땀이 방울방울 맺히고 있었다.

원래 이렇게까지 말하는 녀석은 아니었는데. 요즘 후달리긴 하는 모양이다.

제갈영이 총군사부에 나타나고, 군무에 손을 댄다는 건 결국 상당한 능력을 지닌 책사가 하나 더 나타나게 된다는 이야기. 그러면 책사진은 사실상 포화 상태가 되는 셈이니 남는 인력은 내정으로 옮겨질 수밖에 없다. 죽간이 끝도 없이 밀려드는 그 서류 지옥으로.

공명이는 그걸 걱정해서 제갈영을 경계하는 거겠지. 하여간, 눈치는 빨라가지고.

"하, 하하. 누님. 제가 악의를 가지고 말하는 게 아닌 건 알죠?"

"알지. 그래서 이 누님이 네게 줄 선물을 준비했단다. 네 스승님과 함께."

"선물요?"

"네가 치킨을 좋아하잖아. 이번에 네 스승님하고 직접 새로운 버전으로 준비해 봤어."

"오, 진짭니까? 신메뉴에요?"

"먹어보면 아주 기절할 거다. 간장치킨이라고 엄청 맛있는 거거든. 일단 먹어보면 입안에서 양념 밴 치느님이 사르르 녹는 마법을 느끼게 될 거야."

제갈영에 이어 내가 말하니 공명이의 눈이 동그랗게 커진다. 생각하는 것만으로도 입맛이 다신다는 얼굴로 녀석이 날 쳐다보고 있었다.

"이야, 진짜. 절 이렇게 챙겨주는 건 스승님하고 누님밖에 없는 것 같습니다."

"그럼, 인마. 당연히 챙겨줘야지. 앞으로 네가 해야 할 일이 얼만데."

"일이요? 갑자기요?"

"가자. 일단 가면서 얘기하자고."

공명이와 어깨동무를 하고서 총군사부를 나서 바로 앞에 대기시켜 놓았던 마차에 올라탔다.

공명이가 설렘 가득한 얼굴로 마차 한쪽에 앉아 멍하니 허공을 응시하고 있었다. 간장 치킨을 상상하고 있는 것일 터. 그 모습을 지켜보고 있노라니 아주 살짝, 양심의 가책이 느껴진다.

'못난 스승이라 미안하드아아아아아!'

"음……."

그렇게 움직이길 잠시, 공명이가 이상하다는 듯 고개를 갸웃거린다. 녀석이 제갈영과 내 눈치를 살피고 있었다.

"왜 그래?"

"아니…… 조금 이상해서 말입니다. 총군사부에서 스승님 댁으로 갈 땐 다리를 하나 건너지 않았어요? 벌써 한참을 왔는데도 다리 건너는 느낌이 없어서요."

"오늘은 다른 길로 가려는 모양이지."

"하필이면 오늘요?"

내가 어깨를 으쓱이니 공명이의 눈매가 가늘어진다. 이제 상황이 이상하다는 걸 알아차린 것인지 녀석이 조심스레 굳게 닫혀 있던 마차의 나무로 된 창문을 들어 올린다.

그리고 그 창문 사이로 펼쳐지는 광경이라는 것은.

덜컹- 덜컹-

수레였다.

수백 개나 되는 죽간을 실은 채 속속들이 주차장으로 차곡차곡 모여들고 있다. 그런 수레들 주변에서 말단 관리 몇몇과 함께 인부들이 쉴 새 없이 움직이고 있었다.

"어…… 어어?"

그 모습을 목격한 공명이가 고개를 갸웃거린다. 지금의 상황이 이해가 되질 않는다는 것처럼.

마침 주차장에 도착한 것인지, 마차가 멈춰서는 게 느껴졌다.

마부가 객실 쪽의 문을 열어주며 편하게 내릴 수 있도록 계단까지 걸어주고 있는데.

"여기…… 좀 낯이 익은데."

혼란스러워하는 얼굴로 공명이가 중얼거리며 마차에서 내린다.

그 뒤를 따라 내가 제갈영과 함께 마차에서 내렸을 때, 우리는 볼 수 있었다. 저 멀리에서 우리가 도착했다는 소식에 정신없이 달려오는 관리들의 모습을.

그리고 그 모습을 지켜보면서 망연자실한 얼굴이 되어 나를, 제갈영을 번갈아 쳐다보는 공명이의 그것까지.

"스, 스승님. 우리…… 치킨 먹으러 간다고 했잖아요, 예?"

"어…… 그랬었지."

"치킨은 안에 준비해 놨단다, 동생아."

"아니, 누님!"

제갈영의 목소리에 조금 전까지만 해도 멍하기만 하던 공명이의 얼굴이 벌겋게 달아오르기 시작했다. 움켜쥔 공명이의 주먹이 부들부들 떨린다.

그런 녀석이 이제는 하늘 높이 솟아오른 태수부의 전각을, 그 아래에서 쉴 새 없이 움직이는 수많은 관리의 모습을 쳐다보고 있었다.

"아니이이! 나는 치킨 먹자고 해서 온 건데 왜 우리가 태수부로 온 거냐고요! 왜! 여긴 죽간 지옥이잖아요, 죽간 지옥!"

흥분해서는 소리치는 녀석을 향해 제갈영이 성큼성큼 다가

간다. 그 모습에 공명이가 흠칫거리며 뒷걸음질 치더니 이내 정신을 차린 듯 어디 해명이나 해보라는 것처럼 제갈영을 쳐 다보고 있었다.

"공명아. 남자라면 누구나 다 한 번씩은 해야 하는 게 있단다."

"해야 하는 거라뇨?"

"지옥을 겪고, 그 수라장을 헤쳐 나오는 거지. 강한 남자가 되어서 돌아오는 거야."

"음음. 맞는 말이지. 강한 남자가 되어서 돌아와라, 공명."

"오오, 마왕이시여!"

내가 공명이한테 그렇게 말하는데 저 옆에서 익숙한 목소리 가 들려왔다.

하북에 사신으로 갔다가 돌아왔던 육적이 척 보기에도 음 산한 기운을 뿜어내고 있는 관리들과 함께 이쪽을 향해 다가 오고 있었다.

그런 관리들 중엔.

"으흐흐흐. 총군사…… 참으로 오랜만에 뵙는구려."

처음 형님 휘하로 들어왔을 때의 그 모습은 떠올릴 수조차 없을 정도로 역변해 버린 사마랑과 최염이 포함되어 있었다.

"하, 하하…… 사마 선생. 그리고 최 선생. 오랜만에 뵙습니다."

"참으로 오랜만이질 않소? 우리가 이 지옥에서 그대가 오기 를 목이 빠져라 기다리고 있었다오. 아니 그런가?"

"흐흐흐흐. 참으로 그러하였지."

사마랑의 목소리에 최염이 음산한 미소를 흘리며 고개를

끄덕인다.

뭐지? 이거 상황이 좀 이상하게 돌아가는 것 같은데?

멘탈이 완전히 박살 나서 멍하니 서 있는 공명이와 내 주변을 최염과 사마랑, 육적을 비롯한 관리들이 에워싸고 있다. 조금 전까지만 해도 내 옆에 서 있던 제갈영은 이미 저만치 멀리 떨어져 있는 중인데 이거 완전…….

"잠깐. 잠깐만요. 이거 뭔가 좀 얘기가 이상하게 돌아가는 것 같은데."

"뭐가 이상하단 말이오?"

"행정 업무에 새로 투입되는 건 공명이 하납니다. 아시잖아요? 공문으로 이미 들어갔을 텐데?"

"그럴 것 같소이까?"

"……예?"

사악하기 그지없는 미소를 입가에 가득히 지어 보이며 사마랑이 육적을 향해 고갯짓한다. 육적이 소매에서 죽간 하나를 꺼내더니 그걸 활짝 펼치고 있었다.

"이건 주공이 마왕께 보내신 명령서입니다."

"형님이? 나한테? 갑자기?"

"새롭게 시작될 업무로 행정청의 관리들이 몹시 힘들어한다는 이야기를 들었다. 십만지적 문숙에게 명하니 제자들과 함께 행정청의 모든 업무를 제압하고 이겨서 돌아오라."

육적이 그렇게 말하며 내게로 죽간을 내밀었다.

죽간에는 육적이 방금 이야기한 것과 같은 내용이 적혀 있었다. 한 치도 다른 게 없다.

그렇다는 건…….

"시발?"

"뭣들 하시는가! 총군사와 공명 선생을 뫼시지 않고!"

"예!"

"잠깐, 잠깐만!"

"흐흐흐흐. 가시죠, 스승님."

내가 당황해서 소리치는데 공명이가 내 팔을 덥석 붙잡는다.

"가세나, 총군사."

"가십시다."

그 뒤를 이어 사마랑과 최염이, 육적을 비롯한 관리들이 날 붙들기 시작했다.

"아니, 잠깐만! 이건 아니지이이!"

"마왕님의 행차시다! 길을 열어라!"

열 명도 넘는 사람들이 내게로 달라붙어 날 들어 올리고 있다. 무슨 식인종들이 먹잇감으로 사냥한 사람을 들쳐 업고 가기라도 하는 것처럼.

나 진짜로 이렇게 끌려가는 거야? 행정청으로 끝도 없이 밀려드는 죽간 뭉치 속에서 지내야 한다는 말인가?

진짜로? 레알?

하늘이 참 푸르다. 공명이가 이런 느낌이었을까?

"으하하하, 군사의 복수는 십 년이 걸려도 늦지 않는다는 말이 참으로 그럴듯하구나!"

신이 나서 외치는 육적의 목소리에 몸에서 힘이 빠진다.

목을 축 늘어뜨리며 주변의 이 죽간 좀비들을 쳐다보고 있는데 문득 저 멀리에 서 있는 제갈영의 모습이 시야에 들어왔다.

제갈영이 웃고 있다. 당황한 기색도 없다.

뭐야! 그렇다는 건……. 이 모든 일의 흑막은 제갈영이라는 건가?

이 여편네를 진짜…… 아오!

📱

죽을 것 같다. 죽간을 읽고, 의견을 적고, 결제 여부를 알리는 가(可)와 부(不)를 적는 것만 계속하다 보니 이제는 손까지 후들거릴 지경이다.

"하……."

이 상태로 벌써 며칠이 지났는데도 내 앞에 산더미처럼 쌓여 있는 죽간은 도무지 줄어들 생각을 않는다.

나와 함께 앉아 있는 사마랑과 최염, 공명이가 끊임없이 죽간을 확인하고 자신들의 선에서 처리할 것은 처리하며 내가 봐야 할 것을 따로 분류해 넘겨 오고 있음에도 그러했다.

"진짜 여기가 지옥이구나."

"그러니까 인력이나 좀 충원해 주시죠. 죽겠다니까요?"

혼자 중얼거리는데 육적이 내게로 다가와 죽간 더미를 내려놓으며 말했다.

한숨이 저절로 나온다.

"나도 충원이야 해주고 싶지. 맨날 사람 갈아 넣는다고 마왕이라고 불리는 거 누가 모르나. 더 챙겨 올 인원이 없으니 못하는 거지."

"안 되면 되게 하는 것이 총군사님이 하셔야 할 역할 아닙니까?"

"아, 예…… 그렇죠. 제가 죄인입죠."

이 시대의 능력자란 능력자는 죄다 우리 쪽에서 일하고 있는 것 같기는 한데 왜 이렇게 인력이 모자란 건지 모르겠다. 이것도 무릉도원에서 한번 봐야지, 진짜.

연주와 예주, 형주, 양주에 서주까지 모든 지역에서 관리들이 동원돼 정말 영혼까지 탈탈 갈아 넣으며 일하고 있기는 하지만 괴물이 어딘가에 잠들어 있을지도 모른다. 매일 매일의 할당량을 간단하게 처리해 버린 채, 완벽하기 그지없을 워라밸을 즐기고 있을 그 괴물들을 데려다가 갈아 넣어야지.

갈갈갈.

슥- 슥-

저기에서 쉼 없이 붓을 놀리며 죽간을 처리하고 있는 공명이처럼.

내가 그렇게 생각하고 있는데 육적이 조금 전에 내려놓은 것 말고도 또 다른 죽간 더미를 내 앞에 가져다 놓기 시작했다.

"아니, 야. 방금 내려놨잖아. 이것들까지 다 내가 처리하라고?"

"이건 처리하셔야 할 것들이고요, 이건 확인하셔야 할 것들입니다. 익주의 조조군이 어디에 얼마나 있는지, 아군 첩보망을 통해 확인한 정보들을 모두 정리해서 모아둔 거니까요."

"하…… 이거 다 보고 나면 아침일 것 같은데."

"제갈 부인과 함께 천하 통일의 과업을 완수하기 위해 모든 것을 걸고 나아가겠다고 약조하셨잖습니까? 그러면 이 정돈하셔야죠. 하루 안 자는 거로는 안 죽는다고요."

"야. 네가 그걸 어떻게 알아? 내가 나이가 몇인데. 너희 이거 노인 학대다?"

"총군사님보다 더 높은 연배에 계신 분들도 바쁘실 땐 며칠 밤낮으로 일하십니다. 보이시죠?"

육적의 손이 백발이 성성한 노인들을 향한다.

못해도 나보다 열 살은 더 많아 보이는 사람들이다. 그들이 눈을 게슴츠레하게 떠서 죽간을 살피고, 붓을 들어 글을 적어 넣고 있었다.

진짜 할 말 없게 만드네.

"우리 육적이 육손이를 닮아서 옛날에는 순딩순딩 하더니…… 어느새 악마가 다 됐어."

"훌륭한 교보재가 바로 제 앞에 있잖습니까? 앞으로도 많이 배우겠습니다, 총군사."

그러면서 포권까지 하는 녀석의 모습에 나도 모르게 한숨이 나온다.

"그래서, 이건 정확한 정보야?"

"세상일이 모두 그렇듯 완벽하다고 할 수는 없을 테지요. 하나 익주 정벌을 위해 그쪽 방면의 첩보망을 최대치로 가동시켜 마련한 정보이니 어느 정도의 신뢰성은 기대하실 수 있을 겁니다."

"네가 그렇다면 그런 거겠지. 이거 내 방으로 좀 옮겨줘. 따로 조용한 곳에서 봐야겠다."

"그러시겠습니까?"

육적이가 고개를 끄덕이더니 말단 관리들을 불러 죽간들을 옮기기 시작했다.

어지간하면 여기, 내 자리에서 확인하고 싶지만 지금은 도저히 그렇게 할 체력이 안 된다. 피곤해서 미쳐 버리겠는데 뭘 확인해, 확인하긴.

"내일까지는 꼭 확인해서 오셔야 합니다."

"알아, 알아."

내일모레면 공명이랑 주유, 진궁에 육손, 제갈영까지 형님 아래에서 머리깨나 쓴다는 사람은 전부 모여 작전 회의에 들어갈 테니까. 다른 사람들도 지금쯤 육적이 내게 가지고 왔던 익주의 정탐 결과를 받아보고 있을 거다. 공명이도 당장 맡은 업무가 끝나고 나면 그걸 살펴보겠지.

"후아…… 역시 빽빽하구만."

가장 앞쪽에 있는, 익주의 요새들에 관한 문서를 확인하는 것만으로도 한숨이 절로 나온다.

아니, 아무리 익주가 천하에서 지형이 가장 험한 곳이라고 해도 그렇지 무슨 요새가 이렇게 많아? 인구가 얼마 안 되는 익주 남부는 그렇다 치더라도, 그 중심이라 할 수 있을 성도로

가는 길에는 온통 크고 작은 요새투성이다.

지들이 무슨 테란도 아니고 이런 식으로 우주 방어를 시도하네?

"익주에 주둔하고 있는 병력은 얼추 십만이고…… 여차하면 장안 쪽에서 내려올 병력도 십만은 있는 데다 수틀리면 한중에서 남양으로 이어지는 물길 따라 폭탄 드랍도 가능할 거고…… 아이고, 두야."

그냥 하나하나 살펴보는 것만으로도 머리가 지끈지끈 아파진다. 진류에서 한 번 대패를 당했다고는 하지만 가후와 순욱, 사마의로 이어지는 책사 라인은 건재한 데다 재편성이 제대로 이뤄지지 않았어도 군을 움직일 수는 있을 테니까.

상황이 어려운 만큼, 최소의 투자로 최대의 성과를 낼 방법을 찾아야 하는데 머리가 빠개질 것 같다. 거기에 지금은 눈꺼풀이 천근만근 무겁기까지 한 상태.

"으."

도저히 안 되겠다.

죽간을 대충 집어 던지고, 야근하다가 잠깐씩 누워 쉴 용도로 가져다 놨던 침상으로 가서 누웠다.

일반적인 상황에서라면 무슨 수를 써서라도 오늘 중으로 이 내용을 확인하고, 계책을 꾸려야겠지만…….

"흐흐흐."

다행스럽게도 오늘은 그래야 할 필요가 없다.

저 멀리, 창밖 너머 하늘 한가운데에 보름달이 떠올라 있다. 자세한 것, 봐야 하는 건 무릉도원으로 들어가서 보면 장땡이지.

"어디, 한숨 자볼까."

쏴아아아아-

꿈속에 들어오며 느끼는 이 바람 소리가 이제는 마음의 고향에 돌아온 것처럼, 편안하기 그지없다. 피로도 한 번에 사르르 녹아내리는 것 같고.

상쾌하기만 한 느낌으로 몸을 일으키며 머리맡에 놓여 있는 핸드폰을 꺼내 들었다.

"흠. 지금이 21세기면 핸드폰이 바뀌어도 벌써 열댓 번은 더 바뀌었을 텐데……."

이십 년 전에 봤던 그 모델이 아직도 그대로 머리맡에 놓여 있다. 이 꿈속이 다 좋기는 한데, 이게 좀 아쉽단 말이지.

"뭐, 어쩔 수 없나."

중요한 건 새로운 기종으로 핸드폰이 바뀌느냐 마느냐의 문제가 아니니까.

익주 정벌에 대한 자료를 찾아야 한다. 조조군이 정확히 어디에 얼마나 주둔하고 있었는지, 장군들은 어땠는지, 실제 역사 속에서 내가 어떻게 움직였으며 그에 대한 대응은 어땠는지 등등등.

일단은 키워드를…….

"뭐, 뭐야?"

키워드를 넣어서 검색하려던 찰나, 자유 게시판에 올라와 있는 글 하나가 내 시선을 사로잡는다.

"충격, 위속은 사실 여자였다? 이게 무슨 헛소리야, 또."

어이가 없어서 바로 삼국지 토론 게시판에 들어가려는데 이번엔 더 황당한 제목이 시야에 들어왔다.

'중국 사대 미인 위속/서시/달기/양귀비 중 최고는 역시 위속이죠', '여포의_애첩_위속이_조조랑_외도했던_이유.TXT', '아ㅅㅂ 여포로 플레이 중이었는데 위속 조조하고 바람 남——' 같은…… 쓰발.

'이거 설마, 그건가?'

나는 가슴에 날아와 꽂히는 싸함을 느끼며 글 하나를 클릭했다.

〈삼국장군전 14PK에서 위속 여자 패치 나온 거 ㄹㅇ개꿀이네욬ㅋㅋㅋㅋㅋㅋ 일러스트도 위속이 초선보다 더 이쁨ㅋㅋㅋㅋㅋ 매력도 초선은 99인데 위속 101ㅋㅋㅋㅋㅋㅋㅋㅋㅋ〉

└부천무릉도사: 일러보면 내가 원소라도 위속한테 반할 듯…… ㅎㅎㅎ 싸움 잘하지 책략 미쳤지 예쁘고 동안이기까지…….

└등선이체고야: 파계했어도 일단 등선했으면 늙어도 잘 안 늙으니 와이프 삼긴 체고. 거기다 예쁘고 능력까지 좋으면 ㅗㅜㅑ

└천도복숭아샵니다: 간간이 이어지던 위속 여자 썰에 이렇게 종지부가 찍히나욬ㅋㅋㅋㅋㅋㅋㅋㅋㅋㅋ

272 엎어키운 여포 7

└등선고시14년차: 위속이 여자가 아니면 원소가 그런 문서를 남길 리가 없슴. 열렬히 사랑했다고 문서까지 남겨놨는데 이건 백퍼임.

└꽃집신선위속: ㅋㅋㅋㅋㅋ 중국 역사상 최고의 명장 20위에는 항상 무조건 들어가는 위속이 여자가 되다닠ㅋㅋㅋㅋㅋㅋㅋ

└불꽃책사가후: 하, 내가 자유 게시판에는 댓글 잘 안 다는데 갑자기 어이가 없네. 위속이 최고 명장 20위?? 말이 되는 소리를 좀 하시져??

└부천무릉도사: 위속이…… 욕먹을 수도 있지…… 그래도 유능한 건 확실한 사람인데 이게 왜? 말이 안 되는 소리요?

└불꽃책사가후: 모르면 검색 ㄱ

└꽃집신선위속: ??? 혼자 있으면 초반에 개망했을 여포 목덜미 붙잡고 혼자 하드 캐리해서 중국에서 제일 쎈 나라 만든 게 위속인데 왜 안 됨?

└부천무릉도사: 위속은…… 평생 적보다 병력이 많은 상태에서 싸운 적이 없었다. 그래도 진 적이 거의 없고…… 온갖 기발한 계책을 자유자재로 사용하는 책략의 신이었는데 한신도 위속한테는 안 됨.

└누런하늘(글쓴이): 한신 받고 항우, 백기, 악비 같은 애들도 위속한테는 안 됨 위속이랑 싸웠다간 전부 똥쟁이행임;;

└등선이체고야: ㅋㅋㅋㅋㅋㅋㅋㅋㅋ 곤륜이나 금오도 감찰반 신선들도 위속이 활개 치는 거 못 막고 똥쟁이됐을 듯ㅋㅋㅋㅋㅋㅋㅋㅋㅋㅋㅋ

└곤륜감찰선2214기: 현직 감찰선입니다. 그런 썰이 전해져 내려오긴 해욬ㅋㅋㅋㅋㅋㅋㅋㅋㅋㅋㅋㅋㅋㅋㅋ

└금오광법감찰맨: 어 우리도 그런데…… 곤륜에서도 그랬어요?;; 위속 진짜…… 절대 마주치고 싶지 않은 파계선이네욤; 역사에서만 봤던 똥쟁이가 내가 될 수도 있다닠;;;

뭔 소리들을 하는 건지 모르겠다. 감찰선이 왜 나오고, 파계선이 왜 나와?

원소가 우릴 배신하지 못하게 만들려고 날 사랑했다는 식의 편지를 받아낸 게 있으니 위속 여자 썰은 뭐, 이해가 된다. 그래도 내가 파계선이라는 건 진짜…….

이것도 따지고 보면 원소 쪽 애들 때문인 거니 거길 찰지게 때려야 할 것 같다.

"하, 차라리 신선이나 되면 억울하지나 않지."

필요할 때마다 도술 뿅뿅 써가면서 바람 불러오고, 무슨 게임하는 것처럼 메테오 스킬 뻥뻥 써대고.

매번 자유 게시판에서 떠드는 것들을 보니 이것들, 진짜 신선이거나 뭐 그런 것 같기는 한데…….

"도무지 이해가 안 된단 말이야."

아니면 내가 나중에 진짜로 신선이 되기라도 하나? 불로불사에, 뭐 손만 뻗으면 파이어 볼이 뿜뿜 나오고 이런 거?

"흐흐……."

판타지 영화 속 주인공처럼 막 하늘도 날아다니고 그러면 재미있긴 하겠다. 그래도 이게 지금 당장에 중요한 건 아니니까…… 자료나 찾아봐야지.

어쨌든 중요한 건 익주를 정벌하기 위한 정보를 얻는 것이니까. 일단 키워드로는 위속, 익주, 정벌, 가후 정도로 놓고서 검색을 하면…….

'위속-가후 삼국지 최고의 책사를 가려보자', '위속은_왜_아미산에_올랐나?', '위속의_익주_정벌이_성공인_EU', '익주 정벌은 과연 최선이었나?'같은 제목들이 표시되어 있는데…….

"어째 이것도 느낌이 싸하네."

지금까지 이런 제목으로 올라온 글들을 봤을 땐 결과가 좋지 않았다. 아무래도 익주 쪽으로 쳐들어갔다가 패배를 하게 됐던 모양인데.

"후……."

심호흡 한 번 하고, 마음의 준비도 하고서 글을 클릭했다.

〈위속이 진짜 절치부심하고서 익주로 쳐들어갔는데…… 이게 결과가 별로 안 좋았죠. 중간에 위속이 미친 듯이 활약해서 적당히 판정승 정도는 될 결과로 끝났는데 자료를 보면 볼수록 이거 가후가 함정으로 파놨던 거에 위속이 들어간 느낌…… 님들은 어케 생각하심??〉

└탑게이원소: 경국지색은 함정에서도 멈추지 않아 BOY⚣

└돌돌허저: ?? 그거 위속이 함정인 거 알면서도 들어간 거로 익스큐즈 된 거 아니었나요?

└저격수여포: 익주 점령 자체는 실패했어도 조조 쪽 힘은 완전히 쭉 빼놓은 걸로 평가받는 게 익주 정벌일 텐데…… 조빠들 위속 까는 거 또 쿨타임 돌았나?

└킹왕저수지: 조조 힘 빼놓겠다고 들어가서 여포도 힘 쭉 빠졌죠? 남쪽에서 맹획이 올라오는 건 예상도 못 하고 있다가 갑자기 툭 튀어나와서 부랴부랴 대응했던 게 익주 정벌전 아님?

└사마똥중달: 우금이 성도에서 버티는 동안 가후가 한중 쪽에서 내려오고 맹획이 아래에서 올라오고 삼면으로 포위당해서 위속이 똥 쟁이될 뻔했던 게 익주 정벌전인데 위빠들이 이걸?

└대군사위속: ㅋㅋ 설령 함정이라 치더라도 40만 vs 20만으로 붙었다가 개털려서 성도 아래쪽으로는 싹 다 털린 게 익주 정벌전인데 쯔빠들 가후빠들 애잔하다 애잔햌ㅋㅋㅋㅋ 똥쟁이들 정신 승리 오지죠??

└순욱순두부: 익주 공방전 전까지는 위속이 혼자 삼국 통일할 것처럼 날뛰다가 이거 이후로 힘 싹 빠져서 조조 쪽이 못해도 30년은 시간을 벌어서 진짜 우주 방어의 진수를 보여줬는데 이게 승리가 아니면??? 위빠들 노양심 ㅇㅈ? ㅇㅇㅈ~

"허……."

우리가 익주를 공격하고 있을 때 맹획이 올라온다고? 걔는 중원 쪽으론 아무런 관심도 없이 남만에서 왕 노릇을 하는 거에 푹 빠져 있다고 분석되는 중이었는데. 하…… 정보가 잘못됐던 건가?

눈이 떠졌다.

잠들기 전까지만 해도 물먹은 솜처럼 무겁던 몸뚱이가 이제는 깃털처럼 가볍게 느껴지고 있었다.

"맹획이라…… 맹획."

무릉도원에서 봤던, 맹획에 대한 정보들이 머릿속에서 차곡차곡 쌓여 정리되는 느낌이다.

　　내가 그것들을 하나하나 곱씹으며 다시 한번 되뇌고 있을 때, 밖에서 후성이가 모습을 드러냈다.

　　집무실에서 잠들었다가 깨어난 내 모습을 보고서 후성이가 한숨을 푹 내쉬고 있었다.

　　"아니, 장군. 이제 나이도 있으신 분이 이런 데서 주무시면 어떻게 합니까? 입 돌아간다고요?"

　　"내가 후성이 너처럼 늙은 줄 알아? 아직도 팔팔한데 입 돌아가긴 무슨."

　　"거울 좀 보십쇼. 장군도 머리카락이 슬슬 파뿌리라고요."

　　"몸만 젊으면 장땡이지, 머리카락 하얀 게 뭐 어때서?"

　　"하여간…… 주공도 그렇고 장군도 그렇고 몸 험하게 쓰시는 건 가족력인가 봅니다. 뜨거운 물이랑 아침 식사를 내어 올 테니 조금만 기다리십쇼."

　　"됐어. 배 안 고프다. 그보다 공명이는? 다들 회의실에 모여 있나?"

　　"외당에 모여서 벌써 갑론을박을 벌이시는 중입니다."

　　"그럼 바로 그쪽으로 가야겠다."

　　어디를 어떻게 정벌할지에 따라 군을 얼마나 동원할지, 장수는 누굴 움직일 것이며, 보급을 어떻게 할지가 결정된다. 한시라도 빨리 방향을 틀어야 백지로 돌아갈 계획도 적어지고, 우리가 처리해야 할 그 끔찍한 죽간의 숫자도 줄어들 터.

내가 그렇게 생각하며 외당에 도착했을 때, 시끄럽게 떠드는 책사들의 목소리가 들려왔다.

"그러니까 제일 먼저 성도를 공격해서 무너뜨려야 합니다. 온갖 식량이며 병장기며 보급품까지 전부 성도에 몰려 있을 테니 단번에 그곳을 들이쳐서 점령하면 나머지를 제압하는 건 간단하다니까요?"

"성도는 익주 최대의 도시일세. 수도 없이 많은 백성들이 성도에서 거주하는 만큼, 되도록 성도를 직접적으로 공격하는 일은 피해야 하네. 민심을 잃을 수도 있는 일이 아니겠는가."

"익주 백성의 민심을 얻기 위해 빠른 길을 돌아가다 보면 아군 병사들의 희생만 더 커질 겁니다. 우리 병사들은 백성도 아닙니까? 전 공명 사형의 말씀이 맞는 듯싶습니다."

"차라리 회전으로 적들을 유도하고, 대패시켜서 파도처럼 몰아붙이는 게 나을 거요. 적들의 사기가 바닥을 기도록 만든다면 아군의 피해도, 익주 백성의 피해도 생각했던 것만큼 많이 나오지는 않겠지."

공명이에 이어 진궁, 육손, 주유의 목소리가 차례대로 들려온다. 벌써 의논을 시작해도 한참 전에 시작한 느낌이다. 내가 그렇게 늦게 일어난 건가?

"아, 오셨습니까? 스승님."

"총군사."

그렇게 생각하며 내가 외당에서 모습을 드러냈을 때, 공명이와 진궁을 비롯한 이들이 자리에서 일어나며 날 맞이했다.

"스승님. 제 이야기 좀 들어보십쇼. 지금 익주를 어떻게 정벌해야 할지를 의논하고 있었는데……."

"공명아."

"예?"

"익주 정벌은 취소다."

"그거야 당연히 취소를…… 예에?"

당연하다는 듯이 내 말에 동의하려던 공명이의 눈동자가 동그랗게 커진다. 진궁과 주유, 육손을 비롯해 외당에서 나누는 이야기를 듣고만 있던 제갈영까지 이해가 되질 않는다는 얼굴로 날 쳐다보고 있었다.

"아니, 총군사. 익주를 정벌하는 건 벌써 한참 전부터 정해져 있던 것이 아니오?"

"맞아요, 상공. 지금은 익주를 정벌하는 것이 대전략상으로는……."

"익주를 정벌하기 전에 쳐야 할 곳이 있어. 남만을 친다. 익주는 그다음이야."

"남만을 먼저 친다뇨?"

제일 먼저 제갈영의 목소리가 들려왔다. 그런 그녀의 옆에서 공명이가 의아하다는 듯 날 쳐다본다. 육손과 진궁 역시 마찬가지.

이 상황에서 무표정한 얼굴로 내 말이 이어지길 기다리는 건 오직 한 명, 주유일 뿐이었다.

"스승님께서 오시기 전까지 계속 저희끼리 의논해 보고 있었는데 가후가 의도하는 건 아무리 생각해 봐도 하납니다."

"하나?"

"예. 아군의 익주 침공으로 전쟁이 길어지도록 유도하며 천리도 넘는 거리의 보급으로 국고가 바닥나도록 하는 것요."

"국고라⋯⋯."

아주 틀린 말은 아닌 것 같다.

내가 그렇게 생각하며 중얼거리는데 공명이에 이어 이번엔 제갈영이 말했다.

"상공. 연이은 전쟁으로 국력의 소모가 커진 시점이에요. 남만을 공격하려면 결국 그 중심이라 할 수 있을 건녕, 공도, 운남, 영창까지 밀고 내려가야 한다는 것인데 그곳까지의 거리는 강주에서부터 잰다고 해도 이천 리가 넘어요."

"형주의 남군에서부터 시작한다고 하면 삼천 리나 됩니다. 보급만 삼천 리예요, 보급만. 천 리 길을 따라 움직이며 보급하는 것에도 수만의 장정과 오만 마리에 가까운 소가 필요한데 삼천 리면⋯⋯ 결코 감당할 수 없을 수준입니다."

"육손아. 그걸 감당하기 위해서 지금껏 행정 체계를 좀 더 정교하게 가다듬고, 보급을 위한 방안들을 연구했던 거잖아?"

"익주를 공격하기 위한, 이천 리 길에 알맞을 방안을 연구했던 거죠, 스승님. 삼천 리 길은 아니라고요."

"이 사람이 보기에 지금 총군사의 말씀은 딱 가후가 듣고 싶어 할 이야기이외다. 삼천 리나 되는 길의 보급선을 유지하는 건 국고를 텅 비게 만들고, 나아가 어쩔 수 없이 백성을 수탈하게 만드는 일이 될 수밖에 없소."

이제는 진궁까지 나서며 반대하고 있다.

확실히 이 시대에서 삼천 리나 되는 보급로를 유지하는 건 어려운 일일 거다. 말도 안 되는 일이지. 삼천 리면 약 1,200㎞의 거리다. 서울에서 부산까지 갔다가 다시 돌아오고 나서도 다시 한번을 더 내려가야 채울 수 있는 거리니까.

그런 거리를, 내가 한국에서 살던 때처럼 뻥 뚫린 고속도로를 따라 달리는 것도 아니고 드높고 험준한 산 사이로 난 길을 따라 우마차에 짐을 잔뜩 싣고서 움직여야 한다.

백 리를 움직이는 것만으로도 힘든데 삼천 리를 움직이며 끝도 없이 적게는 십만에서 많게는 이십만 이상의 병사들이 필요로 하는 식량과 물자를 나른다? 미친 짓이라는 말이 절로 나올 판이다.

확실히 그렇기는 하지.

"연주와 예주를 방어하기 위한 최소한의 병력을 남겨둔 채, 나머지 병력을 모두 끌어모아 단번에 익주를 점령하는 것만이 최선이외다. 지금으로선 그 이외의 방법은 없다고 단언할 수 있소."

"저도 공대 선생과 같은 생각입니다. 익주만 점령한다면 조조에게 남는 건 사예주와 옹주, 량주가 전부입니다. 지난번의 대패로 가후가 제대로 된 군을 움직일 수가 없는 이 기회를 틈타 익주를 공략해서 빼앗는 것이 최선이에요."

"그러니까 공명이 네 말은 병력을 한 삼십만쯤 동원해서 단번에 익주를 점령해 버리자는 거냐?"

"예. 일말의 여지라도 있으면 가후는 그 부분을 물고 늘어지면서 우리가 국고를 탕진하고, 외부로 군사력을 투사할 여력을 없애 버릴 테니까요. 아시잖습니까? 스승님도. 최악의 경우엔 원소처럼 십 년 정도는 아무것도 못 하고 내부를 정비하는 것에만 온 힘을 쏟아야 할 수도 있어요."

진궁에 이어 말하던 공명이가 외당 한쪽에서 고이 말아두었던 죽간을 들고 오더니 내게 내밀었다.

"이게 뭐야?"

"누가 연주와 예주를 지키고, 누가 익주 정벌에 참여하는 게 좋을지 저희끼리 의논해서 의견을 모아봤습니다."

"흠."

죽간을 펼쳐서 보니 딱 예상했던 그대로다.

공명이와 진궁이 각각 고순, 장료 등과 함께 연주와 예주에 남아서 낙양에 주둔하고 있는 조조군을 견제하고 나머지는 모두 익주에 몰빵이다.

말 그대로 모든 전력을 익주에 쏟아부어 전쟁이 길어질 기미조차 주지 않으며 단시간 내에 모든 것을 끝내 버리겠다는 발상이 그대로 드러나는 배치다.

무릉도원에서 내가 봤던, 그 전과가 가능하게 했던 것이 바로 이러한 배치의 힘이었겠지.

"연주와 예주도 예전부터 계속해서 우주 방어 테크 트리를 타왔던 만큼 쉽게 공격해서 점령하기 어렵다는 걸 조조랑 가후도 알고 있을 겁니다. 그러니 일단 익주가 뚫릴 것 같은 모양새가 만들어지고 나면 자기들 본진이 털리는 걸 걱정해서 방어에만 주력하게 될 거고요."

"뭐, 정석대로라면 네가 말한 대로 반응하겠지. 가후도 거기까진 예상했을 거다. 그에 대한 대처 방안도 함께 만들었을 거고."

"……그러니까, 상공은 가후의 대처 방안이 남만에 관련된 것이라는 건가요?"

가만히 앉아서 내 이야기를 듣고, 생각에 잠겨 있던 제갈영이 말했다.

"응. 가후 쪽에 비장의 한 수가 있는 게 아니라면 어떻게 보든 우리 쪽이 유리해질 수밖에 없는 싸움이야. 하지만 그 가후가, 필요하면 동맹이고 나발이고 전부 버리며 써먹을 인간이 그 비장의 한 수를 만들어두지 않을 리가 없잖아."

"요새를 지어 방어를 용이하게 하고, 전쟁을 장기화시켜 국력을 쇠하게 하는 거 말고 또 비장의 한 수를 만들었다고 하면…… 와, 진짜로?"

그런 제갈영의 옆에서 머릿속으로 생각을 정리하며 중얼거리던 공명이의 눈매가 가늘어진다.

제갈영과 육손, 진궁 역시 마찬가지. 발상의 전환을 이룰 계기를 만들어준 것만으로도 다들 머리를 팽팽 회전시키며 가후가 노리고 있을 비장의 한 수가 무엇인지를 추리해 내고 있다.

똑똑한 사람들이라 그런지 굳이 설명할 필요조차 없다. 확실히, 이런 쪽에서는 편하구만.

"남만을 먼저 정벌해야 한다면…… 결국은 가후가 남만 쪽으로도 마수를 뻗쳤다는 이야기가 되는 건데. 아니, 남만의 대호족은 현재의 상태에 만족하는 보신주의자들 아니었습니까?"

그렇게 아주 약간의 시간이 더 지났을 때, 육손이가 이해가 안 된다는 듯 반문했다.

"맹획과 옹개, 고정 등은 서로를 믿지 못하고 경계하며 물과 기름처럼 섞이지 않는 소인배들이라는 정보가 있었잖습니까."

"그 소인배들이 뭉칠 수 있을 이익을 제공한 것이겠지. 아니 그렇소이까? 총군사."

지금껏 아무런 말도 없이 가만히 앉아 있기만 할 뿐이었던 주유가 입을 열며 날 응시한다. 마치 자신은 뭔가를 알고 있다는 것 같은 얼굴이었다.

"내가 강주에서 공성전을 지휘하고 있을 때, 기묘한 소문을 들었던 적이 있소. 조비가 극소수의 수행원만을 이끌고 은밀히 남만을 향해 나아가고 있다는."

"조, 조비라고요? 조조가 후계자로 점찍어놓은 그 조비?"

"소문에서는 확실히 조비를 지목하고 있었네."

"아니, 주유 장군. 그렇게 중요한 일을 지금까지 보고도 안 하고 혼자서만 알고 계셨다는 겁니까?"

"헛소문이라 생각했을 뿐일세. 전장에 나가 적들의 동태를 살피다 보면 온갖 거짓 정보들이 흘러들어 오게 마련이니. 하나 지금 총군사의 이야기를 들어보니 헛소문이 아니었던 모양이군."

〈조조가 조비 보내서 맹획이랑 그쪽 애들한테 여포 때려잡고 나면 성도-강주 라인 남쪽으로는 전부 다 주겠다고 약속해서 애들 눈 돌아갔었잖음ㅋㅋㅋㅋ〉

무릉도원의 댓글을 보고 안 내용인데 이게 아직 이 시점에서는 전혀 알려지지 않은 이야기였던 모양이다.

조조 쪽에서도 보안을 최우선으로 하며 은밀하게, 사람들의 눈에 띄지 않을 규모로 사신단을 파견했던 모양이니.

"총군사…… 만약 남만이 이미 조조의 손아귀에 떨어진 것이나 마찬가지의 상황이라면 굳이 그곳을 정벌할 이유가 있겠소이까? 차라리 다른 방안을 찾아보는 것이 어떻겠소?"

내가 그렇게 생각하고 있는데 외당 한쪽에서 익주 지역의 지도를 살펴보고 있던 진궁의 목소리가 들려왔다.

"남만을 패스하자고요?"

"조금 전에도 이야기했듯 보급선이 너무 기오. 싸워서 이기지 못할 리는 없겠으나 보급이 힘드오. 게다가 익주는 바람의 흐름이 변화무쌍하여 물길을 이용하기도 어렵지 않소이까."

"제가 그 물길을 해결할 방법을 찾았다면, 그래서 보급을 편하게 할 방법이 있다면 어떻겠습니까?"

"남만까지는 물길을 이용한들, 처음부터 끝까지 강을 거슬러 올라가는 방법밖엔 없소. 그런데도…… 가능할 것이란 이야기요?"

"예."

"전적으로 군선을 통한 보급이 가능하다면…… 부담이 아주 없지는 않겠으나 확실히 여러모로 나아지긴 하겠지."

"총군사. 장강 하류는 강폭이 넓길 바다와 같으니 역풍을 이용한 항행도 힘들기는 하겠으나 어느 정도까진 가능할 것이오. 하나 상류는 폭이 매우 좁소. 그러한 항행은 불가능하오."

반쯤은 이해했다는 듯 중얼거리는 진궁에 이어 주유가 말했다.

"기존의 기술로는 불가능하지."

"……그렇게 이야기한다는 건 뭔가 새로운 것이라도 고안해냈다는 것이오?"

"오늘을 위해 고안해 둔 게 있지."

"흠?"

"자세한 건 닷새 뒤에 만나서 다시 이야기하지. 그때 제대로 보여주도록 할 테니."

"총군사가 그렇게 이야기한다면야……."

주유가 고개를 끄덕인다. 뭔가 좀 내키질 않는다는 얼굴이지만 어쩔 수 없다. 마음에 안 들면 자기가 총군사 해야지 뭐.

본격적인 회의가 이틀 뒤로 연기된 직후, 나는 곧장 말을 몰아 수춘성 밖의 강가로 향했다. 남양에서 시작해 황해로 흘러

가는 비수라는 이름의 강이다.

하류로 내려가면 내려갈수록 강폭이 넓어지는 건 장강과 같지만 적어도 수춘 근처에서만큼은 장강 상류의 그것처럼 폭이 좁고, 물살이 나름 꽤 강한 편이다.

가만히 강가에 앉아서 물길에 발을 담그고 있으면 강물의 흐름이 선명하게 느껴질 정도니까.

"총군사. 여기에 계셨소이까?"

강물을 응시하며 잠시 고민하고 있는데 주유의 목소리가 들려왔다. 녀석이 중년인 열 명쯤을 대동한 채 내 쪽으로 다가오고 있었다.

하나같이 체격이 좋은 사람들이다. 어깨도 쩍 벌어진 채 근육이 우락부락하고, 얼굴도 험상궂고…… 이거 완전?

"뭐야, 주유. 너 설마…… 나 혼자 밖에 나와 있다고 담그려고 그러는 거냐?"

"무슨 헛소리를 하시는 거요? 내가 무슨 육백언도 아니고. 총군사를 어찌 무위로 이긴단 말이외까."

"그렇지? 담그려고 온 건 아니지?"

"도움이나 줘볼까 하고 온 거요, 도움이나."

"응? 네가 날 돕는다고?"

이게 갑자기 무슨 꿍꿍이지? 맨날 나한테 골탕만 먹어서 뿔이 오를 대로 올라 있는 놈이 날 돕는다니?

"오해하지 마시오. 난 총군사가 낙담하는 모습을 보기 위해 돕겠다는 거니까. 강폭이 이리도 좁은 곳에서 역풍을 뚫고 강을 거슬러 올라간다니…… 그게 말이나 되는 소리외까?"

"아, 그런 거였어?"

"혹여 시연을 보였을 때, 총군사가 제대로 된 뱃사람과 조선공이 없어 완벽한 준비를 갖추지 못했다는 이야기를 할까 내 엄선한 장인들이외다. 이들의 도움을 받으시오."

"야, 주유. 사람들을 소개해 주는 건 고마운데 내가 언제 핑계를 댔다고 그래? 애초에 실패한 적 자체가 없잖아?"

내가 그렇게 말하니 주유의 입가에 씨익 미소가 피어오른다.

와, 웃어?

"걱정하지 마시오. 이번엔 실패하게 될 테니. 심혈을 기울여 총군사를 도와주시게."

"예, 장군."

장인들이 주유를 향해 포권하며 고개를 숙인다.

하, 진짜 어이가 없네.

"진짜로 확신하는 모양이네?"

"그대는 실패할 것이오. 강남에서 태어나 평생을 뱃사람으로 살아온 만큼, 역풍을 뚫고 좁은 강물을 거슬러 올라가는 게 실패할 것이라 확신할 수 있지."

"아, 그래? 그럼 내기할까?"

"호, 호호호."

주유가 갑자기 웃음을 터뜨린다.

와씨. 뭐야, 이거. 웃음을 잃은 주유가 갑자기 웃어?

"내 그 제안을 기다리고 기다리며 또 기다렸소이다. 좋소.

그대의 제안을 받아들이지. 그대가 이긴다면 내 그대가 지시하는 일은 모두 하리라."

"그러면 너도 내가 이기면 내가 시키는 대로 다 하겠다는 거냐?"

"당연히."

"좋았어. 닷새 뒤에 보자고."

의기양양해져선 성 쪽으로 돌아가는 주유의 뒷모습을 응시하는데 나도 모르게 입꼬리가 씩 올라간다.

흐흐. 생각지도 못한 개이득인데?

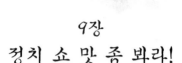

9장
정치 쇼 맛 좀 봐라!

"흐, 흐흐흐."

이 정도면 되겠지?

사 일을 거의 잠도 못 자고 작업에만 매달렸던 것 같다. 정말 기절할 것처럼 피곤한 걸 억지로 버텨내며 열 명의 장인들과 함께 작업한 결과물이 지금 내 눈앞에서 그 웅장한 자태를 뽐내고 있었다.

세로돛이다. 판옥선을 연상케 하는 커다란 군선의 위에 직삼각형 모양의 세로돛 세 개가 나란히 달려 있었다.

"이거…… 총군사님께서 말씀하신 대로 만들긴 했습니다만 배가 제대로 움직일지 모르겠습니다."

"어허, 배라니. 붕붕호라니까?"

"예에, 붕붕호 말입죠. 저래가지곤 바람을 제대로 탈 수가 없을 터인데…… 괜찮으시겠습니까?"

"양 사장. 확신을 가지라고. 순풍에서라면 또 모르는 거지만 역풍에선 저게 확실하게 가로돛보다 빨라."

〈가로돛이 아니라 세로돛만 썼어도 역풍에 강 거슬러 올라가면서 보급하는 게 수월했을 텐데 전부 가로돛이라 보급 때문에 위속이 개고생했죠ㅎ 세로돛이면 배로 편하게 일주일이면 갈 거리를 마차 끌어가면서 한 달 동안ㅋㅋ〉

〈ㅇㄱㄹㅇ…… 위속이 세로돛만 만들었어도 보급 때문에 빌빌거리다가 익주 남부만 간신히 먹고 눌러앉지는 않았을 텐데 개아쉽……〉

무릉도원에서 확실하게 지적됐었다. 누군가 친절하게 세로돛이 역풍에서 어떻게 움직이는지 그 원리가 담긴 동영상까지 같이 올려주기까지 했고.

이제 남은 건 저 세로돛 전함을 이용해 내가 알고 있는 것들을 현실에서 이 장인들에게 전수하는 일뿐이다. 그다음부터는 세로돛으로 움직이는 배를 잔뜩 만들고, 우리 쪽 수군에게 세로돛으로 역풍을 뚫고 나아가는 방법만 가르치면 되는 거지.

"흐흐…… 좋구만."

익주 끝자락, 남만까지 올라가면서도 배로 보급을 이을 수 있으니 보급선이 길어지는 것 때문에 골머리를 썩일 일도 없다.

끝도 없이 밀려드는 죽간의 파도 속에서 조금이라도 깔끔하고 효율적인 보급 계획을 짜보겠다며 이미 육상 보급으로는 그

효율의 현실적인 한계치에 부딪힌 계획을 수정하겠다고 개고생할 필요도 없고.

만족스럽다.

"역시, 이게 과학의 힘이지."

"오, 문숙!"

내가 기분 좋게 붕붕호의 그 자태를 감상하고 있는데 형님의 목소리가 들려왔다. 형님이 후성이, 그리고 병사들 몇 명과 함께 이쪽으로 달려오고 있었다.

"형님?"

"사냥하러 갔다가 사슴을 몇 마리 잡아 왔거든. 아직 밥 안 먹었지?"

"어…… 네. 안 먹었죠."

"같이 먹자. 얘들아, 준비 좀 해줘."

"예, 주공!"

뭔가 하고 봤더니 병사들이 끌고 오는 수레에 갓 잡은 사슴이 몇 마리나 실려 있다.

자연스럽게 내 옆으로 온 형님과 후성이가 바닥에 털썩 주저앉는 동안, 병사들이 자연스럽게 사슴 고기를 손질하며 불을 피우고 있었다.

"아침부터 어딜 가시나 했더니, 사냥하러 가신 거였어요?"

"다들 바쁘게 지내니까 맛있는 거나 좀 해 먹으려고 다녀왔지. 문숙 너도 고생했잖아? 먹어, 먹어. 먹는 게 남는 거야. 너희들도 같이 먹고."

"가, 감사합니다, 주공!"

장인들이 어쩔 줄을 몰라 하며 형님을 향해 포권한다. 형님이 흐뭇하게 웃으며 고개를 끄덕이고 있다.

그리고 그런 형님의 옆에서 후성이가 살짝 넋이 나간 얼굴을 하고 있었다.

"뭐야. 놀러 갔다 왔으면서 후성이 너는 얼굴이 왜 그래?"

"예? 하, 하하…… 아닙니다. 오랜만에 땀도 쭉 빼고, 사냥도 하고 오니까 기분이 좋아서요. 예…… 기분이 너무 좋죠."

후성이의 목소리가 기어들어 간다.

안 물어봐도 알 것 같다. 내가 저 마음 잘 알지. 딱 봐도 형님이랑 같이 아침 훈련 나갔다가 사냥까지 하러 끌려갔던 모양.

환갑이 가까워지는 나이임에도 어지간한 장정 정도는 찜 쪄 먹고도 남을 체력을 유지하고 있는 형님에게 함께 훈련을 빙자한 구타도 당해, 사냥까지 끌려가…… 내가 저 입장이었어도 넋이 나갔을 거다.

'불쌍한 녀석…… 너 이 자식 파이팅이다.'

내가 마음속으로 녀석을 응원하고 있는데 갑자기 형님의 시선이 내 쪽으로 옮겨졌다. 형님이 갑자기 내 어깨에 팔을 올리며 씩 웃고 있었다.

뭐지. 또 싸늘한데.

"문숙. 요 근처 산에서 호랑이가 나온다는데 조만간 그거나 잡으러 한번 같이 가볼까?"

"아, 형님. 힘들어 죽겠는데 무슨 호랑이 사냥이에요?"

"백성들이 무서워하잖냐, 백성들이."

"그냥 병사들 보내요, 형님. 우리 나이가 몇 갠데 그런 걸 직접 하고 다녀요?"

"우리 나이가 뭐 어때서? 나 아직도 이팔청춘인데? 기운 넘쳐."

"형님은 넘쳐도 저는 힘들다고요. 형님이 일거리들 전부 때려잡고 이겨서 돌아오라고 명령하신 것 때문에 잠도 못 자고 벌써 며칠째 여기에서 이러고 있는데 어떻게 사냥을 다녀요?"

"흠, 그래? 일거리를 다른 애들한테 넘겨줘야 하나?"

"이제 와서요?"

"좀 그런가?"

"아니, 일 처리할 거 이제 다 끝나가는데……."

"그럼 패스하지 뭐."

"하, 하하……."

형님 말씀하시는 걸 보니 내가 요청했으면 그냥 바로 일거리 다 남들한테 넘겨줬을 것 같다.

하……. 그냥 처음부터 얘기할 걸 그랬나? 괜히 생고생한 거야?

갑자기 현자타임이 밀려온다.

허무하다. 에이 씨…….

"오, 드디어 완성한 것이오?"

활활 타오르는 불꽃 위에서 노릇노릇 익어가는 사슴 고기를 쳐다보고 있는데 저 멀리서 주유의 목소리가 들려왔다. 녀석이 병사 몇 명과 함께 말을 몰아 내 쪽으로 다가오고 있었다.

"오늘이 바로 총군사가 틀렸다는 걸 증명할 수 있는 날이구려. 흐흐흐."

"야, 주유. 우리 문숙이가 무조건 맞지. 벌써 몇 번이나 당해 놓고 또 그런 소리를 하냐?"

"아, 주공께서도 계셨습니까?"

형님을 못 봤던 건가? 주유가 황급히 말에서 뛰어내리며 형님을 향해 포권하고 있다.

그 모습을 지켜보던 형님이 나를, 주유를 번갈아 쳐다보고 있었다.

"어. 근데 뭘 증명해?"

"그게 말입니다, 주공. 저거 보이십니까?"

주유의 손가락이 붕붕호를 향한다.

"저게 왜?"

"총군사께서 새로이 고안한 돛이 달린 뱁니다. 총군사께서는 저 모자란 모양의 돛을 단 배가 역풍에서 더 빨리 움직일 수 있다고 주장하고 계시지요."

"야. 문숙이 고안한 거면 당연히 맞는 얘기겠지. 공근이가 아직도 우리 문숙이를 모르네?"

"아니, 주공. 보십시오. 바람의 힘을 받으려면 무조건 면적이 더 크고, 바람을 흘려보내지 않고 잘 부풀어 오르는 모양이 되어야 합니다. 그런데 저건."

"아닌데? 내가 보기엔 무조건 저게 더 빠를 것 같은데?"

"아니……."

주유의 얼굴이 벌겋게 달아오르기 시작했다. 아무런 논리도 없이 그냥 내가 한 거니까 더 빠를 거라고 주장하는 형님의 모습에 답답해서 미치려고 하는 얼굴이었다.

"하…… 좋습니다. 어차피 승부는 곧 갈릴 터."

"스승니이이이임!"

주유가 막 그렇게 이야기했을 때, 저 멀리에서 손권이의 목소리가 들려오기 시작했다. 그런 손권이의 주변으로 공명이와 진궁, 육손이에 손책이까지 죄다 말을 몰아 달려오고 있었다.

"뭐야. 쟤들은 또 왜 와?"

"내가 불렀소이다, 총군사. 군량 수송에 관련된 일이니 저들도 봐두어야 앞으로 원활하게 일 처리를 할 수 있지 않겠소이까?"

안 봐도 뻔하다. 사람들 잔뜩 모아놓고 그 앞에서 쪽팔리게 만들겠다 이거겠지.

"좋아. 나는 우리 문숙이가 맞다는 것에 건다. 문숙이가 맞다고 생각하는 녀석들은 내 쪽으로 와라!"

"좋습니다, 주공. 총군사가 틀렸다고 생각하는 이들은 내 쪽으로 오시오!"

그러거나 말거나 재미있는 놀잇감이 생겼다는 듯 이야기하는 형님의 주변으로 손권이와 후성이가 다가오기 시작했다. 주유의 주변으로는 공명과 진궁, 육손이가 모여들고 있었다.

"뭐야. 공명이랑 육손, 너희는 장군의 제자잖아?"

그 모습을 지켜보던 후성이가 의아하다는 듯 말했다.

공명이가, 육손이가 붕붕호를 힐끔 쳐다보더니 고개를 절레 절레 젓고 있었다.

"제가 진짜 어지간하면 스승님이 말씀하시는 건 다 믿으려 는 입장인데요, 이건 진짜 아닙니다. 돛이 저런 모양이면 바람 이 다 빠져나가서 속도가 안 나요."

"육손. 너도 공명과 같은 생각이었어?"

"가슴은 스승님이 맞다고 이야기하는데 머리는 공근 장군 이 맞다고 이야기하네요. 이건 진짜 어쩔 수 없습니다. 대계가 걸린 일 아닙니까?"

"내가 보기엔 저게 더 빠를 것 같은데?"

"으응?"

내 옆에서 가만히 붕붕호에 달린 돛을 살펴보던 손권이가 말했다. 주유가 황당하다는 얼굴로 그런 손권이를 쳐다보고 있었다.

"중모. 네 녀석도 강남에서 나고 자랐으니 바람에 대해서는 누구보다도 잘 알 터다. 그런데도 그런 말이 나온단 말이냐?"

"저게 더 빠를 것 같은데 그럼 무슨 말을 해요, 공근 형님."

"하…… 좋다. 너도 내기 하나 하겠느냐?"

"오, 내기를 해?"

형님이 눈을 반짝인다.

어째 이거, 일이 더 재미있게 돌아가는 것 같은데?

"그래, 좋다. 이게 군량 싣는 배라고 했지? 만약 문숙 쪽이 더 느리면 이 배에 군량을 싣는 건 내가 하지."

"주, 주공?"

"뭐 어때서? 이기면 좋고, 아니면 체력 단련하는 셈 치지 뭐."

형님이 씩 웃으며 주유를 쳐다본다. 너는 여기에서 뭘 더 걸 것이냐는 듯.

주유가 이를 악물고선 붕붕호 옆에 댄 자신의 군함을 쳐다보더니 소리쳤다.

"좋습니다! 주공의 말씀대로 총군사의 배가 더 빠르다면 이쪽 배에 군량을 나르는 건 제가 하지요."

"음. 이거 우리가 무조건 이기는 판이니 나도 뭐 하나 건져야겠는데?"

그런 주유의 옆에서 손권이와 마찬가지로 붕붕호를 주의 깊게 쳐다보던 손책이 말했다.

"이거 역풍에서 강까지 거슬러 올라가는 거면 절대 앞으로 못 나갑니다. 배가 앞으로 나가면 제가 그냥 강에 뛰어내리죠. 만약 앞으로 안 가면 앞으로 제가 맡아야 할 군무는 전부 총군사님께서 맡으시는 거로. 괜찮겠죠?"

"하, 공근 형님도 그렇고 백부 형님도 그렇고 우리 스승님을 너무 무시하시는 거 아니에요?"

"무시하는 게 아니라 정말로 배가 안 나갈 것 같으니 이러는 거 아니냐. 손권이 너도 안 늦었어. 그냥 이쪽으로 오지 그래? 너도 요즘에 일할 게 너무 많다며? 한 몫 챙기지?"

"전 형님처럼 그렇게 일거리 줄이려고 수 안 쓸 거거든요? 만약 형님 말씀대로 스승님의 배가 안 움직이면 제가 갑옷 입고 강에 뛰어들게요. 대신 움직이면 형님도 갑옷 입은 채로 뛰어드셔야 해요. 괜찮죠?"

"흐흐흐. 오랜만에 물에 빠진 생쥐 꼴을 보겠군. 좋다. 받고 더 해서 갑옷을 입은 채로 저 건너편의 나루터까지 헤엄쳐 가지. 중모 너도 받을 거지?"

"당연하죠."

"어…… 저기, 애들아?"

일이 갑자기 막 커지는 것 같은데?

손권이는 자기가 무시당한 것처럼 분해하면서 손책과 주유를 노려보고 있고, 그 녀석들은 한탕할 기회를 얻기라도 한 것처럼 기분 좋게 날 쳐다보는 중이다.

형님은 형님대로 재미있는 구경거리가 생겼다는 듯 좋아하고 육손이랑 공명, 진궁은 자기들 나름대로 내가 틀렸다는 걸 지적할 상황이 됐다고 편하지만은 않은 얼굴을 하는 중이고.

난 그냥 주유한테 골탕이나 조금 먹이고 말려고 했는데……. 혼란하다, 혼란해.

📱

이거…… 일이 어쩌다가 이렇게까지 된 거지?

"이야, 이거 좋구만?"

붕붕호에 올라탄 형님이 선수 부분에 서서는 주변을 두리번거린다. 마치 물놀이라도 나온 것처럼.

손권이는 세로돛을 이리저리 살피며 자신이 추측한 게 맞았다는 듯 고개를 끄덕거리는 중이고.

저 앞에 있는, 붕붕호와 경주를 벌일 배에선 주유와 손책이 자신들의 승리를 확신하며 의기양양한 얼굴로 날 쳐다보고 있었다.

"약속은 약속이외다, 총군사! 약속 꼭 지키시오!"

"남들한테 군무를 넘기시면 안 됩니다? 꼭 총군사께서 직접 처리하셔야 해요?"

"형님들이나 각오해 두시죠! 직접 군량을 나르고, 갑옷 입은 채로 뛰어내려서 나루터까지 헤엄쳐 가셔야 됩니다? 보이시죠? 저 벌써 갑옷 입고 있는 거?"

"오냐! 나도 입고 있으니 걱정하지 마라. 흐흐, 물에 빠져서 힘들면 얘기하고. 형이 바로 구하러 들어가마."

"그럴 일은 없을 건데…… 뭐 일단은 알겠습니다."

그렇게 말하며 손권이가 날 쳐다본다. 무조건 내가 이길 것이라 확신한다는 것처럼.

에이, 모르겠다. 마침 바람도 역풍이겠다, 그냥 빨리 해버려야지.

"양 사장. 시작합시다."

"예, 알겠습니다요!"

내가 이야기함과 함께 붕붕호와 주유 쪽 배에서 선원들이 분주히 움직인다. 신호만 나오면 곧장 배가 떠내려가지 않도록 고정하는 홋줄을 풀어버릴 수 있을 정도까지 되었을 때.

"출발하시오!"

부둣가에서 있던 공명이의 목소리가 터져 나옴과 동시에 양 측 선원들이 홋줄을 풀고, 돛을 움직이며 바람을 받아내기 시 작했다. 그리고.

"오, 움직인다!"

잔뜩 신이 난 손권이의 목소리가 들려왔다.

세로돛이 정면에서 불어오는 바람을 옆으로 비껴낸다. 붕붕 호의 선수가 강 물살을 가로지르며 슬금슬금 앞을 향해 나아 가고 있었다.

"어, 어어? 움직인다?"

"뭐, 뭐야!"

동시에 손책과 주유 쪽에서 당황한 목소리가 터져 나왔다. 거북이가 기어가듯 꿈틀거리기만 하는 녀석들의 배 앞으로 붕 붕호가 쑥쑥 치고 나오고 있다.

그런 와중에서 손권이가 씩 웃으며 두 사람을 쳐다보더니 손가락을 들어 강물을 가리키고 있었다.

손책의 시선이 강물을 향한다. 그러고선 다시 손권이를, 자 신이 입고 있는 갑옷으로 향하더니 얼굴이 새빨갛게 달아오 르고 있었다.

"아, 진짜. 손권아."

"뭐야. 강동의 호랑이가 설마 한 입으로 두말하는 건가?"

"하…… 이거 이러면 나가린데."

"안 뛰어요?"

"뛴다, 뛰어! 뛸 거라고!"

손책이 짜증 가득한 목소리로 외치더니 한숨을 푹 내쉬고 선 배 옆쪽으로 걸어간다. 그런 녀석이 망설임 가득한 얼굴에 간절하기 그지없는 눈으로 날 쳐다보고 있었다.

"총군사님. 제가 진짜 존경하는 거 아시죠? 이 손백부는 사실 오래전부터 천하제일의…… 아니지, 고금제일 책사가 바로 우리 총군사님이라고 믿어 의심치 않았습니다! 그러니까…… 저 안 뛰면 안 될까요? 예?"

"손책아."

"예!"

"내가 처리해야 할 서류 작업, 다 네가 하는 거로. 콜?"

"초, 총군사님께서 하셔야 할 작업이면……."

"죽간 스무 수레쯤?"

"으……."

손책이가 강물을, 날 다시 또 번갈아 쳐다보더니 눈을 질끈 감은 채 말했다.

"하겠습니다! 한다고요!"

"오케이. 주유, 넌?"

조금 전까지만 해도 득의양양한 얼굴로 날 쳐다보던 주유의 얼굴이 손책의 그것만큼이나 시뻘겋게 달아오르기 시작했다.

녀석이 이를 악문 채, 하늘을 향해 고개를 들어 올린다. 그리고 그와 함께.

"아오오오오오오오, 진짜!"

분노로 가득 찬 괴성이 터져 나왔다.

움켜쥔 주유의 주먹이 부들부들 떨리고 있었다.

📱

"ㅎㅎㅎ."

기분이 좋다. 그냥 막 웃음이 나온다.

아침 출근길이 이렇게 즐거운 거였나? 매일같이 날 기다리고 있을 산더미처럼 쌓인 죽간을 더 이상 안 봐도 생각하니 그냥 막 발걸음이 가볍다. 얼른 내 집무실로 가서 죽간 따위는 없는, 평온하고도 안락한 근무 시간을 보내고 싶다는 생각마저 들 정도다.

"스승님! 좋은 아침입니다!"

내가 그렇게 행정청에 들어서는데 저 옆에서 손권이의 목소리가 들려왔다. 육적이와 함께 서 있던 녀석이 날 발견하고선 내 쪽으로 다가오고 있었다.

"아침이 참으로 상쾌한 것 같습니다, 총군사님."

어째 기분이 좋은 건 나 하나뿐만이 아닌 것 같다. 손권이 옆에서 육적이까지 싱글벙글 웃고 있다.

고개를 돌려서 보니 행정청으로 들어가고 있는 관료들 대부분 기분이 좋은 듯, 얼굴이 하나같이 밝기만 했다.

"뭐지. 아직 일거리가 많아서 다들 불행해야 할 시기 아닌가? 왜들 저렇게 행복해하고 있어?"

"일거리가 줄어들었잖아요, 스승님. 세로돛의 성능이 증명 됐으니 보급 계획도 간단해졌고, 필요한 물자도 양이 줄어들었 고요. 앞으로도 보름은 더 고생해야 할 줄 알았는데 며칠 만 에 다 끝나 버렸다니까요?"

"전부?"

"예, 전부."

"당분간은 한가하게 지낼 수 있을 겁니다. 애초에 가장 번거 로운 것이 바로 원정군의 보급을 어찌할지 계획을 세우고, 물 자를 확보하는 일이었으니까요."

육적이가 그렇게 말하는데 저 멀리서 익숙하기만 한 모습들 이 나타나 내 쪽으로 다가오기 시작했다. 주유와 손책이다. 녀 석들이 상쾌하기 그지없는 얼굴을 하고 있었다.

"총군사님."

"총군사."

"어, 그래. 일 다 끝났다면서?"

"총군사의 배려에 감사드리오."

"으응?"

배려를 해줬다고? 주유한테? 내가?

"내기에서 진 일로 한 달은 족히 고생할 줄 알았는데 일거리 가 이틀도 채 지나지 않아 끝나더구려. 참으로 만족스러웠소 이다."

"배려에 감사드립니다, 총군사."

주유의 옆에서 손책이까지 그렇게 말하는데 갑자기 짜증이

팍 치솟는다. 아니, 고생이나 좀 하라고 일을 시킨 건데 그걸 저렇게 일찍 끝냈다고? 말이 돼?

"아오."

그렇다고 이제 와서 또다시 뭘 더 시킬 수도 없고.

억울한 마음을 꾹 참아 내리누르며 발걸음을 옮겼다. 내가 더 살펴봐야 할 죽간은 없지만, 의논해야 할 일은 있으니까.

"오셨소이까."

행정청 옆에 바로 맞닿아 있는 수춘성 온후부 외당. 그곳에 도착함과 함께 진궁의 목소리가 들려왔다.

진궁이, 공명이와 육손이가 함께 모여 날 기다리고 있었다.

"갑자기 의논이라니…… 출병하려면 아직도 좀 남은 거 아니었어요?"

"그러게요. 남만 정벌군이 모두 집결하려면 아직도 보름은 더 시간이 걸릴 텐데."

"남만을 치는 건 치는 거고, 조조 쪽 손발을 묶어둬야 할 것 같아서."

"조조의…… 손발이라고요?"

육손이가 의아하다는 듯 반문한다. 그 옆에서 공명이가 미간을 찌푸린 채, 시선을 내리깔며 고민하기 시작했다. 진궁 역시 수염을 매만지고 있었다.

"그냥 바로 익주를 치고 올라가는 게 낫죠, 스승님. 보급 문제도 해결됐으니 좀 더 병력을 집중해서 단번에 적들을 밀어버릴 수 있지 않겠습니까?"

"저도 사형과 같은 생각입니다, 스승님. 물길을 이용하는 게 가능해진 만큼, 익주로 더 많은 병력을 투입할 수 있습니다. 그랬다가 여차하면 물길을 이용해 빠른 속도로 연주와 예주 쪽 방면으로 투입할 수도 있고요. 바람이 좋을 땐 칠 일, 안 좋아도 보름이면 충분합니다."

공명이에 이어 육손이까지 그렇게 말하니 진궁이 어쩔 거냐는 듯 날 쳐다본다. 굳이 남만을 쳐야겠냐, 만류하는 기색과 함께 도대체 무엇 때문에 남만을 쳐야 하겠냐는 의구심이 함께 깃든 얼굴이었다.

"조비가 남만으로 보내져 땅을 약속했다 한들, 익주에서 조조가 대패하는 모습을 보고 나면 남만은 언제 그랬냐는 듯 침묵할 거요."

"일반적으로 생각한다면 그렇겠죠. 근데 일반적이지 않게 움직이는 상대가 가후잖습니까. 공대 선생께서도 보셨잖아요? 가후가 낙양에서 어떻게 움직였고, 어떤 짓거리를 벌였는지."

"……그거야 그렇기는 하지."

돌아갈 길조차 없이, 막무가내에 모 아니면 도라는 식으로 몰아붙이던 게 가후다. 언제 어디에서 또 어떤 말도 안 되는 방법이 튀어나올지 알 수 없다.

지난번에는 운 좋게 무릉도원에 들어가는 타이밍이 맞아떨어졌으니 그나마 괜찮았던 거지, 만약 가후가 자신의 의도대로 작전을 한참이나 진행하고 난 다음에 보름달이 떠올랐더라면 우린 패망했을 거다.

최소한 연주, 예주의 대부분을 잃고 강남 쪽으로 쪼그라들 었을 터.

"안전하게 가자고요. 그 고생을 해 가면서 여기까지 왔고, 이만큼 우세를 점했는데 약간 빨리 가겠다고 위험을 끌어안을 필욘 없잖아요?"

"나도 총군사의 그 의견에 찬성이오."

"응?"

갑자기 밖에서 주유의 목소리가 들려왔다. 녀석이 외당 쪽으로 걸어 들어오고 있었다.

"주공께 보고드리고 나오던 길에 이야기가 들려서 왔는데, 실례가 안 된다면 한 마디 총군사의 의견에 덧붙여도 되겠습니까?"

"뭐, 그러시게. 공근 그대라면 이 회의에 끼지 못할 이유도 없으니."

진궁이 고개를 끄덕이니 주유가 고맙다는 듯 포권하며 말을 이었다.

"남만은 물산이 풍부하고 사람이 많습니다. 중원에 비해 몹시 덥기는 하나, 그런 탓인지 더욱 작물이 잘 자라기도 하지요. 기주의 대평야에 견줄 수 있을 정도로 풍요로운 게 익주의 곡창 지대나 그런 곳조차 남만에 비하긴 어렵습니다."

"그렇게 좋은 땅이어도 지금껏 제대로 뭉치지 못한 이유가 있는 거 아니겠습니까? 거기에 있는 종족만 몇 갠데. 자기들끼리 싸우면서 지낸 게 벌써 수백 년이에요, 수백 년."

"공명 그대의 말이 옳소. 조정이 무너지기 전, 남만에 파견한 이들 여럿이 왕처럼 권력을 휘두르며 그곳의 종족들을 서로 갈라놓고 싸움이 그치지 않도록 만들어 뒀지."

"말씀 잘하셨습니다. 그런 이유로 우리가 남만에 내려가 봐야 얻을 게 없어요. 스승님께서 직접 나서신다면야 맹획이나 옹개, 뭐 이런 녀석들 목을 베는 것 정돈 간단하겠지만 그다음은? 누굴 내세워서 남만을 지배하게 할 것이며, 누가 그곳의 종족들을 하나로 뭉쳐 우리에게 도움이 되도록 할 겁니까?"

"그 토착 세력의 목을 베어야 할 이유가 어디에 있소?"

"예?"

주유가 이렇게 이야기할 것이라고는 예측하지 못한 듯, 공명이의 눈이 동그랗게 커진다. 더불어 육손이의 눈매가 가늘어지고 있다. 진궁도 그게 무슨 소리냐는 듯, 의아한 기색 가득한 얼굴로 주유를 응시하고 있었다.

"그들의 목을 베는 게 아니라, 산월족에게 그리하였듯 그들을 사로잡아 회유하면 그만 아니오?"

"회유라고요? 그들을?"

"그들 모두를 회유할 필요도 없소. 기존의 토착 세력 중 하나의 손을 들어주고 그가 나머지를 지배하도록 만들면 되오. 그자의 마음만 얻고 나면 다음부터는 간단하지. 강력한 우군이 하나 더 생기는 꼴이 되지 않겠소?"

"흐음…… 토착 세력을 하나로 뭉치고, 그 지배자의 마음을 얻는다라…… 나쁘지 않군. 계획은 있는 것이오?"

"계획, 확실하지요?"

가만히 이야기를 듣고만 있던 진궁이 반문함과 동시에 주유의 시선이 날 향했다.

"뭐야. 갑자기 그런 말은 왜 해?"

"총군사께서 남만을 공격하길 주장하셨으니 그에 걸맞을 계획이 있을 터. 그렇지 않습니까? 말 한마디로 수십만의 적병을 두려움에 떨게 만드는 것이 바로 총군사이질 않습니까?"

"확실히 스승님이라면."

"총군사라면 확실히."

"오오, 역시."

공명이가, 진궁과 육손이 기대에 찬 눈빛으로 날 쳐다본다.

그런 와중에서 주유가 씩 웃으며 말을 잇고 있었다.

"이 자리에서 굳이 그 계획을 이야기하실 필요는 없습니다. 다만, 이 사람은 믿어 의심치 않습니다. 총군사라면 남만 토호의 마음을 얻고, 그들의 전력을 우리가 활용할 수 있도록 할 비책을 가지고 계시겠지요."

"남만의 병사와 물자를 활용할 수만 있다면…… 확실히 우리 쪽에서도 부담이 확 줄기는 하죠. 우리가 십만, 남만이 십만 정도씩만 끌어다가 익주를 밑에서부터 치고 올라가면."

"나머지 병력은 낙양 쪽으로 치고 올라가고요."

"일이 잘 풀린다면 크게 이득을 얻을 수 있겠지."

"이참에 가후가 그리했던 것처럼 좀 더 효율적으로 성을 공략할 수 있도록 할 공성 병기라도 만들어볼까 싶습니다. 익주와 낙양을 얻을 수 있다면 장안도 사거리에 들어오는 거잖습니까?"

"그렇지. 남만 쪽 물자만 활용할 수 있으면…… 그것만으로도 게임 끝이지."

갑자기 상황이 묘하게 돌아가네?

진궁도 그렇고, 육손이랑 공명이도 그렇고 남만의 병력과 물자를 활용하는 것을 전제로 두고서 자기들끼리 계획을 짜기 시작했다.

난 그냥 남만에 가서 걔들이 우리 뒤통수를 후려갈기지 못하도록 하는 것만 생각하고 있었는데. 갑자기 난이도가 왜 이렇게 높아져?

내가 인상을 찌푸리고 있는데 주유가 날 쳐다본다. 그런 녀석의 입꼬리에 씩 미소가 피어오르고 있었다.

쓰, 쓰발? 이 새끼가?

"이 사람은 존경하고 또 존경하는 총군사께서 기기묘묘, 신출귀몰, 상상 초월 그 이상의 책략을 가지고 계실 것이라 믿어 의심치 않습니다."

"하긴. 총군사도 그러한 계책이 있으니 남만을 먼저 공격하고자 이야기한 것이겠지. 이 사람도 총군사만 믿겠소이다."

그러면서 이야기하는 주유에 이어 진궁이 상황에 못을 박아버리듯 말하는데 하, 진짜. 이거 내가 주유한테 낚인 건가?

주유야. 세로돗으로 일이 줄어들고 생긴 시간으로 나 골탕 먹일 계획만 짜고 있던 거니?

그 말이 목구멍까지 치밀어 올랐지만 꾹 참았다. 시발.

지금 그걸 이야기하는 건 항복 선언이나 마찬가지다. 죽으면 죽었지, 주유한테 약한 모습을 보이는 건 절대 안 될 일이다.

"하, 하하…… 계책? 당연히 있지. 걱정 마십쇼, 걱정 마요. 제가 알아서 다 할 거니까."

"물론. 우리는 총군사를 믿고 있소이다. 허면 이제 남만으로 출병할 준비만 하면 되겠소이까?"

저 양반도 살짝 얄미워질라 그러네? 주유랑 똑같이 씩 웃고 있는 게 상황 뻔히 다 알고 있는 얼굴인데.

아오…….

마음에는 안 들지만 그래도 자리를 만들었으니 용무는 다 처리해야 한다.

내가 짧게 한숨을 내쉬며 짜증을 가라앉히고선 말했다.

"바로 출병하는 건 좀 그렇고, 준비 작업 하나만 하죠."

"준비 작업?"

"우리가 남만을 공격하는데 조조가 원병을 보내기라도 하면 앞뒤로 곤란해지니까. 그 원병을 보내지 못하도록, 수를 먼저 써두자고요."

"호오, 또 무슨 기기묘묘한 책략을 가지고 나오신 모양입니다?"

약 올리듯 말하는 주유를 한 번 째려봐 주고서 나는 품속에 넣어두고 있던 죽간을 꺼내 진궁에게 내밀었다.

"이게 무엇이오?"

"계획섭니다. 조조의 병력을 남만의 정 반대쪽에 묶어둘. 선생께서 읽어보시고 거기 적힌 내용대로 처리해 주세요."

"흐음?"

진궁이 죽간을 펼쳐 그 안에 적힌 내용을 읽기 시작했다.

침음성을 내뱉던 진궁의 눈동자가 동그랗게 커져가고 있었다.

"이, 이것은."

"이 시점에서 제가 낼 수 있는 최선의 한 수죠."

21세기의 정치 쇼 맛입니다, 그게.

이것만큼은 확실하게 먹힐 거다.

내가 자신만만하게 씩 미소 지어 보이니 옆에서 그 내용을 확인하던 주유의 눈매가 가늘어진다.

아무리 고민해도 답이 나오지 않을, 골칫덩이를 던져주고서 내가 개고생할 모습을 기대하던 녀석의 그 눈매에 불안감이 깃들고 있었다.

to be continued

목마 퓨전 판타지 장편소설
WISHBOOKS FUSION FANTASY STORY

"무(武)를 아느냐?"

잠결에 들린 처음 듣는 목소리에 눈을 떴을 때,
눈앞에 노인이 앉아 있었다.

"싸움해 본 적 있나?"
"없는데요."

[무공을 배우다.]

20년 동안 무공을 배운 백현,
어비스에 침식된 현대로 귀환하다!

'현실은 고작 5년밖에 지나지 않았다고?'